한국 단막극

1

Сборник Корейский одноактнаых пьесы

한국 단막극 1

1

Сборник Корейский одноактнаых пьесы

김수미(Ким Су Ми)

선욱현(Сен Ук Хен)

양수근(Ян Су Гын)

김대현(Ким Де Хен)

위기훈(Ви Ги Хун)

김도경(Ким До Ген)

번역 : 최영근(Цой Ен Гын)

평민사

차례

서문

    사단법인 한국 극작가협회는 2023년 카자흐스탄 국립 아카데미 고려극장, 카자흐스탄 작가회의, 카자흐스탄 알마티 주르게네프 국립예술대학교와 함께 '양국의 문학과 연극'을 주제로 교류 사업을 추진했다. 그것을 기념으로 12편의 한국 단막극을 러시아어로 출간하였다. 앞으로 한국의 많은 희곡이 러시아 문화권에서 읽히고 공연되기를 희망한다. 아울러 지속적인 해외교류 사업을 통해 한국의 우수한 희곡 문학이 번역되어 많은 나라의 관객들을 만났으면 한다.

введение

В 2023 году Ассоциация драматургов Кореи инициировала проект обмена с Театром Корё Казахской национальной академии, Ассоциацией казахских писателей и Алматинским национальным университетом искусств имени жургенева (Казахстан) по теме «Литература и театр двух стран». В ознаменование этого события на русском языке были изданы 12 корейских одноактных пьес. Надеюсь, что многие корейские пьесы в будущем будут прочитаны и исполнены в российской культурной сфере. Кроме того, я надеюсь, что благодаря продолжающимся зарубежным проектам обмена превосходные корейские литературные пьесы будут переведены и достигнут аудитории во многих странах. - Эта книга была опубликована в рамках проекта поддержки международного обмена искусств Совета искусств Кореи.

귀여운 장난

김수미

Su Mi Kim (1970년 출생, artksm@hanmail.net)

1997년 조선일보 신춘문예 〈부러진 날개로 날다〉로 등단, 한국희곡 신인 문학상 외 다수의 수상 경력을 지녔다. 대산 창작기금, 아르코 문학 기금, 서울문화재단 작가지원, 우수출판콘텐츠에 선정되어 5권의 희곡집과 단행본을 출간했다.

〈고래가 산다〉, 〈타클라마칸〉, 〈좋은 이웃〉, 〈잔치〉, 〈나는 꽃이 싫다〉 등 40여 편 넘는 초연작이 있으며, 카자흐스탄 국립아카데미 고려극장 90주년 기념작 〈40일간의 기적〉과 한·카 수교 30주년 공동프로젝트 〈환의 나라〉에 작가로 참여했다. 한국극작가협회 이사장을 역임했다.

단막희곡 〈귀여운 장난〉은 세기말인 1999년 초연된 작품으로 단절, 고립, 불안, 공포, 파괴를 다룬다. 다음 세기에도 소통은 부재하고 폭력은 반복되겠지만 그래도 기다리는 아이러니를 담아내면서 기다림과 소통에 관한 사유를 던진다. 인간의 모순된 자화상을 싸늘하고 코믹하게 풀어내면서 씁쓸한 여운을 담아 어떤 기다림과 소통을 원하는지 묻는다.

등장인물

혜련   50대 중반. 드레시한 옷차림에 짙은 화장으로 부자연스럽
       지만 화려하게 꾸밈.

연지   20대 후반. 화장기 없는 얼굴에 회색 톤의 단출한 원피스
       를 입었다. 꾸미지 않은 모습이 강인하고, 거칠고, 조금은
       지쳐 보인다.

석호   30대 후반으로 삼류 잡지 기자. 양복을 차려입었지만 뚱
       뚱한 체형 때문인지 왠지 어색하다.

무대

무대는 부인의 집 거실이다.

집 공간에 비해 다소 과장되게 보이는 가구들, 창가에 쳐진 커튼,
거실 한쪽에 놓인 안락의자, 중앙에 놓인 테이블과 의자, 가구들이
화려한 형태는 지니고 있지만 지금은 낡아 초라함을 더한다. 한쪽
에 낡은 턴테이블 오디오도 있고 벽면엔 거울과 시계가 걸려있다.
무대 뒤 창 옆에는 부엌으로 들어가는 문이 있는데 이 또한 커튼으
로 쳐져있다.

중앙에 놓인 식탁과 의자는 하얀 식탁보에 덮여져 있고 식탁 중앙
에 촛대가 놓여 있다. 손님을 맞이하기 위해 특별히 준비해 놓은
것이다.

극이 시작되면 혜련이 안락의자에 앉아, 흘러나오는 감미로운 음
악에 도취해 있다. 한 손엔 커피잔을 받쳐 들고.

혜련   마리아! (조금 높여) 마리아!

연지, 무뚝뚝한 얼굴로 앞치마를 두르고 부엌에서 나온다.

혜련   (좀 더 높여) 마리아! (좀 더 높여) 마리아!
연지   그렇게 부르지 마세요.
혜련   언제부터 있었니?
연지   그렇게 부르는 거 싫다고 했잖아요.
혜련   들었으면 대답을 하고 왔으면 기척을 해야지. 그랬으면 교양 없이 목소리를 높이지 않았어도 됐잖아.
연지   왜요?
혜련   뭐하고 있니?
연지   손님이 온다고 말씀 드렸잖아요. 벌써 잊으셨어요?
혜련   잊었다면 이런 옷차림은 하지 않았을 거다.
연지   그렇담 잊으시는 게 나을 뻔했네요.
혜련   무슨 뜻이니? 설마 옷이 마음에 들지 않는다는 얘긴 아니겠지? 널 위해 특별히 꺼내 입은 옷이니까.
연지   절 위하신다면 목걸이와 귀걸이 좀 빼주실래요. 입술도 살짝 지워주신다면 고맙겠구요.
혜련   상대에게 우습게 보이지 않으려면 없어도 있는 듯이 꾸며야 돼.
연지   구슬 모양을 하고 있다고 모두 진주 목걸이로 보이는 줄 아세요. 누렇게 탈색된 진주는 누가 봐도 리어카 물건인지 금방 알아요.

혜련　네가 잘 몰라서 그래. 남자들은 진짜와 가짜를 가리는 눈이 없어. 남자들은 단순한 멍청이들이라 비쌀수록 진주는 누런 거라고 하면 그런 줄 안다고. 한 치의 의심도 없이. 물론 말을 할 때 진지한 표정을 잃어서는 안 되지.

연지　오늘 올 남자는 멍청하지 않아요.

혜련　결혼하려고 하는 걸 보면 멍청이가 분명해.

연지　결혼은 엄마도 하셨잖아요.

혜련　네 아빠는 달랐어.

연지　아빠도 남자예요. 아빠가 멍청하지 않았으면 남자도 멍청하지 않아요.

혜련　이상한 말을 하는구나.

연지　이상하지 않아요. (주방으로 가려고 한다)

혜련　뭐하고 있니?

연지　손님 맞을 준비를 하고 있죠.

혜련　그래서 뭘 하냐고?

연지　저녁을 같이 먹기로 했잖아요.

혜련　뭘 준비하는지는 몰라도 냄새가 고약하구나. 뭘 만들고 있니?

연지　냄새 고약한 거요.

혜련　나한테 고약하게 굴지 마라. 묻는 말에 친절하게 대답해.

연지　그 사람이 왔을 때 고약하게 굴지 않겠다고 약속하시면요.

혜련　난 누구에게도 고약하게 굴지 않아.

연지　그 말을 믿을 때도 있었죠. (주방으로 간다)

혜련　식탁을 여기다 두는 건 어울리지 않아.

연지   (수저를 들고 나와 식탁 위에 놓으며) 주방이 너무 좁아요.

혜련   그래도 거실보다는 주방이 식사하기에 좋아.

연지   그 사람이 원했어요. 좁은 데보다는 넓은 데가 좋다고. 등치가 좀 크거든요.

혜련   처음부터 상대가 원하는 대로 해주는 건 바람직하지 못해.

연지   저도 원했어요.

혜련   포크와 나이프가 왜 필요하지? 설마 양식을 준비한 건 아니겠지?

연지   그 사람은 양식을 좋아해요. (주방으로 간다)

혜련   식성이 까다로운 남자는 여자를 피곤하게 해.

연지   (주방에서 접시를 가지고 나와 테이블 위에 올려놓으며) 요리하는 게 즐거워요.

혜련   나와 같이 저녁을 먹을 생각이었다면 내 의사도 물어 봤어야 하잖아.

연지   상차림은 손님을 위주로 차리는 거예요. 석호 씨는 손님이구 양식을 좋아해요.

혜련   석호. 일곱 시에 오겠다는 사람이니? 이름에서 주는 느낌이 별로 좋지 않구나. 사람에게 이름은 무척 중요해. 좋은 인상을 심어주기도 하고 나쁜 인상을 심어주기도 하지.

연지   (그 사이 주방에 가서 잔을 들고 나오며) 가슴 깊이 울림을 전해주는 이름이에요.

혜련   나이가 너무 많아.

연지   (테이블에 잔을 놓으며) 십 년 차이밖에 나지 않아요.

혜련   숨겨둔 부인이나 애가 있을지도 몰라. 네가 순진해 보이니까 접근한 거야. 넌 너무 남자를 몰라.

연지 엄마가 너무 많이 아시는 바람에 아직 결혼을 못하고 있어요.

혜련 네가 결혼하지 않은 게 나 때문이라는 거니?

연지 안한 게 아니라 못한 거예요. 엄마 때문에. 이젠 더 이상 막을 수 없어요.

혜련 나 때문에… 맙소사. 난 지금껏 널 위해 최선을 다했고 앞으로도 최선을 다 할 거다.

연지, 주방으로 들어간다.

혜련 (목소리를 조금 높여) 자식들은 부모 마음을 너무 몰라. 네가 알았다면 그렇게는 말하지 않을걸. 자식의 결혼을 막는 부모는 없어. 더욱이 나이 든 딸의 결혼을….

연지 (주방에서 나와) 포도주 사온 거 어디다 두셨어요?

혜련 우리 집에도 그런 게 있었니?

연지 어제 저녁 퇴근길에 사온 거요.

혜련 돈이 어딨어서?

연지 어제 월급을 탔어요.

혜련 난, 보지 못했어.

연지 이젠 제가 관리해요.

혜련 찬거리가 떨어지면 어쩌니. 세금을 내야 할 때는 어쩌고?

연지 제가 내겠어요. 찬거리도 사다 놓을 거구요. 필요한 돈이 있으시면 말하세요. 제가 드릴게요.

혜련 난 예전 방법이 더 좋아.

연지 적금을 들 거예요. 결혼을 하려면 돈을 모아야 해요.

혜련 지참금이 필요 없다는 남자도 있어.

연지 그런 남자를 고르느니 내가 사랑하는 남자를 만나 지참금을 갖고 가겠어요.

혜련 어리석기는… 결혼도 집안 형편대로 하는 거야.

연지 형편을 따지기엔 너무 남루하죠.

혜련 난 용돈이 필요해.

연지 줄여서 쓰세요. 아니면 일을 찾아보시든지.

혜련 나더러 일을 하라고? 너도 알다시피 난 아픈 데가 너무 많아.

연지 일하는 저보다 일하지 않는 엄마가 더 아픈 걸 보면 일을 하는 게 건강에 더 좋을지도 몰라요.

혜련 넌 젊지만 난 늙었어. 그리고 오래전 널 낳으면서 내 몸은 너무 많이 망가졌어.

연지 다신 그런 말에 죄의식을 느끼지 않을 거예요. 포도주 두신 데나 말하세요.

혜련 왜 내가 알고 있다고 생각하지?

연지 제가 치운 기억이 없으니까요.

혜련 나한테 묻지 마.

연지 찬장 안에 넣어 둔 게 없어졌어요.

혜련 난 몰라.

연지 보셨잖아요. 어딨는지 아시죠? 어디다 두셨어요?

혜련 다그치지 마. 기억하던 것도 잊어버릴 수 있어.

연지 좋아요. 다시 묻겠어요. 어젯밤, 제가 일을 마치고 집에 오면서 오늘 저녁식사 때 마실 포도주를 한 병 사, 가지고 왔어요. 최고급은 아니었지만 중간쯤은 되는 거였죠. 엄마가 그 포도주를 보고 한 잔 마시길 원했지만 제가 손님을 위한 거라 안 된다고 했죠. 그리곤 포도주를 들고 주방으로 가서 찬장 안에다 넣어뒀어요. 그런데 지금 그걸 꺼내려고 찬장 문을 열었는데 없어요. 밤새 어디로 갔을까요? 밤이 아니라면 오늘 아침일 수도 있겠죠. 누군가 치우지 않았다면 없어질 리 없잖아요. 포도주 병에는 발이 달려 있지 않으니까요.

혜련 쥐새끼가 가져간 게 아닐까?

연지 두 발로 걸어 다니는 쥐를 말씀하시는 건가요. 사람 쥐요.

혜련 날 그런 눈으로 보다니. 네 아버지가 있었다면 용서하지 않았을 거다.

연지 없는 아버지한테 용서받고 싶은 맘 없어요. 포도주 어딨죠?

혜련 전축 뒤에.

연지, 전축 뒤에서 포도주를 꺼낸다.

연지 이런 장난 이젠 싫어요.

혜련 너를 위해서야.

연지 그렇담. 이젠 제발 절 위하지 마세요.

혜련 한 번쯤 널 위하는 내 마음을 이해하려고는 해야지 않니?

연지, 주방으로 간다.

혜련   이해는커녕 듣기조차 않으려고 하니.

연지, 꽃을 들고 나와 식탁 위에 놓는다.

혜련   난 장미가 싫어. 가시가 있어서.

연지   장미가 아름다운 건 가시가 있어서예요. 모든 준비가 끝났어요. 야채도 준비해서 냉장고에 넣어뒀고 스테이크는 식사 전에 오븐에서 꺼내오기만 하면 돼요. 케이크도 조금 준비했어요. 후식으로 먹을 거죠. 과일을 준비할 걸 그랬나. 아무튼 이젠 기다리기만 하면 돼요. 일곱 시가 되기를.

혜련   십 분 동안 뭘 할 거니?

연지   (의자에 앉으며) 의자에 앉아 있을 거예요.

혜련   앞치마를 벗고 옷을 갈아입는 건 어떠니?

연지   남자들은 여자가 앞치마를 두르고 있을 때 가장 아름다워 보인대요. 자신을 위해서 저녁을 준비하는 아내의 모습을 연상할 수 있는 거죠. 그리고 그인 회색원피스를 좋아해요. 제가 이 옷을 입었을 때가 제일 예쁘댔어요.

혜련   솔직하지 못한 남자를 믿어서는 안 돼.

연지   (일어서며) 앉아서 기다릴 수가 없겠군요.

혜련   내가 앉으란다고 다시 앉지는 않겠지만, 서 있는 것보다는 훨씬 기다리기 편할 거다.

연지, 다시 앉는다.

혜련 오지 않더라도 실망하지는 마라. 남자들은 여자와의 약속
은 별로 중요하게 생각지 않으니까.

연지 조금 늦은 적은 있어도 약속을 어긴 적은 없어요.

혜련 여자를 기다리게 하다니.

연지 전 그 사람을 기다리는 게 행복해요.

혜련 물론 그것도 온다는 전제 하에서 설립되는 얘기지. 하지만
직장 상사가 야근을 시킬 수도 있잖아. 남자들은 여자의 말
보다는 부모의 말을 잘 듣고, 부모의 말보다는 상사의 말을
더 잘 듣거든.

연지 오지 않길 원하시죠?

혜련 왜 그런 생각을 하니. 난 네가 결혼하는 걸 반대하지는 않
아. 하지만 상대가 누구냐 하는 건 매우 중요한 거야. 서로
성격은 맞는지, 가족을 부양할 능력은 되는지, 집안에 우환
은 없는지, 신체는 건강한지, 형제간에 우애는 있는지, 여
자문제가 복잡하지는 않은지, 했다면 지금은 깨끗이 정리
가 됐는지, 앞으론 가정에만 충실할 건지, 여자에게 폭력을
행사하지는 않는지, 배움의 정도는 어떤지, 생각이 건실한
지, 술을 너무 좋아하지는 않는지, 노름에 빠진 건 아닌지,
빚이 있는 건 아닌지, 대인관계는 좋은지, 인물이 너무 빠
져서도 안 되고.

연지 지금껏 마음이 맞지 않아서 싸운 적 없어요.

혜련 (혼잣말처럼) 여자를 꼬실 때 남자들은 인내심을 많이 발휘

하지. 조만간 본색을 드러낼 거야.

연지 (혜련의 말에는 상관없이 말한다) 잡지사 기자니까, 생활하는데 불편하지는 않을 거예요.

혜련 삼류잡지사 기자 봉급이래야 뻔하지. 수당으로 먹고살지도 몰라. 결혼하기 전에 반드시 알아봐야 해.

연지 부모님 다 계시고, 위로 누나와 형은 결혼해서 단란한 가정을 꾸미고 있고….

혜련 겉으로 보기에 멀쩡해 보일 뿐이야.

연지 운동을 좋아하는 사람이라 건강관리는 꾸준히 하고 있고….

혜련 누구든 운동은 해. 그렇지만 누구든 병에 걸리기도 하지.

연지 아무 여자에게나 눈길을 주는 헤픈 남자라면 처음부터 만나지 않았을 거예요.

혜련 속이기에 가장 쉬운 부분이지.

연지 저한테 다정다감하게 대해주고, 직업이 말해주듯이 영 멍청한 사람도 아니고 대화를 나누다 보면 저보다 훨씬 박식하고….

혜련 신문을 읽을 수만 있다면 똑똑한 척하기는 너무도 쉽지.

연지 노름은 체질상 싫어해요. 당연히 남에게 빚지는 것도 싫어하구요.

혜련 노름을 싫어하는 남자라, 가장 믿기 어려운 거짓말이군.

연지 친구들도 많구….

혜련 친구를 좋아하는 남자는 가정에 충실하지 않아.

연지 외모는… 누구도 완벽한 사람은 없어요.

혜련	완벽하지는 않더라도 모자라서도 안 되지. 결혼을 하려면 그런 정도는 따질 줄 알아야 돼. 나이가 들었어도 따질 줄 모른다면 결혼할 자격이 없는 거야.
연지	결혼은 서로 간의 사랑만 있으면 돼요.
혜련	사랑을 뭘로 증명할 거지?
연지	증명하는 게 아니라, 그냥 아는 거예요.
혜련	넌 나와 같은 실수를 저지르지 않았으면 좋겠다.
연지	아빠와 헤어지실 걸 먼저 아셨다 해도 결혼하셨을 거예요. 그땐 사랑하셨을 테니까요.
혜련	네가 잘못 알고 있다. 알았다면 하지 않았어. 버림받는다는 건 견디기 어려운 일이야.
연지	아빤 엄마를 버린 적 없어요. 엄마가 떠나길 바라셨죠.
혜련	바보 같으니. 네 아버지의 거짓말을 믿고 있구나.
연지	(일어서며) 옷을 갈아입는 게 낫겠어요.
혜련	천천히 갈아입는 게 좋을 거다. 기다리는 건 무척 슬픈 일이니깐. 무슨 일이든 해야 해.
연지	(방으로 가며) 엄마는 왜 아무것도 하지 않고 있죠?
혜련	난 누구도 기다리지 않으니까.
연지	(목소리만) 절 속일 생각 마세요. 하루도 기다림을 멈춘 적이 없어요.
혜련	네 아빠가 오지 않을 거라는 건 내가 너무도 잘 알아.
연지	(목소리만) 머리로는 알지만, 가슴으로는 받아들일 수 없으시죠.

혜련, 일어서 식탁 위의 포도주를 마시려고 한다.

연지　(목소리만) 술을 마실 생각은 마세요. 손님을 맞이하면서 입에서 술 냄새 풍기는 건 무식한 행위에요.

연지의 목소리가 계속 들리는 사이, 혜련은 잔에다 술을 따라 마신다.
그리곤 주방으로 가 주전자를 가지고 나와 술병에 물을 따르려고 한다. 한 모금 다시 따라서 마시고 술잔에 한 잔 따른 다음, 물을 따르고 병마개를 막는다.

연지　(목소리만) 상대는 참을 수 없는 모욕감을 느낄 거예요. 그 사람한테 그런 인상을 심어주고 싶지 않아요. 문을 열고 집 안으로 들어섰을 때 아늑한 느낌을 가지게 하고 싶어요. 커튼을 새로 단 이유도 거기에 있죠. 그 사람은 핑크색을 좋아해요. 물론 내게 어울리는 색은 회색이라고 했어요. 하지만 핑크색을 좋아해요. 말을 한 적은 없지만 알 수 있어요. 그래서 커튼을 핑크색으로 단 거죠. 전 그 사람의 웃음소리를 좋아해요.

혜련, 포도주를 따른 술잔을 들고 흔들의자에 다시 앉는다.

혜련　나도 웃음소리를 좋아했어.
연지　(목소리만) 웃고 싶은 만큼 소리 내서 웃어요. 자주 볼 수 있는 건 아니에요.

혜련 (술을 마시며) 꽤 오래됐어. 본 지가.

연지 (목소리만) 안타까운 일이죠.

혜련 안타까운 일이지.

연지, 방에서 나오는데 검정색 원피스로 갈아입었다.
혜련, 얼른 술잔을 숨긴다.

연지 술을 드신 건 아니겠죠?

혜련 보면 알잖아.

연지, 술병을 들어본다. 양이 줄지 않은 것을 보고 내려놓는다.

연지 잔이 하나 왜 비죠?

혜련 내가 물을 마셨거든.

연지 그리구요?

혜련 주방 싱크대에 가져다 두었지. 물기가 묻은 컵은 식탁에 어울리지 않아서. 쓴 흔적을 그대로 둔다는 건 지저분한 행위지.

연지 주전자는 왜 그대로 두셨어요?

혜련 그 사람을 주기 위해서. 오는 길에 힘이 들어서 숨이 찰지도 모르잖아. 시간이 늦어서 뛰어온다면 더 숨이 차고 목도 마를 거다. 그럴 땐 물을 한 잔 마시는 게 좋지 않을까 싶어서.

연지 전 엄마가 그 사람을 싫어하는 줄 알았어요. 보지도 않고 싫어해서 화가 나기도 했죠.

혜련 내겐 그 사람을 싫어할 이유가 없지 않니. 다만 널 위해서, 이것저것 걱정이 돼서 그런 거야. 시집보낼 딸을 둔 엄마들이 흔히 하는 약간의 잔소리라고 할 수 있지.

연지 엄마는 제가 남자를 데리고 올 때마다 언제든 트집을 잡아서 반대하셨어요.

혜련 트집이라니 섭섭하구나. 시집보낼 딸을 둔 엄마들은 남자를 볼 때 조금 까다로워지기 마련이야. 그건 누구든 그래.

연지 키가 작다는 게 결혼을 하지 못하는 이유가 될 수는 없어요.

혜련 왜소한 남자는 힘이 약해. 힘을 쓰지 못하지. 그러면 여자가 힘을 써야 돼. 무거운 것도 여자가 옮겨야 하고 힘든 일도 여자가 맡아서 해야 하지. 그건 너무 힘든 일이야.

연지 자동차 정비공이었던 두 번째 남자는 옷차림이 지저분하다는 게 반대 이유셨죠. 그 사람은 옷에 기름이 묻는 직업을 가지고 있었어요.

혜련 일할 때 모습이어야지. 데이트할 때 모습이어서는 안 돼. 그건 만나는 사람에 대한 예의가 아니야. 특히 남의 집에 초대됐을 때는.

연지 일하는 자신의 모습이 가장 아름답다고 생각한 거죠.

혜련 그게 내 생각일수는 없어. 강요해서도 안 되고.

연지 세 번째는 조금 우스웠죠. 이유가.

혜련 말을 너무 유창하게 하는 남자는 의심해도 좋아. 분명히 숨기고 싶은 게 많을 거야.

연지 유머 감각도 있고 다정다감했어요.

혜련	함정에 빠지기에 적당한 조건이지. 바람둥이의 전형적인 모습이기도 해.
연지	제게 꽃을 가장 많이 선물한 남자예요.
혜련	선물은 위장하기에 최상의 방법이구.
연지	그래도 네 번째 남자는 결혼할 뻔했는데… 처음 보셨을 때는 좋아하셨잖아요.
혜련	싫어하지 않았을 뿐이다.
연지	눈매가 마음에 드신다고 했어요.
혜련	그렇게 연기 못하는 배우는 처음 봤다. 앞으로도 보지 못할 거다.
연지	촉망받는 신인이었어요.
혜련	오래가지 못할 명성이야. 능력 없는 남자는 미래가 없어.
연지	누구든 미래를 먼저 알지는 못해요. 보장받을 수는 없지만 그렇다고 절망적인 것만은 아니죠.
혜련	그 사람이 형편없는 연기자고 형편없는 연기자는 생명력이 짧고 생명력이 짧다는 얘기는 여자를 고생시킬 별 볼일 없는 남자임을 너도 알고 나도 알아. 그건 말장난에 불과해. (시계를 보며) 일곱 시가 넘었구나.
연지	언제나처럼 조금 늦을 뿐이에요.
혜련	오지 않더라도 실망하지 마라.
연지	오지 않길 바라시죠?
혜련	한 번도 그런 맘 가진 적 없다. 남자는 내가 봐야 정확하게 알 수 있으니까.
연지	이번에는 뭐라 하셔도 결혼할 거예요. 전엔 만남이 너무 짧

아서 연애 감정이 뭔지도 제대로 알지 못했어요. 일 단계로 손을 잡고, 그다음은 가벼운 포옹. 달콤한 섹스도 빼놔선 안 되죠. 그리곤 섹스도 하겠어요.

혜련 (목소리를 조금 높여) 난 네 엄마야. 엄마 앞에서 섹스를 하겠다고 말하는 딸은 없어. 결혼도 하지 않은 처녀가.

연지 엄마도 결혼식을 올리기 전에 저를 먼저 가지셨죠. 다시 말해 처녀 때 섹스를 하신 거죠. 전 벌써 스물아홉이에요. 스무 살을 넘기면서 남자와 자보는 것도 괜찮겠다는 생각을 했어요.

혜련 남자가 없어서 못 했다는 말이니?

연지 엄마가 제가 만나는 모든 남자를 반대하셨기 때문이죠. (주방 쪽으로 간다)

혜련 어딜 가니?

연지 포도주 잔을 가지러 가요.

혜련 검은 옷은 장례식에 갈 때나 입는 거야.

연지 (목소리만) 싱크대 어디다 두셨어요?

혜련 거기쯤 어디에다….

혜련, 얼른 잔을 집어 포도주를 마저 마시고 옷으로 잔을 깨끗이 닦은 다음 식탁에 잔을 올려놓는다.

연지 (목소리만) 아무리 찾아도 잔이 보이지 않아요. 어디다 두셨어요?

혜련 식탁 위에다.

연지, 주방에서 나온다.

연지　식탁 위라고 하셨어요? 식탁은 거실에다 옮겨 놨어요.

혜련　조금 전에 닦아다 놓은 걸 깜박했어.

연지　언제요?

혜련　네가 검은색 원피스를 갈아입는 동안.

연지　그땐 잔이 없어졌을 때죠.

혜련　하지만 잔을 다시 닦아서 갖다 놓은 때이기도 하지.

연지　그랬군요. 보질 못했어요.

혜련　넌 보지 못하는 게 너무 많아.

연지　그렇지 않아요.

혜련　남자가 오지 않으면 어쩔 거지?

연지　그런 일 없어요.

혜련　화를 내며 집안을 엉망으로 만들거나, 술을 마시고 울거나, 미친 듯이 밖으로 뛰어나가거나, 귀찮다고 때를 거르지는 말아라. 네가 그런다면 나까지 너무 힘들어질 거야. 난 지저분한 집은 싫어. 편안한 숙면을 취할 수 없거든. 시끄러운 것도 싫고, 음악을 들을 수 없으니까. 너 없는 사이 혼자 있는 것도 싫다. TV를 볼 때는 꼭 말 상대가 필요해. 식사 때를 거르는 것도 싫어. 나이 들어서 굶으면 주름살이 더 많이 생기거든.

연지　(시계를 보며 초조해하다가) 제겐 엄마가 시끄러워요. 좀 조용히 계실 수 없어요.

혜련　엄마한텐 시끄럽다는 말을 해서는 안 되는 거야. 누가 너한테 그런 식으로 가르쳤지?

연지 전 엄마한테 배운 대로 할 뿐이에요.

혜련 넌 마치 날 괴롭히기로 작정한 거 같구나.

연지 엄마가 날 괴롭히지 않으면 나도 괴롭히지 않아요. 만약 그렇게 느낀다면 그건 절 괴롭히고 계신다는 증거예요.

혜련 말을 가려서 할 줄도 모르니.

연지 엄마한테 배운 대로 할 뿐이에요.

혜련 어른에 대한 예의는 차리도록 해.

연지 엄마한테 배우지 못했어요.

혜련 널 내 딸이 아니라고 말하고 싶구나.

연지 아버지를 버린 것처럼요.

혜련 나를 두고 떠나버린 거야. 그때도 지금처럼 똑똑했다면 내가 떠났을 거야. 기다리는 건 너무 끔찍해.

연지 기다리는 건 너무 끔찍해.

혜련과 연지의 시선이 시계에 머문다.

잠시 그대로 있다.

혜련 십 분이나 지났어. 여자를 십 분씩이나 기다리게 하다니. 더구나 두 명의 여자를.

연지 엄마는 기다리지 마세요. 나만 기다리겠어요. 괜한 트집 잡지 마시구요.

혜련 트집이라니. 넌 지금, 날 할 일 없이 시간만 잡아먹는 늙은이 취급을 하는 거냐?

연지   늦지 않으셨다고 생각하세요? 세월의 흔적은 화장으로 감
       출 수 없는 거예요.

이때 들리는 벨소리.

연지   (좋아서) 왔어요.
혜련   (덤덤히) 왔구나.
연지   친절하게 대해주세요.
혜련   네가 나에게 친절하게 대하면.
연지   (현관으로 가려다 말고) 참, 초에 불을 붙여야지. (식탁에서 성냥
       을 찾는데 없다) 성냥을 여기다 뒀는데… (계속 찾으며) 성냥
       보셨어요?
혜련   잘못을 빌어야 할 거야.
연지   가지고 계시죠. 주세요.
혜련   잘못했다고 하기 전에는 안 돼.

다시 울리는 벨소리.

연지   잘못한 게 없어요. (돌아선다)
혜련   불도 켜지지 않은 촛대를 앞에 두고 식사를 해야 할 거야.
       참으로 흉측하겠지.
연지   뭐에 대해서 잘못했다고 해야 하죠?
혜련   가르쳐 달라는 건 진심으로 잘못을 비는 태도가 아니야. 넌
       뭘 잘못했는지 알아. 그걸 빌어.

연지   잘못했어요.

혜련   다시는 그러지 마.

다시 울리는 벨소리.

연지   성냥을 주세요.

혜련   꽃병 옆에 있어.

연지, 성냥을 찾아 초에 불을 붙인다.

다시 울리는 벨소리.

연지   나가요. (현관 쪽으로 간다)

석호와 연지, 안으로 들어온다.

석호   집에 없는 줄 알았어.

연지   그럴 리가요. 이십구 년간 당신만 기다렸어요.

혜련   우리 집에 오신 걸 환영합니다.

석호   처음 뵙겠습니다.

혜련   내 기억에도 만난 적이 없는 것 같군요.

연지   나쁜 뜻이 있는 건 아니에요. 엄마는 장난을 좋아하세요.

석호   전 어머님처럼 유머 감각이 있으신 분이 좋습니다.

혜련   너무 빠른 건 싫어요. (석호가 보면) 어머니라는 말.

석호   부담 갖지 않으셔도 됩니다.

혜련 부담스러운 게 아니라 거북해요.

연지 시장하시죠? 식사를 내오겠어요. (주방으로 가려다 말고) 소개하는 걸 잊었군요.

석호 내가 소개하지.

혜련 이미 네가 말하지 않았니. 이름까지. (석호에게) 같은 얘기를 두 번씩 할 필요 는 없겠죠?

석호 물론입니다.

혜련 (연지에게) 저녁때가 지나고 있어.

연지 식사를 내오겠어요. 일분도 안 걸릴 거예요. (주방으로 간다)

혜련 앉으시겠어요.

석호 네. (의자에 앉는다)

혜련도 식탁 의자에 석호와 마주 앉는다.

석호 집이 외곽에 있어 공기가 무척 좋습니다.

혜련 난 자동차 달리는 소리, 경적소리, 모든 도시의 소음이 싫어요. 너무 끔찍해요. 소리가 지닌 아름다움을 무참히 짓밟아 버리죠. 내 귀도 바보로 만들고요.

석호 저도 경제적 뒷받침만 된다면 전원생활을 하고 싶습니다.

혜련 지금껏 왜 결혼을 안 하셨죠?

석호 짝을 만나지 못해서라고 해두죠.

혜련 우리 연지가 댁의 짝이라고 생각해요?

석호 (조금 망설이다가) 집에 꼭 한 번 오고 싶었습니다.

혜련 왜요?

석호　그냥요. 집이 아늑하고 좋은데요.

혜련　주방에 있어야 할 식탁을 거실에 옮겨 놔서 꼴이 우습죠.

석호　아닙니다.

혜련　결혼 약속은 했겠군요. 그렇지 않았다면 집에 초대받지 못했을 테니까요.

석호　네.

혜련　나이 차이가 많이 난다는 생각, 해 보셨어요?

연지　(쟁반에 음식이 담긴 접시를 들고 주방에서 나오며) 십년 차이밖에 나지 않는 걸요. (접시를 식탁 위에 차려 놓는다)

석호　정말 맛있겠군요.

혜련　우린 모아둔 결혼자금이 없어요.

연지　지금부터 모으면 문제없어요. (석호에게) 당신을 위해 포도주를 준비했어요.

석호　(포도주병을 받아들며) 내가 따르지. (혜련에게) 드시죠.

혜련　사양하겠어요.

연지　엄마가 술을 싫다고 하다니. (석호의 눈치를 살피며) 그렇다고 알코올 중독자는 아니에요.

석호　조금만 드리겠습니다.

혜련　마시고 싶지 않을 때도 있는 거예요.

연지　석호 씨 손이 부끄럽잖아요. 조금만 받으세요.

혜련　(어쩔 수 없이 잔을 내밀고 술을 받는다) 난 싱거운 포도주는 싫어.

연지　(잔을 받으며) 포도주는 싱겁지 않아요.

석호　(자기 잔에도 포도주를 따르고 잔을 들며) 만남을 축하하며.

연지 당신을 위해서 특별히 준비한 거예요. 돈도 비싸게 지불했
구요.

모두 잔을 부딪치고 포도주를 마신다.

연지 맛이 싱거워요.

석호 비싼 거는 감미료를 넣지 않기 때문일 거야.

혜련 (혼잣말로) 멍청이.

연지 네?

혜련 뭐?

연지 뭐라고 하셨잖아요.

혜련 포도주는 싱거워서 싫다고.

연지 차라리 싸구려를 사는 게 나을 뻔했어요. (석호에게) 드세요.

석호 (고기를 썰어 먹으며) 맛있군요. 소고기 스테이크가 이렇게
맛있는 거 처음 먹어봐요.

혜련 소고기가 아니에요.

석호 그럼 무슨 고기죠?

혜련 인육이요.

석호, 포크를 떨어트린다.

연지 (포크를 다시 집어주며) 엄마는 장난을 좋아하세요.

석호, 어색하게 웃으며 포크를 들고 먹는다. 억지로 조금씩. 그

러다 갑자기 구토를 느끼며 일어선다.

연지   화장실은 현관 옆이에요.

석호, 현관 쪽으로 달려간다.

혜련   (식사를 하며) 남자가 저렇게 비위가 약해서야. 덩치에 어울리지 않게.

연지   내 손님한테 그런 식으로 대하지 마세요.

혜련   이 집에 왔으면 내 손님이기도 해.

연지   샘나시면 엄마도 손님을 초대하세요.

혜련   나도 그럴 셈이다.

연지   늙은 여자의 초대에 응하는 남자는 없어요.

석호   (자리로 와서 다시 앉는다) 죄송합니다.

혜련   (석호에게) 내가 초대했어도 우리 집에 왔을 건가요?

석호   물론입니다.

혜련   (연지를 보며) 내 딸이 그 말을 들었길 바라는군요. (석호에게) 맛있게 드세요. 이건 분명히 소고기 안심스테이크니까요.

석호   네. (다시 식사한다) 두 분만 사시나보죠?

혜련   내 남편에 대해서 묻고 싶은가요?

석호   그저….

혜련   죽었어요.

연지   살아있어요. 어디서 사는지 모를 뿐이죠. (혜련에게) 산 사람을 죽었다고 하는 건 나빠요.

혜련 죽었어도 살았다고 생각되는 사람도 있고, 살았어도 죽었
다고 생각되는 사람도 있어.

석호 있을 수 있는 얘깁니다.

혜련 세상에 불가능한 얘기는 없어요. 사람들은 얘기를 만들어
내길 좋아하죠. 무슨 얘기든 상관없어요. 그저 지껄이면 돼
요. 세상 돌아가는 거와는 상관없이. 정직한 사람도 만들
고, 똑똑한 사람도 만들고, 더 웃긴 건 착한 사람을 만든다
는 거예요. 간혹 열심히 일하는 사람도 만들죠. 그뿐인가
요. 영웅도 만들어요. 그리고 나면 그것도 예술이라고 이름
붙여주는 사람들이 생겨나요. 그래야 서로들 밥을 먹고 살
긴 하겠지만.

세 사람 사이에 잠시 침묵이 흐르며 식사만 한다.

혜련 결혼식은 언제쯤 올릴 건가요?

석호 연지 씨와 상의를 해봐야죠.

연지 전 빠를수록 좋겠어요.

혜련 결혼하고 어디서 살 거죠?

석호 조그마한 집을 하나 장만해야겠죠.

혜련 여기 들어와 사는 건 어때요?

석호 글쎄요. 생각해 보겠습니다.

연지 전 좋지 않은 생각인 거 같아요.

혜련 빚이 있다는 사실을 아세요?

연지 얼마 되지 않아요. 결혼하기 전에 갚을 수 있어요.

혜련　난 노동력이 없어서 매달 생활비를 줘야 돼요.

연지　연금 나오는 게 조금 있어요. 아끼면 얼마든지 생활할 수 있어요.

혜련　이래도 결혼할 건가요?

석호　….

연지　물론이죠. 이인 절 사랑해요. 그렇죠? 그렇다고 대답해요.

석호　내가 말하지 않아도 알잖아.

연지　물론 알아요. 당신은 나와 결혼할 거예요.

석호　차를 마시고 싶어.

연지　식사를 끝냈으면 차를 마셔야죠. 당신에게 주려고 케이크도 준비했어요.

연지, 주방으로 간다.

석호　한 잔 더 드릴까요?

혜련　싱거워서 싫어요.

석호　(자기 잔에 따라 마시며) 전 괜찮은데요.

혜련　피 맛이 그래요.

석호　(천천히 잔을 내려놓는다)

혜련　내 장난이 또 지나친 것 같군요. (일어서며) 좋아하는 음악이 있어요?

석호　따님에게 제가 첫 남자가 아니죠?

혜련　왜 그런 말을 하죠? 내 딸의 처녀성이 의심스러운가요. 같이 자면 알게 되겠지만 한 번도 남자와 관계 가진 적 없는 깨끗한 처녀예요. 문화재감이죠.

석호　제 말은 그냥 스치듯 사귀었던 남자들….

혜련　내 딸은 어느 누구와도 스치듯 사귄 적 없어요. 사귈 때마다 맘을 다해 만나죠.

석호　매년 한 명씩요?

혜련　내 딸을 창녀 취급하는 건 참을 수 없어요. 당장 내쫓고 싶지만 내 딸이 사랑하는 사람이니 참겠어요. 저의 이성적인 사고에 감사해야 할 거예요.

연지, 차와 케이크를 들고 주방에서 나온다.

연지　식사를 치우고 차를 내올 걸 그랬나 봐요.

혜련　접시 정도는 내가 치워주마. (식사 접시를 챙겨 주방으로 간다)

연지　엄마와 무슨 얘기를 나누셨어요?

석호　사귄 지 얼마나 됐는지, 처음 어디서 어떻게 만났는지.

연지　엄마는 그런 거 묻지 않아요.

석호　어… 조금 다른 얘길 했어. 정치 얘기도 하고 물가 얘기도 하고.

연지　엄마는 집 밖의 얘기엔 관심 없어요.

석호　어쩐지 여쭤도 아무 말씀을 안 하시더군.

연지　물었다면 말했을 거예요. 거짓말이라도 말하는 걸 좋아하니까요. 내가 들으면 안 되는 말을 했나요?

석호　무슨 상상을 하는 거야?

연지　엄마는 기분이 나쁘면 접시를 치워요. 엄마 기분을 나쁘게 하는 건, 저에 관해서 나쁘게 말했을 때죠. 나에 대한 나쁜 얘기라면 남자 얘기를 꺼냈나요?

석호 아니야.

연지 뭘 알고 싶어요? 같이 잤는지 안 잤는지? 아니면 몇 명의 남자를 만났는지? 그것도 아니면?

혜련 (주방에서 나오며) 차는 식으면 맛이 없어. (자리에 앉으며) 내가 좋아하는 초코케이크군. 사랑에 눈이 멀어 내 식성을 잊은 줄 알았는데.

석호 전 그만 가보겠습니다.

연지 안 돼요. 식사 후에 후식은 꼭 먹어야 해요.

석호 다음에 다시 와서 먹지.

연지 (막아서며) 안 돼요.

석호 가야 할 일이 있어.

연지 우리 집에 왜 온 거죠?

석호 식사 초대를 받아서지.

연지 난 후식까지 있는 식사에 초대했어요.

혜련 나라면 마리아의 말대로 하겠어요.

연지 마리아라고 부르지 마세요.

혜련 너에게 누구도 돌을 던지지 못해. 마리아.

연지 (악을 쓰며 포크를 식탁에 꽂는다) 부르지 말랬잖아.

석호 (슬금슬금 뒷걸음치며 안주머니에 손을 집어넣는다) 그만 가는 게 좋겠어요.

혜련 손님이 가시는데 인사를 해야지, 마리아.

연지 (천천히 다가서며) 초대한 것도 내 마음이었듯 보내는 것도 내 마음이야.

석호　(가슴에서 총을 꺼내 겨눈다) 가까이 오지 마.

혜련　꽤 재밌는 장난이 시작됐군.

석호　가겠어. 난 조용히 이 집을 나가면 돼.

연지　날 사랑한 게 아니었군요. 나와 결혼할 마음이 없었어.

혜련　이젠 좀 똑똑해지는군.

석호　난 이미 결혼해서 아이까지 있어. 둘씩이나.

혜련　너무 슬픈 장난이군.

연지　여긴 왜 온 거지?

석호　이 도시에서 해마다 한 명의 남자가 감쪽같이 사라졌어. 모두 당신이라는 여자와 사귀었던 남자였지. 난 특종이 필요했어. 특종을 터트리지 못하면 직장에서 파면되고 말 거야. 그렇게 되면 내 아내와 아이는 실직자 아버지를 두게 되는 거지. 그래서 결심했어. 특종을 잡기로.

연지　나에게 접근한 이유가 거기에 있었군.

석호　이젠 그만두겠어.

혜련　꽤 재밌어지는데 벌써 그만두다니.

연지, 석호에게 점점 다가선다.
석호, 조금씩 뒤로 물러선다.

석호　방아쇠를 당기겠어.

연지　(포도주를 잔에 따르며) 피는 포도주 같은 거야.

석호　나한테 무슨 짓을 하려는 거야. 난 너한테 잘못한 게 없어.

잘해줬잖아.

연지   위험한 장난을 시작한 건 너야.

연지가 계속 다가서자 석호, 몸을 돌려 안쪽을 등지고 선다.

석호   난 집으로 가면 돼. 신고도 하지 않겠어. 내가 말하지 않으면 누구도 여기 사는 줄 모를 거야. 약속하겠어.

연지   넌 이미 나한테 거짓말을 했어.

석호   그들을 왜 죽였지?

연지   너처럼 떠나려고 했으니까. 방아쇠를 당기지 않으면 네가 죽어. 겁먹지 말고, 당겨. 죽을 순 없잖아.

점점 다가서는 연지.
석호, 방아쇠를 당기려고 하는데 혜련이 포도주병을 들어 석호를 내려친다.
포도주를 뒤집어쓰고 쓰러지는 석호.
혜련, 총을 집어 들고 석호에게 겨눈다.

연지   같이 자고 싶어요. 한 번은 그러고 싶어요.

혜련   넌 남자 보는 눈이 없어.

연지와 혜련, 석호를 끌고 방으로 옮기려고 한다.

연지   제 방으로 가야죠.

혜련 네 침대는 좁잖아.

연지 내 방에서 주무실 건 아니잖아요.

혜련 물론이지.

연지 좁아도 상관없어요. 포개서 자면 되니까.

연지와 혜련, 석호를 끙끙거리며 옮긴다.

혜련 다음부턴 날씬한 남자를 유혹하도록 해.

암전.

다시 밝아오면 무대는 말끔히 치워져 있고 두 개의 흔들의자에

혜련과 연지가 앉아 있다.

연지 피가 흐르지 않는 방법으로 하죠.

혜련 약을 먹이는 게 났겠어. 목을 조르는 건 너무 힘이 들 것 같
아. 저항도 만만치 않을 거야.

연지 얼마나 기다려야 하죠. 다시 장난을 치려면.

혜련 이 남자의 실종에 관심 두는 남자가 나타날 때까지. 예전보
다 기다리는 시간이 길어졌어.

연지 이젠 뭘 하죠?

혜련 남자를 묻어야지.

연지 땅을 파는 건 너무 힘들어.

혜련 그래도 할 일이 있잖아.

연지 꽤 깊이 파야겠죠?

혜련 이번에 그 위에다 뭘 심을까.

침묵.

혜련 무슨 말이든 해. 침묵은 싫어.

연지 또 둘만 남는군요.

혜련 잠자리를 한 번 더하는 건 어때. 혹시 모르잖아. 외롭지 않을지도.

연지 장난감을 두 번 갖고 놀면 싫증이 나죠.

혜련 권총을 겨눴을 때 기분이 어땠니?

연지 괜찮았어요. 그런 소품까지 준비할 줄은 몰랐죠.

혜련 성냥 사건은 너무 재미없었어.

연지 포도주도 마찬가지예요. 모른 척, 하는데 웃음이 나와 애먹었어요.

혜련 다음부터 대화 내용을 바꿔 보는 게 좋겠어. 때마다 같은 얘기를 하는 건 너무 지겨워.

연지 (잠시) 장난이 지겨워지면 그땐 어쩌죠?

혜련 그런 일은 없을 거야. 언제나 얘기는 만들기 나름이니까.

그들 대화 사이에 간간이 들리는 남자의 신음소리.
서서히 암전되면서 막이 내린다.

Милая игра

Автор Ким Су Ми

Перевод на русский язык Цой Ен Гын

Действущие лица:

Хе Рён.: Около 50лет. Одета в платье. Накрашена броско, нарочито вызвающе.

Ен Ди.: Старше 20лет. Одета в серую неброскую одежду. Несколько строга, выдержана. Вид уставшей молодой женщины.

Сек Хо.: За 30 лет. Корреспондент не столь популярного бульварного журнала. Одет в хороший костюм, но из-за толстого телосложения выглядит непрезентабельно.

Сцена.

Зал. Из-за громоздкой мебели помещение выглядит небольшим. На окнах шторы. Посреди зала стоят большой стол и стулья, кресла. Вначале кажется все красиво, но приглядевшись, понимаешь, что мебель устаревшая и убогость обстановки бросается в глаза. В стороне стоит стол со старомодным проигрывателем, на стене висят часы и зеркало. Видна дверь, ведущая на кухню. Стол накрыт белой скатертью, на нем стоит свеча. Сегодня тут ждут гостя. Хе Рен сидит в кресле и слушает музыку. Одной рукой держит чашечку с кофе.

Хе Рен. Марья! (громче) Марья!

Ен Ди С недовольным лицом выходит из кухни, придерживая рукой угол передника.

Хе Рен. (еще громче) Марья! Марья! (еще раз) Марья!

Ен Ди. Не называй меня так!

Хе Рен. Это с каких пор?

Ен Ди. Я же говорила тебе, что мне не нравится, когда так меня называют.

Хе Рен. Ты должна была сразу откликнуться. И могла бы ответить мне повежливее, не повышая голос.

Ен Ди. Что случилось?

Хе Рен. А ты чем занята?

Ен Ди. Я же сказала, что жду гостя. Уже забыла?

Хе Рен. Позабыла бы, не принарядилась так.

Ен Ди. Лучше бы позабыла.

Хе Рен. Что ты хочешь сказать этим? Не нравится как я одета? Я принарядилась только ради тебя.

ЕнДи. Хочешь угодить мне, сними, пожалуйста, серьги и ожерелье. И хорошо бы стереть слегка помаду.

Хе Рен. Если не хочешь выглядеть смешной, то надо показать себя в лучшем виде.

Ен Ди. Если нацепила дешевенькую цепочку, то,

думаешь, примут ее за драгоценное ожерелье Диндю? Увидев поблекшее от времени ожерелье, любой догадается, что это искусственная безделушка.

Хе Рен. Ты не знаешь: мужчины не сразу различают настоящее от поддельного. Они простаки в этом вопросе. Не трудно будет убедить их в том, что старый поблекший от времени жемчуг ценится больше чем новый. Просто надо суметь преподнести все так, чтобы они не сомневались нисколечко. И при этом надо делать строгое лицо.

Ен Ди. Сегодняшний гость далеко не дурак.

Хе Рен. Он точно дурак, коль собрался жениться на тебе.

Ен Ди. Но и ты ведь в свое время выходила замуж.

Хе Рен. Твой отец был другим.

Ен Ди. Отец был мужчиной. Коль он не был дураком, то и этот не дурак.

Хе Рен. Ты говоришь странные вещи.

Ен Ди. Нисколько не странные. (Хочет пойти на кухню)

Хе Рен. Что ты будешь делать?

Ен Ди. Я собираюсь встретить гостя.

Хе Рен. И что?

Ен Ди. Мы же договаривались поужинать вместе.

Хе Рен.	Не знаю, что ты там готовишь, но пахнет ужасно. Что готовишь?
Ен Ди.	Еду с ужасным запахом.
Хе Рен.	Не груби мне. Отвечай повежливее.
Ен Ди.	Если дашь мне слово, что будешь паинькой в присутствии гостя.
Хе Рен.	Я никому не грублю.
Ен Ди.	Когда-то я верила этим словам. (Уходит на кухню)
Хе Рен.	Не совсем удобно принимать тут гостя.
Ен Ди.	(Ставит приборы на стол).Но кухня у нас совсем мала.
Хе Рен.	На кухне удобнее трапезничать, чем тут в зале.
Ен Ди.	Так пожелал он. Сказал, что ужинать удобнее в просторном помещении. Он у меня мужчина с солидной комплекцией.
Хе Рен.	Нехорошо потакать ему во всем.
Ен Ди.	И я так хотела.
Хе Рен.	А зачем вилки и ножи? Надеюсь, ты не готовишь европейскую еду?
Ен Ди.	А он любит европейскую еду. (уходит на кухню)
Хе Рен.	Мужчина-капризный в еде – головная боль для женщины. Женщина быстро устает от такого мужчины.
Ен Ди.	(Раскладывает столовые приборы и тарелки на столе). Я люблю готовить.

Хе Рен.	Если надумала поужинать вместе со мной, то могла бы поинтересоваться и моим вкусом.
Ен Ди.	Ужин предусмотрен прежде всего для гостя. Господин Сек Хо, мой гость, любит европейскую кухню.
Хе Рен.	Сек Хо... Он ведь пообещал быть тут к 7 часам. Между прочим, я не совсем в восторге от его имени. Для человека имя очень важный атрибут. Имя производит хорошее или плохое впечатление.
Ен Ди.	(приносит из кухни фужеры)...Имя звучащее из глубины души.
Хе Рен.	Он намного старше тебя.
Ен Ди.	Да, старше. На каких-то 10 лет.
Хе Рен.	У него может быть тайная жена и ребенок. Ты показалась излишне скромной и он прибрал тебя к рукам. Ты совсем не знаешь мужчин.
Ен Ди.	А ты мама слишком хорошо знаешь их, что до сих пор не замужем.
Хе Рен.	Ты хочешь сказать, что ты из-за меня до сих пор не замужем?.
Ен Ди.	Не то, что я не хотела, а не смогла. Конечно, из-за тебя, мама. Но теперь ты не сможешь препятствовать мне в этом.

Хе Рен. Говоришь, из-за меня? Боже мой, я до сих пор все делала только ради тебя. И впредь буду делать так.

Ен Ди уходит на кухню.

Хе Рен. (громко) Дети не понимают своих родителей. Знала бы ты об этом, не говорила так. Нет родителей, которые препятствовали бы браку своих детей. Тем более, когда речь идет о засидевшихся в невестах.

Ен Ди. (выходя из кухни). А куда ты подевала вино?

Хе Рен. А что, в нашем доме было вино?

Ен Ди. Да. Вино, которое я купила, возвращаясь с работы домой.

Хе Рен. Откуда у тебя появились деньги на вино?

Ен Ди. Вчера получила зарплату.

Хе Рен. Я не знала об этом.

Ен Ди. Теперь я сама буду распоряжаться своими деньгами.

Хе Рен. А если у нас закончатся продукты? Когда надо будет платить налоги?

Ен Ди. Я их оплачу. И продукты закуплю. Нужны будут деньги, скажи мне. Я дам тебе.

Хе Рен.	А мне больше по нраву, как было раньше.
Ен Ди.	Решила накопить деньги на свадьбу.
Хе Рен.	Есть мужчины, которым не нужны приданное невесты в виде денег.
Ен Ди.	Тогда выберу такого. Встречусь с любимым человеком и возьму с собой приданное.
Хе Рен.	Ах, как же ты наивна. Замуж надо выходить исходя из семейного благосостояния. Брак должен быть по расчету.
Ен Ди.	Высчитывать чужое богатство непристойно.
Хе Рен.	Мне нужны будут деньги на карманные расходы.
Ен Ди.	Урежь свои расходы. Или же поищи себе работу.
Хе Рен.	Ты заставляешь меня работать? Ты же знаешь: я очень больна.
Ен Ди.	Ты не работаешь и много болеешь. Может быть будешь работать и тогда меньше будешь болеть.
Хе Рен.	Ты молода, а я стара. Скажу тебе, что после того, как я родила тебя, у меня намного ухудшилось здоровье.
Ен Ди.	Я не буду чувствовать свою вину после таких слов. Лучше скажи, куда ты дела вино?
Хе Рен.	Почему ты думаешь, что я знаю, где оно?
Ен Ди.	Я не помню, куда поставила его.
Хе Рен.	Тогда не спрашивай про него.

Ен Ди.	Я оставила его в буфете, оно исчезло.
Хе Рен.	Я не знаю.
Ен Ди.	Ты же видела его. И ведь знаешь, где оно находится. Куда поставила бутылку?
Хе Рен.	Не торопи меня. А то я забуду то, что знала.
Ен Ди.	Хорошо. Снова спрашиваю тебя. Вчера вечером я, возвращаясь с работы домой по пути купила бутылку вина для сегодняшнего ужина. Правда, не высшей марки, а так, средненькое. Увидев его, ты захотела выпить, но я не дала. Предупредила, что оно предназначено для гостя. Я отнесла его на кухню и поставила в буфете. Но сейчас там его нет. Исчезло за ночь? А может быть утром? Если никто не трогал его, то как оно могло исчезнуть? Ведь у него нет ног.
Хе Рен.	Может быть мышь его унесла?
Ен Ди.	Ты имеешь в виду двуногую мышь? Человек-мышь?
Хе Рен.	За кого ты принимаешь меня? Был бы тут твой отец, он не простил бы за такие слова.
Ен Ди.	У меня нет желания просить прощения у несуществующего отца. Где вино?
Хе Рен.	За проигрывателем.

Ен Ди достает бутылку.

Ен Ди. Впредь избавь меня от таких игр.

Хе Рен. Это я проделала ради тебя.

Ен Ди. Больше не делай так ради меня, пожалуйста.

Хе Рен. Хотя бы раз ты можешь потакать мне, ведь делаю все для тебя.

Ен Ди уходит на кухню.

Хе Рен. Не хочет не только понять. Даже слышать не хочет.

Ен Ди приносит цветы и ставит их на стол.

Хе Рен. Я не люблю розу. Она колючая.

Ен Ди. Вся прелесть в ее колючках. Всё! Подготовка закончилась. Овощи в холодильнике. Стейк вытащу из духовки перед самой едой. У меня имеется еще и небольшой торт. Это на десерт. Да, надо было еще купить фрукты. Теперь остается только ждать гостя. До семи часов.

Хе Рен. А чем ты будешь заниматься оставшиеся 10 минут?

Ен Ди. (садится на стул). Посижу тут.

Хе Рен. Как ты смотришь на то, чтобы снять свой передник и переодеться?

Ен Ди. Мужчины считают, что красиво смотрится, когда женщина в переднике. Он так представляет себе жену, готовящую для него ужин. Он признался, что я была самая красивая, когда была в этом одеянии...

Хе Рен. Не верь мужчине, который не откровенен.

Ен Ди. (вставая) Не могу просто сидеть и ждать.

Хе Рен. Последуй моему совету. Ждать сидя намного лучше.

Ен Ди снова садится.

Хе Рен. Не отчаивайся,если он не придет. Мужики не придают особого значения обещаниям, данным женщине.

Ен Ди. Бывали случаи, когда он опаздывал на свидание. Но если пообещал, то всегда приходил.

Хе Рен. Не понимаю, как можно заставлять женщину ждать.

Ен Ди. А я счастлива, когда жду его.

Хе Рен. Ну, коль пообещал... Может быть, на работе

начальник поставил на вечернее дежурство. Обычно мужчины слушаются родителей. Но больше прислушиваются к начальству.

Ен Ди. Ты хочешь, чтобы он не пришел?

Хе Рен. Почему ты так думаешь? Я же не против твоего замужества. Но важно знать, кто твой избранник. Сойдетесь ли вы по характеру? Может ли он содержать семью? Все ли в порядке в его родословной? Здоров ли он? Дружны ли между собой братья и сестры? Все ли в порядке в отношениях с женщинами? Будет ли предан своей семье? Нет ли признаков насилия? Что с образованием? Чисты ли его помыслы? Не любитель ли выпивать? Не картежник ли? Нет ли у него долгов? Хорошо ли ладит со старшими родичами? Внешность тоже имеет значение.

Ен Ди. До сих пор у нас не было ссор из-за различия характеров.

Хе Рен. Когда мужчина увлечен женщиной, то он проявляет большую терпимость. Но со временем открывается его истинная сущность.

Ен Ди. (не слушая слова матери). Он же корреспондент журнала. Думаю, не будет проблем по жизни.

Хе Рен. Хм... Корреспондент третьесортного журнала.

Ясно: там зарплата не ахти какая. Может быть у него дополнительный приработок. Все надо выяснить до свадьбы.

Ен Ди. Родители живы. Имеет старшую сестру, брата. Они обзавелись семьями и живут хорошо.

Хе Рен. Внешне на первый взгляд, кажется, все благополучно.

Ен Ди. Занимается спортом, аккуратно следит за своим здоровьем.

Хе Рен. Все занимаются спортом. Но любой может подхватить болезнь.

Ен Ди. Знаешь, если бы он гонялся за каждой юбкой, то я бы не стала встречаться с ним.

Хе Рен. Ну, тут очень легко обмануться.

Ен Ди. Ко мне он относится очень хорошо. Видно, что он далеко не глуп. Эрудирован. Он намного умнее меня.

Хе Рен. Если человек умеет читать газету, то он может запросто притвориться умником.

Ен Ди. Не играет в карты. Не любит это дело. И долгов у него нет.

Хе Рен. Не любит играть в карты... С трудом верится. Значит, он врун.

Ен Ди. У него много друзей.

Хе Рен.	Кто имеет много друзей, тот плохой семьянин.
Ен Ди.	...Внешность. Нет идеала в этом деле.
Хе Рен.	Ну, конечно, имеется в виду не идеал красоты. Но и недостатки тоже большой минус. Коль собралась замуж, то должна все это уразуметь. Узнать, покопаться. Если дожила до этих лет и не можешь разобраться в этом, то лучше не выходить замуж.
Ен Ди.	В браке самое главное – любовь.
Хе Рен.	А чем ты докажешь его любовь к тебе?
Ен Ди.	Тут не надо доказывать. Просто надо знать.
Хе Рен.	Не хочу, чтобы ты повторила мою ошибку.
Ен Ди.	Даже если бы ты знала, что разойдешься с отцом, все равно бы вышла за него. Это игра в любовь.
Хе Рен.	Нет, ты не знаешь. Если бы заранее знала, то ни за что не вышла бы на него. Переносить унижения невыносимо.
Ен Ди.	Папа не бросал тебя. Ты первая пожелала уйти от него.
Хе Рен.	Вот дура! Ты поверила отцу-обманщику.
Ен Ди.	(встает) Мне лучше пойти переодеться.
Хе Рен.	Не торопись переодеваться. Ждать - тяжелая доля. Надо чем-то заняться.
Ен Ди.	А почему ты ничем не занимаешься?

Хе Рен.   Я же никого не жду.

Ен Ди.   (про себя) Не старайся обманывать меня. Дня не было, чтобы ты не ждала.

Хе Рен.   Я знала, что твой отец не вернется ко мне.

Ен Ди.   (про себя) Головой то понимаю. Сердцем нет.

Хе Рен встает и хочет выпить вина.

Ен Ди.   (голос) Не вздумай пить. Мы встречаем гостя. Если он учует запах спиртного, то это неприлично.

Пока Ен Ди на кухне, мать наливает себе вина и выпивает. Вышла на кухню, взяла чайник и хочет налить воду в бутылку. Выпила еще раз и налила воду в бутылку.

Ен Ди.   (голос). Гость почувствует себя оскорбленным. Не хотелось бы этого. Хочу, чтобы он войдя в квартиру, почувствовал домашний уют. Ведь для этой цели я повесила новые шторы. Он любит голубой тон. А я ему сказала, что люблю серый цвет. Но голубой цвет тоже мне по нраву. Вот почему я выбрала шторы голубого цвета. Мне нравится когда он смеется.

Хе Рен выходит с фужером вина и садится в кресло-качалку.

Хе Рен. Я тоже любила, когда человек смеется.

Ен Ди. (голос) Смеется громко с удовольствием. Такое не часто увидишь.

Хе Рен. (выпивая) Да, давненько это было.

Ен Ди. (голос). К сожалению.

Хе Рен. Да, к большому сожалению.

Ен Ди выходит в зал. Переоделась в платье черного цвета. Хе Рен быстро прячет фужер с вином.

Ен Ди. Ты же не пила, правда?

Хе Рен. Видно же по бутылке.

Ен Ди посмотрела на полную бутылку и поставила ее на стол.

Ен Ди. А почему тут стоит пустой фужер?

Хе Рен. Я пила воду.

Ен Ди. И все?

Хе Рен. (Понесла фужер на кухню.) Не красиво, когда на столе стоит фужер с каплями воды.

Ен Ди. А чайник зачем оставила тут?

Хе Рен. А это для гостя. Когда человек торопится, то обычно у него пересыхает горло и задыхается. В таких случаях ему поможет стакан воды.

Ен Ди. А я то подумала, что не нравится он тебе. Не видела его ни разу, но сразу невзлюбила, проявила неудовольствие.

Хе Рен. У меня нет основания проявлять к нему неприязнь. Все это ради тебя. Конечно, меня одолевает беспокойство по любому поводу. Когда мать, у которой есть дочь на выданье, слегка ворчит. Это обычное дело.

Ен Ди. Ты всякий раз проявляла недовольство, когда я приводила кавалера домой.

Хе Рен. Считай, что это придирка. Любая мать в таких случаях становится придирчивой.

Ен Ди. То, что он низкорослый не может стать причиной размолвки брака.

Хе Рен. Худосочный человек слаб телом. Не сможет показать свою силу. Тогда женщине приходится быть сильной. Ей придется поднимать тяжести и делать тяжелую работу.

Ен Ди. А второй парень автослесарь не понравился тебе из-за того, что он был плохо одет. У него была такая специальность, возился с маслом и это отражалась на его одежде.

Хе Рен. На работе пусть ходит в замасленной одежде. Но на свидание, будь добр, приходи в приличной одежде. Это неуважение к девушке. Особенно, когда он приглашен домой.

Ен Ди. А он-то думает по-другому. Образ простого работяги ему по нраву и он считает это самым лучшим.

Хе Рен. А я так не считаю. Но и настаивать на своем не могу.

Ен Ди. Третий был немного смешон. А причина в том...

Хе Рен. Надо остерегаться мужчину – оратора. Потому что у него наверняка есть, что скрывать.

Ен Ди. Был юморным и очень приветливым.

Хе Рен. Легко попасть в его ловушку. Типичный ветреный соблазнитель.

Ен Ди. Он задаривал меня цветами.

Хе Рен. Подарки – это наилучшее средство для сокрытия своей сущности.

Ен Ди. А четвертый...Чуть было дело не дошло до свадьбы. Первое впечатление было чудесным.

Хе Рен. Он был единственным, кто был личностью не отталкивающей.

Ен Ди.   Тебе понравился его взгляд.

Хе Рен.   В его лице я впервые увидела плохого актера.

Ен Ди.   Новый тип личности от которого ты ждала многого.

Хе Рен.   Такой тип далеко не пойдет. Если у него отсутствуют способности, то в дальнейшем у него не будет перспективы.

Ен Ди.   Никто не знает о своем будущем. Потому что нет никакой гарантии. Но из-за этого не стоит впадать в отчаяние.

Хе Рен.   Если он игрок по жизни, то он не жизнестойкий тип. Коль такой, то не способен сделать женщину счастливой. Я и ты знаем об этом. Все ограничится словоблудием. (смотрит на часы) Уже больше 7 часов.

Ен Ди.   Как всегда немного запаздывает.

Хе Рен.   Не переживай, если даже не придет.

Ен Ди.   Хочешь, чтобы не пришел?

Хе Рен.   Даже в мыслях не было этого. Я должна увидеть его, чтобы его оценить.

Ен Ди.   Что бы то ни случилось, на этот раз я выйду замуж. Раньше были лишь короткие встречи. И поэтому толком не понимала, что такое любовное свидание. Первый этап - это мы только держались за руки. Потом легкие объятия... Не надо исключать и сладкий секс. Теперь я готова идти на это.

Хе Рен. (повышая голос) Я твоя мать. Ни одна дочь не говорит матери о предстоящем сексе. И при том, что ты незамужняя девушка.

Ен Ди. Между прочим, и ты была беременна мною до брака. Словом, занималась сексом еще будучи девушкой. А мне уже 28лет. Когда мне исполнилось 20 с лишним лет, то подумала, что неплохо было бы заняться этим.

Хе Рен. Не могла из-за того, что не было мужчины?

Ен Ди. Нет, из-за того, что ты была против всех моих кавалеров. (уходит на кухню)

Хе Рен. Куда пошла?

Ен Ди. Пойду за фужерами.

Хе Рен. В черный цвет одеваются во время похорон.

Ен Ди. (Вслух) Куда же ты их поставила?

Хе Рен. Они где то там... (Она быстро опрокидывает себе бокал вина, за тем вытирает его и ставит на стол)

Ен Ди. Не могу найти. Их не видать. Куда ты их поставила?

Хе Рен. На кухне где-то.

Ен Ди выходит из кухни.

Ен Ди.   Ты сказала на столе? А стол ведь я переставила в зал.

Хе Рен.   Я забыла, что недавно помыла их и поставила на стол.

Ен Ди.   Когда?

Хе Рен.   Когда ты переодевалась в костюм черного цвета.

Ен Ди.   Тогда их не было тут.

Хе Рен.   Вот тогда то я помыла их и поставила на стол.

Ен Ди.   Да? А я не заметила.

Хе Рен.   Ты многого не видишь.

Ен Ди.   Неправда.

ХеРен.   Что ты будешь делать, если он не придет?

Ен Ди.   Такого не случится.

Хе Рен.   Рассердишься и превратишь квартиру в ад кромешный. Напьешься, будешь плакать или как сумасшедшая выбежишь на улицу. Ради бога не истери. Этим ты сделаешь мне больно. Я не выношу шума в моем доме. Ведь не отдохнешь, не поспишь. Не послушаешь в тишине музыку. Без тебя тут мне будет тоскливо. Когда смотришь телевизор, нужен собеседник. И плохо, когда не покушаешь во-время. На старости лет вредно голодать. Появятся много морщин.

Ен Ди. Ты много шумишь. Нельзя ли вести себя тихо (смотрит на часы)

Хе Рен. Не смей говорить такие слова матери. Кто научил тебя этому?

Ен Ди. Я веду себя так, как ты учила.

Хе Рен. Такое впечатление, будто ты нарочно хочешь сделать мне больно.

Ен Ди. Если ты не делаешь мне больно, то и я стараюсь не делать этого. Если ты подумала об этом, то это лишнее доказательство, что ты делаешь мне больно.

Хе Рен. Ты не выбираешь выражений.

Ен Ди. Я лишь все делаю так, как учила ты.

Хе Рен. Не забывай о приличии, когда обращаешься со старшими.

Ен Ди. Вот этому я не научилась у тебя.

Хе Рен. Хочется сказать, что ты не моя дочь.

Ен Ди. Это про то, что ты бросила моего отца?

Хе Рен. Это он, бросив меня, ушел. Будь тогда я поумней, как сейчас, я бы ушла от него первая... Хуже нет, чем ждать.

Ен Ди. Да, правда.

Обе смотрят на часы.

Хе Рен. Просрочил уже 10 минут. Заставлять ждать женщину... Тем более двух.

Ен Ди. А ты не жди. Я одна подожду. И не придирайся по всякому поводу.

Хе Рен. Это я придираюсь?! Ты сейчас смотришь на меня как на старую бездельницу, которая мается от ничегонеделания.

Ен Ди. А ты думаешь, что не стара. След времени не скроешь макияжем.

Тут звучит звонок в дверь.

Ен Ди. (обрадовавшись) Пришел!

Хе Рен. Ну, пришел.

Ен Ди. Встреть его повежливее.

Хе Рен. Если ты сама будешь поприветливее со мной.

Ен Ди. (остановившись в прихожей) Надо было зажечь свечи. (ищет спички, не находит) Я же их положила сюда. Ты не видела спички?

Хе Рен. Ты провинилась. Извинись.

Ен Ди. Ты держишь их в руках. Дай мне.

Хе Рен. Пока не извинишься, не дам.

Звонок

Ен Ди.   Я не виновата. (отвернулась)

Хе Рен.   Ну, тогда придется ужинать при незажженных свечах. Будет неприглядное зрелище.

Ен Ди.   За что я должна извиниться?

Хе Рен.   Коль не знаешь за что, значит извинение будет не искренним. Ты же знаешь за что.

Ен Ди.   Я виновата.

Хе Рен.   Больше так не делай.

Звонок.

Ен Ди.   Дай спички.

Хе Рен.   Они у цветника.

Ен Ди нашла их и зажгла свечи. Звонок.

Ен Ди.   Иду!

Заходят Ен Ди с Сек Хо.

Сек Хо.   Думал, вас нет дома.

Ен Ди.   Быть не может такого. 29лет жду только тебя.

Хе Рен.	Добро пожаловать в наш дом.
Сек Хо.	Рад встрече.
Хе Рен.	Насколько помню, мы встречаемся впервые.
Ен Ди.	В этих словах нет злого умысла. Мама у меня любит играть.
Сек Хо.	А мне нравятся люди с чувством юмора.
Хе Рен.	А мне не нравится, когда делают поспешные выводы.
Сек Хо.	Не берите в голову. И не напрягайтесь.
Хе Рен.	Не напрягаюсь. Но несколько неожиданно.
Ен Ди.	Ты наверное, голоден. Пойду, принесу еду (хотела уйти, остановилась) Забыла представить тебя.
Сек Хо.	Я сам представлюсь.
Хе Рен.	Ты уже называла его имя. (обращаясь к Сек Хо) Не стоит повторяться.
Сек Хо.	Да, конечно.
Хе Рен.	(к Ен Ди) С ужином запоздали.
Ен Ди.	Сейчас вынесу. Не займет и минуты. (уходит)
Хе Рен.	Присаживайтесь.
Сек Хо.	Да.

Она села напротив.

Сек Хо.	Дом ваш находится на окраине и поэтому здесь

чистый воздух.

Хе Рен. Да, Мне не нравятся шум автомашин, звуки сирены, и вообще весь городской шум. До дрожи. Эти звуки уничтожают всю прелесть окружающего мира и делают меня глухой.

Сек Хо. Если заработаю много денег, то переселюсь подальше от городской черты и заведу себе приусадебный участок.

Хе Рен. Почему вы до сих пор не женаты?

Сек Хо. Считайте, что не встретил еще достойную пару.

Хе Рен. Вы считаете, что наша Ен Ди вам достойная пара?

Сек Хо. (растерян) ... Очень хотелось побывать у вас дома.

Хе Рен. А почему?

Сек Хо. Да, все просто. У вас уютно и мне здесь хорошо.

Хе Рен. Мы перенесли обеденный стол сюда в зал. Не выглядит смешным?

Сек Хо. Да, нет.

Хе Рен. Наверное, вы уже говорили о свадьбе. А так бы вы не пришли сюда.

Сек Хо. Да.

Хе Рен. Не думали ли вы, что у вас большая разница в возрасте?

Ен Ди. (Поставила ужин на стол) Подумаешь, разница на

каких-то 10 лет?! (расставляет тарелки).

Сек Хо.   Наверное, все вкусно.

Хе Рен.   У нас нет накоплений на свадьбу.

Ен Ди.   Будем собирать. (к Сек Хо) Это вино для тебя.

Сек Хо.   (берет бутылку) Я налью. (к Хе Рен) Вам налить?

Хе Рен.   Я воздержусь.

Ен Ди.   Чтоб мама отказалась от выпивки?!... (глядя на Сек Х о). Но она не алкоголичка.

Сек Хо.   Я налью чуточку.

Хе Рен.   Бывают случаи, когда я совсем не хочу пить.

Ен Ди.   Сек Хо старается угодить тебе, выпей немного.

Хе Рен.   (вынуждена уступит). Я не люблю пресное вино.

Ен Ди.   Вино не бывает пресным.

Сек Хо.   Ну, давайте выпьем за нашу встречу.

Ен Ди.   Учти, все это приготовлено для тебя. Обошлось недешево.

Все выпивают.

Ен Ди.   Да, на вкус пресное.

Сек Хо.   Обычно в дорогое вино не подмешивают всякие подслащивающие добавки.

Хе Рен.   (про себя) Дурак.

Ен Ди.   Что?

Хе Рен.	А, что?
Ен Ди.	Ты что-то сказала.
Хе Рен.	Не хочу пресного вина.
Ен Ди.	Знала бы купила дешевенькое вино (к Сек Хо) А ты пей.
Сек Хо.	(ест мясо) Вкусно. Впервые ем такой вкусный говяжий стейк.
Хе Рен.	Это не говядина.
Сек Хо.	А что за мясо?
Хе Рен.	...Человечина...

Сек Хо роняет вилку.

Ен Ди.	(поднимая вилку) Мама у меня любит пошутить.

Сек Хо растерян, но продолжает жевать мясо. Насильно.
Но, внезапно, почувствовав рвоту, встает.

Ен Ди.	Туалет находится рядом с прихожей.

Сек Хо бежит туда.

Хе Рен.	(занята едой). Уж больно он нежен. Слабак. Совсем не соответствует своему телосложению.

Ен Ди. Не смей обращаться так с моим гостем.

Хе Рен. Коль пришел в мой дом, то он и мой гость.

Ен Ди. При случае и ты приглашай гостя.

Хе Рен. Я так и сделаю.

Ен Ди. Вряд ли нормальный мужчина согласится прийти в гости к пожилой женщине.

Сек Хо. (пришел сел на свое место). Прошу, извините меня.

Хе Рен. А вы бы пришли в гости, если бы я лично пригласила вас?

Сек Хо. Да, конечно.

Хе Рен. (смотрит на дочь). Я хотела, чтобы эти слова услышала моя дочь (к Сек Хо) Приятного вам аппетита. На самом деле стейк приготовлен из первосортного говяжьего мяса.

Сек Хо. Вы, наверное, живете вдвоем?

Хе Рен. Вы хотите спросить про моего мужа?

Сек Хо. Да, так просто.

Хе Рен. Он умер.

Ен Ди. Да жив он. Только мы не знаем где он живет. (м атери) Плохо, когда про живого человека говорят, что он умер.

Хе Рен. Бывают случаи, когда думаешь о живом как о покойнике и наоборот, о покойнике как о живом.

Сек Хо. Да, это так.

Хе Рен. На этом свете можно поговорить обо всем. Не важно на какую тему. Люди любят поболтать и о небылицах. Лишь бы поболтать…Независимо от того, как вертится земля. Она делает людей честных, умных, но смешно то, что делает и порядочных людей. Изредка создаются и работящие люди. Не только это. Земля рожает и героев. В результате это становится искусством и появляются именитые люди. Только таким образом люди смогут прокормиться.

Молча трапезничают.

Хе Рен. А когда назначена свадьба?

Сек Хо. Это надо обсудить с Ен Ди.

Ен Ди. Лучше бы без меня решили.

Хе Рен. А где вы намерены жить после свадьбы?

Сек Хо. Поищем небольшую квартирку.

Хе Рен. А что, если вы поживете тут у нас?

Сек Хо. Я подумаю об этом варианте.

Ен Ди. Думаю, что это не лучший вариант.

Хе Рен. А вы знаете о том, что мы в долгах?

Ен Ди. Пустяки. Небольшая сумма. С долгами можно рассчитаться до свадьбы.

Хе Рен.	Я неработоспособна и буду нуждаться в ежемесячном пособии.
Ен Ди.	У тебя есть пенсия. Если будешь экономить, можно жить.
Хе Рен.	Вы готовы жениться при таком раскладе?
Сек Хо.	....
Ен Ди.	Конечно, да. Ты же любишь меня. Так? Ответь да!.
Сек Хо.	Ты же знаешь, что это так.
Ен Ди.	Да, конечно, знаю. И ты женишься на мне.
Сек Хо.	Хочется чаю.
Ен Ди.	Поужинали, теперь попьем чаю. Для тебя приготовлен торт.

Ен Ди уходит на кухню.

Сек Хо.	Может еще вина?
Хе Рен.	Нет, не хочу. Оно пресное.
Сек Хо.	(наливает себе) А мне ничего.
ХеРен.	Вкус крови...
Сек Хо.	(медленно опускает бокал)
Хе Рен.	Кажется, я переборщила с игрой. (встает) Какую музыку вы любите слушать?
Сек Хо.	Я не первый мужчина у Ен Ди?

Хе Рен. Зачем вы спрашиваете об этом? Сомневаетесь в чистоте женской нравственности? Когда вы будете вместе с ней, узнаете, что она непорочная девушка, не имевшая никогда близости с мужчиной.

Сек Хо. Я просто имел в виду мимолетные увлечения.

Хе Рен. Не было у нее никаких мимолетных увлечений. Если была увлечена, то относилась к этому очень серьезно .

Сек Хо. Каждый год по одному?

Хе Рен. Считаете мою дочь куртизанкой? Я не потерплю этого. Хочется тут же прогнать вас отсюда. Но, поскольку она любит вас, потерплю. Вы должны быть благодарны за это.

Ен Ди выходит с тортом.

Ен Ди. Надо было убрать все со стола и принести чайный сервиз.

Хе Рен. Я уберу тарелки. (уходит на кухню)

Ен Ди. О чем говорили тут вдвоем?

Сек Хо. О том сколько мы встречаемся. Где встретились.

Ен Ди. Мама никогда не интересуется такими вещами.

Сек Хо. Ну, поговорили на разные темы. О политике, о

цена на товары...

Ен Ди. Мама никогда не интересуется событиями, которые происходят за пределами своего дома.

Сек Хо. Почему-то она не отвечала на некоторые мои вопросы.

Ен Ди. Если бы ты спрашивал, то ответила бы. Она любит поговорить. Наверное, говорили о нелицеприятных вещах про меня.

Сек Хо. Что ты фантазируешь?

Ен Ди. Когда мама не в настроении, то обычно убирает тарелки со стола. Наверное, прозвучали не хорошие слова, касающиеся меня лично. Значит, речь шла о моих мужчинах.

Сек Хо. Да нет же.

Ен Ди. Что ты хочешь узнать? Спала ли я с мужчиной? Или со сколькими мужчинами я встречалась? Если не это...

Хе Рен. (выходит из кухни) Если остынет чай, то он не вкусен.(садится на свое место) О! мой любимый торт с шоколадом. Думала,что ты втюрилась до беспамятства и позабыла о моем вкусе.

Сек Хо. Мне надо уходить.

Ен Ди. Нельзя уходить. Обязательно надо поесть десерт после ужина.

Сек Хо.	Приду в следующий раз и поем.
Ен Ди.	Нельзя!
Сек Хо.	У меня дела.
Ен Ди.	А зачем ты пришел сюда?
Сек Хо.	Приглашен на ужин.
Ен Ди.	Я пригласила на ужин... даже с десертом.
Хе Рен.	Я бы послушала Марью.
Ен Ди.	Не называй меня Марьей.
Хе Рен.	Никто не смеет бросить камень в тебя, Марья.
Ен Ди.	*(со злостью воткнула вилку в торт)* Сказала же. Не зови меня так!
Сек Хо.	*(потихоньку отходит к двери)* Лучше мне уйти.
Хе Рен.	Гость собирается уходить. Марья, давай соблюдай приличия.
Ен Ди.	*(вставая)* Я пригласила, я и провожу.
Сек Хо.	*(вытаскивает из-за пазухи пистолет и нацеливает на девушку)* Не подходи близко ко мне.
Хе Рен.	Игра становится интереснее.
Сек Хо.	Уйду. Мне лучше тихо уйти.
Ен Ди.	Ты не любил меня. И вовсе не собирался жениться на мне.
Хе Рен.	Наконец-то прозрела.
Сек Хо.	Я уже женат. Имею детей. Их у меня двое.
Хе Рен.	Да уж. Печальная игра.

Ен Ди.	Тогда зачем приперся сюда?
Сек Хо.	Оказывается в нашем городе каждый год бесследно исчезает один мужчина. Известно, что эти мужчины увлекались женщиной похожей на тебя. Я должен был расследовать это странное дело. Если я не сумею, то вопрос встанет о моем увольнении. Тогда моя жена и дети останутся без меня. Вот почему я взялся за это дело.
Ен Ди.	Вот почему ты хотел соблазнить меня.
Сек Хо.	Теперь не буду.
Хе Рен.	Событие разворачивается очень интересно.

Ен Ди приближается к Сек Хо. Тот отступает.

Сек Хо.	Не приближайся . Буду стрелять.
Ен Ди.	(наливает себе вино) Кровь как вино.
Сек Хо.	Что ты хочешь сделать со мной? Я не виноват перед тобой. Я хорошо относился к тебе.
Ен Ди.	Ты первый начал эту опасную игру.

Она все ближе подходит к нему. Он поворачивается.

Сек Хо.	Я пойду домой. Никому ничего не скажу. Никто не узнает, что ты живешь тут. Обещаю.

Ен Ди. Ты уже обманул меня.

Сек Хо. Зачем ты убивала их?

Ен Ди. Хотели уйти от меня как ты. Если ты не выстрелишь в меня, то умрешь. Не бойся, стреляй! Тогда ты не умрешь.

Ен Ди приближается к нему. Сек Хо хочет выстрелить, но в этот момент Хе Рен ударяет его бутылкой по голове. Сек Хо падает. Хе Рен подбирает пистолет и целится в Сек Хо.

Ен Ди. Хочу спать с ним. Хотя бы раз.

Хе Рен. Ты не научилась распознавать мужчин.

Обе пытаются затащить Сек Хо в комнату.

Ен Ди. Давай его ко мне в комнату.

Хе Рен. У тебя же узкая кровать.

Ен Ди. Ты же не собираешься спать в моей комнате.

Хе Рен. Да, конечно.

Ен Ди. Ничего, что узкая кровать. Будем спать друг на друге.

Они с трудом выволокли мужчину .

Хе Рен. В следующий раз соблазняй худосочного мужчину.

Тишина. Обе женщины сидят в креслах-качалках.

Ен Ди. Надо, чтобы не было крови.

Хе Рен. Тогда лучше всего применить лекарственный препарат. Не так просто его задушить. Будет сильно сопротивляться.

Ен Ди. Сколько надо ждать, чтобы еще продолжить игру?

Хе Рен. До тех пор пока не спохватятся люди. По сравнению с прошлым разом время затянулось.

Ен Ди. И что теперь делать?

Хе Рен. Его надо закопать.

Ен Ди. Трудно будет выкопать яму.

Хе Рен. Надо делать.

Ен Ди. Надо же выкопать глубокую яму?

Хе Рен. В этот раз там посадим что-нибудь.

Тишина.

Хе Рен. Поговори. Тишина угнетает.

Ен Ди. Опять мы останемся вдвоем.

Хе Рен.	Как ты смотришь на то, чтобы еще раз развлечься в постели. Может избавимся от скуки.
Ен Ди.	Играть одной той же игрушкой два раза надоедает.
Хе Рен.	Каково было ощущение, когда ты целилась пистолетом в него?
Ен Ди.	Да ничего. Не ожидала, что он возьмет с собой такую игрушку..
Хе Рен.	Игра со спичками была не так интересна.
Ен Ди.	Так же как с вином. Притворялась будто не вижу, а сама чуть не умерла со смеху.
Хе Рен.	В следующий раз поменяем диалог. Каждый раз одно и то же не интересно.
Ен Ди.	А что надо делать, когда надоедает играть?
Хе Рен.	Такого больше не повторится. Все зависит от того, как ты построишь игру.

Слышится стон мужчины.

Медленно опускается занавес.

• Ким Су Ми (1970г.рож.)

Её дебют был в 1997году на литературной странице газеты « Дёсон Ильбо» с произведением « Лечу со сломанным крылом». В разные годы она получала премию « Новое имя в драматургии», за выпуск пьес. Создала фонды «Творчество Десан», « Литературный « Арко», и оказывала материальную помощь писателям «Общество культуры Сеула»,не раз признана лучшим автором пьес. Выпустила 5томов пьес, монографию, среди них « Живой кит», «Такламакан», «Хороший сосед», «Торжество», « Я не люблю цветов» и др.

По случаю 90-летия Государственного Академического корейского театра Казахстана написала пьесу « 40дней чудес». К 30-летию установления дипломатических отношений между Республикой Корея и Республикой Казахстан выступила как автор проекта « Страна фантазии».

Ныне занимает должность Председателя Союза писателей Республики Корея.

« Милая игра» была поставлена на сцене в 1999году. В ней затронута тема одиночества,страха и разрушения. Предполагается, что и в следующем веке ограничится общение между людьми, увеличение насилия. Рисуя противоречивый портрет человека с горьким привкусом юмора, как бы спрашивая у зрителя, желает ли он каких-то ожидания и общения...Но в пьесе присутствуют юмор в перемешку с комичными ситуациями, оптимистические нотки ожидания...

우산(umbrella)

선욱현

Wook Hyun Sun (1968년 출생, sunmade@hanmail.net)

1995년 문화일보 하계 문예에 단막희곡 〈중독자들〉이 당선되며 등단했다. 대산창작기금, 아르코 문학기금 등을 받아 희곡집이 네 권 출판되었다. 2018년에는 한국극작가협회에서 주는 〈제1회 대한민국 극작가상〉을 수상했다. 40여 편의 창작희곡을 발표했고 꾸준히 공연되는 작품으로 〈의자는 잘못 없다〉, 〈절대사절〉, 〈돌아온다〉, 〈피카소 돈년 두보〉 등이 있다. 한국극작가협회 이사장을 역임했다. (2020~2023)

단막희곡 〈우산〉은 작가의 유년기 실제 경험을 바탕으로 2018년에 한국에서 초연되었다. 우산을 빌려주고 기다리던 아이의 시간을 배경으로 인간에 대한 믿음을 다룬 작품이다.

등장인물

금동   5학년. 은자의 오빠. 순하고 착한.
은자   2학년. 금동의 여동생. 착하고 여린.
아이 1   5학년 남자아이. 귀여운 순진한 구석이 많은 거 같은.
아이 2   5학년 여자아이. 정서적인.
아이 3   5학년 남자아이. 전형적인 까불이. 아주 밝은. 걱정 없는.
강아지   똥개. 발랄하기가 아주 저돌적인.
그 오빠   6학년. 되게 나빠 보이는. 근데 얼굴은 잘 생긴.
수위아저씨 평범한. 하루에 말 열 마디 이하 할 거 같은.

때, 장소

1978년, 초여름, 초등학교 건물 현관 앞, 그 앞 운동장

(이야기의 시작은 1978년 초등학교에서, 예전엔 국민학교라고 했고, 지금의 시각에서 보면 그저 옛날 70년대 학교쯤으로 생각하면 되겠다. 하지만 80년대도 90년대도, 지금도 이 작품의 이야기는 있을 수 있다.)

초등학교 현관, 처마 아래. (비를 피할 수 있는 곳)

텅 빈, 빗소리만 빈 무대를 채우고 있다.

하교시간이 가깝다.

5학년 쯤 돼보이는, (가방을 등에 맨) 아이1이 맨 먼저 나와서

비가 내리는 걸 본다. (신발주머니도 들었다)

아이1은 처마 위로 하늘을 올려다본다. 비가 온다.

처마를 벗어날 수 없다. 우산이 없으니.

조금은 난감한 시간이 흐른다.

역시 또래로 보이는 아이2가 나온다. 역시 우산이 없다.

그런 두 아이의 난감한 시간.

침묵을 깨고….

아이1　　비가 내리네.

두 아이는 비가 내리는 하늘을 본다. 잠시 후.

아이2　　비가 오네? (예보도 없었는데)

사이.

아이1　　비가 내리네. 비가 오네? (사이) 비가… 떨어지네.

아이2가 아이1을 본다. 그리고 다시 하늘, 내리는 비를 본다. 침묵.

아이1 비가 내려… 오잖아.

아이2 비가 오잖아.

아이1 비가 떨어… 지는 건가? 오는 거야?

생각. 떨어진다, 온다가 다른 건가?

아이1 비가… 떨어져서… 내려… 온다?

아이2 비가 나한테 오잖아.

아이1 비가 내려오거나, 비가 온다는 말은 무슨 비가 마음이 있어서 지가 스스로 내려오거나 다가오거나 그러는 거 같잖아. 비가 무슨. 비는 그냥 떨어지는 거야. 수증기가 모여서 구름이 되고 그게 무거워서 떨어지는 거야. 그걸로 하자. 비는 떨어지는 거야.

아이2는 생각. 그런가?

아이1 아니야. 비가 내려올 수 있는 거잖아. 비도 마음 있어.

아이2 저번에 버스 탔는데, 달이 나를 막 따라왔어. 내려서 집까지 걸어가는데 달이 막 나를 따라왔어. 달도 마음이 있어.

아이1 아닌 거 같은데?

다시 침묵.

아이1 자, 위를 봐봐.

아이2   응. (하늘을 본다)

아이1   비는… 떨어지고 있지?

아이2   … 응.

둘은 한참 보고 있는데, 아이3이 나온다.

1,2는 3이 나온 줄 모르고 비만 올려다보고 있다.

그때, 3이 하늘을 보더니,

아이3   비를 뿌리네.

1,2가 동시에 아이3을 본다.

아이3   (1,2에게) 안녕. 집에 안 가냐?

아이2   비가 와서. 우산도 없고. 너 우산 있어?

아이3   나도 없는데. 어쩌냐.

아이1   (아이2에게) 비가 온다고?

아이2   아차, 비가 떨어져서, 비가 떨어져서 우산도 없고.

아이1   (3에게) 야, 비를 뿌리다니, 그게 뭐야?

아이3   누가 위에서 비를 막 뿌리잖아! 아니다. 하나님이 오줌 싼다. 뿌우우우우~~~ 크하하하!!

아이1,2는 순진하게 웃는다. 그냥 좋아한다. 그러다가 아이1은…

아이1   세상은 참 정확하지 않은 거 같아. 그치? 답이 있지 않을까?

아이3은 하나님 오줌 싸는 시늉하면서 더 까불고, 아이2는 재밌
어한다. 깔깔댄다.

아이1　천진하네?

그때, 2학년이지만 더 작아 보이는, '은자'가 나온다. 우산을 쓰
고 하나는 들었다.
쓴 우산은 옛 비닐우산이었음 좋겠고, 든 우산은 살짝 좋은 천
우산이었음 한다.

이제 아이들 은자에게, 사실은 쓰고 든 우산에 집중한다.

아이3　우산이다.

아이들 부러운 시선.

아이2　너 누구야?
은자　….
아이1　누구 동생이야?

은자 머뭇한다. 바로 대답을 못 한다.
이런 상황이 그들도 이상하지 않다. 대답 못 할 수 있는 것이다.

번개가 살짝 번뜩이고 천둥이 이어 살짝 하늘을 울린다. 꾸구궁.

아이들 놀라서, 와~ 한다.

아이2 빨리 집에 가야지, 비 더 오겠다.

아이1 비 내리는… 아니, 비 떨어지는데 그냥 집에 가?

아이3 그냥 맞음 되지.

아이들 ?

아이3이 용감하게 현관 처마를 벗어나 운동장으로 나선다.
비를 후두둑 맞기 시작한다. 그리고 아이3이 비를 맞으면서 까분다.
덜렁덜렁 춤을 추기도 하고 비 맞은 머리를 이리저리 가르마를 타며 웃긴다.
아이들 그 모습을 보며 깔깔대며 즐거워한다. 이젠 놀이가 됐다.
한참 그렇게 놀다가….

아이3 집에 가자 얼른. (손짓하지만)

아이들은 아직 처마를 벗어날 용기가 없다.

은자 5학년 금동이 오빠 끝났어요?

아이2 아 너 금동이 동생이야?

은자 네. 은자에요.

아이3 웃긴다. 금동이 동생 은자. 동생은 동팔이냐? 으하하핳!

아이2 끝났어.

아이1	어떻게 알아?
아이2	우리 반이야.
아이1	아아….
아이2	(은자에게) 끝났는데, 당번이야. 청소하고 내려올 거야. 올라가볼래?
은자	(고개 젓는다) 아니요.
아이2	여기서 기다릴 거야?
은자	네.
아이3	가자~ 나 먼저 간다 그럼!

아이1이 먼저 용기를 내어 나간다. 그리고 금세 뛰어나간다.
2도 웃으며 나와 비를 맞는다.
3도 그들과 신나게 장난치며 운동장을 벗어나 집으로 향한다.

은자 혼자 남았다. 은자는 우산을 접고 현관 처마 아래 선다.
그때, '그 오빠'가 나온다. 비가 내리는 걸 본다. 난감하다.
6학년인데도 성숙해 보인다. 속에 영감이 든 양, 그 노숙함이 나빠보인다. 근데 얼굴은 되게 잘 생겼다. 목소리도 좋다. 그 오빠가 은자를 본다.

그 오빠	몇 학년이야?
은자	2학년이요.
그 오빠	누구 만나러 왔어?
은자	오빠 우산 주려구요.

그 오빠 오빠가 누군데.

은자 금동이요. 5학년 10반이요.

그 오빠 우리 바로 아래네. 난 6학년 10반이거등.

은자 … 네.

그 오빠 5학년 10반 교실에 아무도 없던데?

은자 ….

그 오빠 내가 내려오면서 창문이 열려 있길래 보고 왔어. 아무도 없어.

은자 당번이에요.

그 오빠 아무도 없던데? 올라가 봐, 진짜야.

은자 ….

그 오빠 (다시 비 내리는 하늘을 본다)

난감한 시간이 좀 흐른다.

그 오빠 야, 우산 좀 빌려 줘.

은자 예?

그 오빠 우산 좀 잠깐만 빌려달라고. 우리 집이 바로 교문 앞이야. 문방구 알지? 그 뒷집이야. 얼른 가서 우산 가져올게.

은자 …. (고민)

그 오빠 바로 앞이라니까. 금방 올게. 우리 집에 우산 있어.

은자 ….

그 오빠 나 못 믿어?

은자 …. (우산을 소심하게 내민다)

그 오빠 (받으며) 고마워. 금방 올게.

휙 그 오빠는 우산을 쓰고 운동장으로 나간다.
사라지는 그 오빠를 은자는 본다.

그때, 강아지! 나타난다. 휙 나타나서 꼬리를 신나게 흔든다.
은자는 헉! 공포다. 얼어붙는다.
강아지가 조금 다가오는데… 은자는 거의 울음이 터질 지경이다.
강아지 더 거세게 꼬리를 흔든다. 은자는 그게 더 무섭다.
강아지 거의 코앞까지 다가왔다.
은자는 으아아~~ 앙! 하고 터질 찰나,

금동　　저리 안 가!

강아지는 벗어난다. 조금 거리를 두고 은자를 보고 있다.
여전히 꼬리는 흔든다.

은자　　오빠아~~~ (운다)
금동　　울지 마. 새끼잖아.
은자　　으아아앙~~~
금동　　안 물어. 새끼야. 문방구집 개야. 해피야 해피. (이름 부른다) 해피!

강아지 꼬리가 떨어져라 꼬리를 흔들며 다가오려 한다.

금동   (저지한다) 저리 가!

강아지   (물러난다)

금동   완전 똥개야. 아무한테나 잘 가. 다 받아먹고. 저번에 누가
        식초를 따라서 주니까 물인 줄 알고 핥아먹고 막 (흉내) 캑
        캑캑~~ (웃는다)

은자   (울음을 멈춘다)

금동   엄마가 우산 보냈구나? 근데 우산 한 개 가져왔어?

은자   ….

금동   집에 가자. (은자의 비닐우산을 편다)

은자   (안 가려고 버틴다)

금동   (먼저 운동장으로 나가서는) 가자. 안 가?

은자   오빠. 우산이. 응, 우산을. 오빠가. 금방 온다고.

금동   무슨 소리야? 우산 여기 있잖아.

은자   아니, 6학년 오빠가 우산 잠깐 빌려달라고 해서 가져갔어.
        집이 요 앞이라고. 금방 온다고 했어.

금동   우산을 빌려줬다고? 누구한테?

은자   6학년 오빠가.

금동   아는 오빠야?

은자   아니.

금동   근데?

은자   응, 자기가 집이 요 앞이라고 금방 가져다준다고 우산을 잠
        깐만 빌려달래서, 줬어.

금동	모르는 오빤데 그냥 우산 빌려줬어?
은자	응.
금동	에이 바보. 잃어버렸다. 어떡할래?
은자	금방 온다고 했어. 집이 문방구 뒷집이야.
금동	문방구 뒷집? (생각하고는) 문방구 뒤에는 교횐데. 거기 누가 살아?
은자	….
금동	바보야. 그 말을 믿음 어떡하냐?
은자	….
금동	(잠시 난감하고) 엄마한테 너 큰일났다. 우산이 얼마나 귀한데, 그걸 잃어버려? 아니 그냥 남을 줘버린 거잖아. 왜 그랬어 바보야! 나는 몰라, 니가 혼자 그런 거니까. 알았지?
은자	….
금동	빨리 집에나 가자.
은자	그 오빠 올 거야.
금동	….

둘은 잠시 기다린다. 강아지가 몇 바퀴를 맴돈다.
괜히 월! 하고 짖고, 응답이 없어도 여전히 꼬리는 흔든다.
비에 젖으니 몇 번 몸을 털기도 한다. 그리고는 다시 금동이를 본다.
금동이는 괜히 작은 조약돌을 강아지한테 던진다.
강아지는 피한다. 그러면서 또 꼬리를 흔든다. 그것도 장난인 양 좋아하며.

금동   가자아!

은자   오빠, 우산….

금동   잊어먹은 거라고. 안 와. 왜 와. 안 온다고. 집에 가. 늦게 가
    면 엄마한테 또 야단맞아. 벌써 늦었어. 당번인데 걸레가
    너무 더러워서 화장실에서 한참을 빨았다고. 그니까 늦었
    잖아 벌써. (은자 손을 끄는데, 버티는 은자) 야! 집에 가재두!

은자   우산….

금동   야아, (신경질 났다) 콱! 말 안 들어! 우산 잃어버렸다고!

은자   그 오빠 온다고 했어.

금동   왔으면 벌써 왔지! 요 앞이 집이라며? 왜 안 와? 왜애~~~

은자   몰라.

금동   나 집에 갈 거야. 너 알아서 해.

은자   오빠….

금동   하나,

은자   오빠….

금동   둘….

은자   (울상)

금동   셋! (우산을 쓰고 야멸차게 나가버린다)

강아지, 월! 짖고는 금동을 따라 가버린다.

혼자 남은 은자. 울지는 않는다.

생각한다. 어떡하지? 그래도 그냥 갈 수는 없다.

금동이 오빠가 다시 오겠지? 근데… 안 보인다. 금동 오빠는 교

문에 나타나지 않는다.

그 오빠는 왜 안 오지? 요 앞이 집인데… 그래도 올건데… 오겠
지….
그렇게 시간이 간다.

수위아저씨가 나타난다. 머리까지 뒤집어쓴 비옷을 입고 있다.

수위아저씨 집에 안 가?

은자 ….

수위아저씨 몇 학년이야?

은자 (손가락 두 개를 펴보인다)

수위아저씨 우산 없어서?

은자 ….

수위아저씨 집이 어딘데… 데려다 주까?

은자 멀어요. 다리 건너가서 쭈욱 가야 해요.

수위아저씨 어딘데? 무슨 동?

은자 학2동이요.

수위아저씨 머네. (생각) 언제까지 있을라고?

은자 오빠가 올 거예요.

수위아저씨 아, 오빠가 오기로 했어?

은자 네.

수위아저씨 안 무서워?

은자 네.

수위아저씨 (그냥 간다, 그렇게)

다시 혼자 남은, 은자.

비가 그쳤다. 은자는 손을 처마 밖으로 뻗어본다.

은자   비, 안 온다….

그때, 집에 가방을 두고 아이1, 2 놀러왔다. 은자를 본다.

아이2   어 너 집에 안 갔어? 금동이 안 나왔어?
은자   아뇨. 나왔어요.
아이2   그런데? 집에 같이 안 갔어?
은자   ….
아이1   잘 됐다. 고무줄 할 사람 한 사람 필요했는데. 같이 하자.
은자   네….

은자와 아이1이 거리를 두고 마주 서서 고무줄을 발로 잡아주고,
2가 고무줄을 뛴다.
노래하며 뛴다. 옛날 고무줄놀이. 발에 걸리면 차례를 바꾸어야
하는 놀이.
2가 얼마 뛰지 못 하고 발에 걸린다. 1로 바꾼다.
1은 조금 잘 한다. 어느 정도 뛰면, 다음 단계 – 고무줄의 높이를
올린다.

그게 고무줄놀이다. 아이1도 세 번째 단계에서 걸리고 만다.

아이2   (은자에게) 야! 너두 해볼래?

은자   … 네.

1과 2가 고무줄을 발목을 이용 낮게 잡아준다.
은자는 고무줄을 뛴다. 너무 잘한다.
단계를 높인다. 너무 잘한다. 계속 높이를 올리다보면 나중엔 옆 돌기처럼 몸을 돌려 발로 고무줄을 잡아 뛰는 고난이의 동작까지 나온다. 은자는 선수급이다. 1과 2는 놀라워하며 즐거워한다.
한참 놀 즈음, 그때!

아이3이 강아지랑 나타난다. 아이3은 면도칼로 고무줄을 끊는다. 도망간다.
아이2가 '야' 악을 쓰며 쫓아간다. 1도 쫓아간다.

모두 사라지고 또 은자만 남았다. 곧이어 강아지가 돌아온다. 무섭다 또. 은자는.
은자는 처마 아래 있고, 강아지는 조금 떨어진 곳에 아주 주저앉았다.
둘의 그런 긴장어린 시간. (물론 강아지는 긴장하지 않는다)
잠시 후, 강아지가 벌떡 일어난다. 금동이 온다. 비닐우산과 우산을 하나 또 들고 있다.
비가 안 와서 접고 있다.

은자	오빠….
금동	엄마 화났어. 얼른 오래.
은자	….
금동	너 안 데려오면 아빠가 가만 안 둘 거래.
은자	그래도 우산….
금동	나, 너 두고 왔다고 엄마한테 머리 한 대 맞았다고. 빨리 가자.
은자	오빠 먼저 가. 나 조금만 더 있다 내가 알아서 갈게.
금동	너 죽는다.
은자	오빠 나 혼자 갈 수 있어. 혼자 왔잖아.
금동	(은자의 꿀밤을 한 대 때린다)
은자	(안 운다)
금동	오빠 말 안 들어?
은자	오빠 괜찮아. 나 조금만 더 있다가 갈게.
금동	(한 대 더, 은자에게 꿀밤을 먹인다)
은자	아야.
금동	빨리 가자. 또 때린다.
은자	오빠….
금동	(또 때린다. 꿀밤)
은자	(안 울고 도리어 호소의 눈빛을 오빠에게 보낸다)
금동	으아아아아앙!!!!! (자기가 운다)

금동이 도리어 운다. 걱정에 운다. 은자는 눈만 멀뚱하며 오빠를 걱정스럽게 본다.

은자가 금동의 어깨를 토닥토닥 해준다. 금동 좀 울다가 멈춘다.

은자   오빠 미안해.

금동   아니야. 괜찮아. 엄마가 괜찮대.

은자   뭐…? 뭐가?

금동   엄마가 그 우산 없어져도 괜찮대. 사실은 구멍이 난 거라서 버려도 된대. 진짜.

은자   진짜?

금동   응. 그러니까 너 꼭 데리러 오라고 했어.

은자   진짜? 엄마가?

금동   응, 그리고 너 저녁반찬 돼지고기 해준다고 빨리 들어오라고 했어.

은자   진짜? 돼지고기?

금동   응, 가자. 얼른. 은자야….

은자   응 오빠….

금동   아까 먼저 가서 미안해.

은자   아니야 오빠. 내가 미안해. 괜찮아.

금동   (손 내민다) 가자.

은자   응. 그래 그럼. (강아지 피하며 오빠랑 길 나선다)

금동   비 안 오니까 좋다.

은자   응. 안 온다.

둘은 그렇게 나가다가. 은자가 돌아본다. 아쉬움. 그리고 운동장을 벗어난다.

텅 빈 현관 앞 처마. 다시 강아지가 뛰어 들어온다. 그리고 괜히 짖는다. 월! 월!

그리고 지가 기다리듯 앉는다. 다시 한 번 월! 한 번 짖고 하품하고 잠을 청한다.

강아지가 숨을 새근새근 쉬는데, 무대는 잠시 어두워진다.

어두워진 무대, 소리가 들려나온다. 은자의 소리. 일기를 읽는 소리.

은자(소리) 오늘은 비가 왔습니다. 엄마가 오빠 우산을 가져다주라고 해서 저는 오빠 우산을 들고 학교에 갔습니다. 그런데 모르는 6학년 오빠가 우산을 빌려갔습니다. 금방 주겠다고 했는데 그 오빠는 오지 않았습니다. 그래서 좋은 우산을 잃어버렸습니다. 엄마는 아빠 우산이라고 비싼 거를 잃어버렸다고 화를 냈습니다. 그래서 엄마한테 야단을 많이 맞았습니다. 저는 많이 울었습니다. 그런데 엄마가 또 맛있게 저녁을 차려줬습니다. 후라이를 해줘서 아빠랑 오빠랑 맛있게 먹었습니다. 숙제를 다 하고 이불을 펴고 잠이 들었습니다. 잠을 자면서 생각했습니다. 제가 일찍 집에 가버려서 그 오빠가 우산을 돌려주러 왔는데 제가 없어서 우산을 못 돌려준 거라고 생각했습니다. 저는 그게 아깝습니다. 오빠는 그 우산을 못 돌려주고 어떻게 했을지 생각이 안 났습니다. 그래서 다음번에는 좀 더 오래오래 기다려야겠다고 다짐을 했습니다. 은자 일기 끝.

다시 밝아지는 무대, 컴컴한 밤이 되었다.

플래시 불빛, 수위아저씨가 나타나 여기저기 살핀다.

그러다 현관 처마 아래, 바닥에 떨어진 우산 하나를 줍는다.

은자가 빌려준 그 우산이다. 수위아저씨는 이게 누구 거야? 하고 고개를 갸우뚱한다. 그러고는,

우산을 챙겨서는 다시 플래시를 비추며 더 건물을 돌아보려 사라진다.

연극이 끝난다.

막.

Зонт

Автор Сен Ук Хен.

Перевод на русский язык Цой Ен Гын

Действущие лица:

Хе Рён: Около

Гым Дон: пятиклассник. Старший брат Ын Дя. Тихий, добрый.

Ын Дя: второклассница. Примерная девочка

Мальчик1: пятиклассник. Кажущийся милым

Девочка: пятиклассница. Принципиальная

Мальчик: пятиклассник, баловник, светлый, беззаботный

Щенок: дворняжка, очень вертлявая

Мальчик: шестиклассник, кажущийся плохим парнем, но красивый

Дядя охранник: простой, немногословный

Время, место.

1978г начало лета. Начальная школа: стадион, место под навесом

(Событие происходило в начале лета 1978года в одной начальной школе. Раньше школа называлась народной. Пусть зрители представят себе школу 70-х годов. Такие события могли происходить в 80-90-х годах и сейчас...)

Начальная школа. Передняя часть. Под навесом (где можно укрыться от дождя)

Пустая сцена. Только слышен шум дождя.

Скоро начнется занятие.

Появляется мальчик1 - пятиклассник с портфелем на плечах. Смотрит, как льет дождь. Держит сумку для сменной обуви. Он поглядывает на небо. Не может уйти, потому что льет дождь, а у него нет зонта.

Появляется девочка, тоже без зонта. Время ожидания.

Мальчик1.   Идет дождь.

Оба смотрят на небо.

Девочка.   Дождь льет (не было такого прогноза).

Пауза

Мальчик1.   Дождь идет. Дождь льет. (пауза) Дождь капает.

Оба смотрят друг на друга. Потом смотрят на небо. Смотрят на льющийся дождь.

Мальчик1.   Дождь идет, льет.

Девочка. Да. Дождь идет.

Мальчик1. Он па…дает или идет?

Думает: падает. А идет, может другое что-то.

Мальчик1. Дождь…падает… и льет вниз?

Девочка. Дождь идет на меня.

Мальчик1. Дождь льется вниз. Дождь идет. Эти слова означают, что как будто он сам так хочет и идет и льется. Дождь просто падает. Пар собирается и становится тучей, и она от тяжести падает вниз. Так и решим. Дождь падает.

Девочка. Думает: так ли?

Мальчик1. Нет. Ведь дождь может протекать вниз. У него тоже есть душа.

Девочка. Недавно я села в автобус. А луна последовала за мной. Я вышла из автобуса, пошла домой. А она последовала за мной до дома. И луна имеет душу.

Мальчик1. Что-то не так.

Снова пауза.

Мальчик1. Посмотри-ка наверх.

Девочка. Да. (смотрит на небо).

Мальчик1.   Дождь продолжает падать.?

Девочка.   ....Да.

Оба смотрят, появляется мальчик3. Оба только и смотрят на небо, не обращая внимания на третьего участника. Мальчик3 тоже стал смотреть на небо.

Мальчик3.   Разбрасывается дождь.

Они смотрят на мальчика3.

Мальчик3.   (к обоим) Привет. Не собираетесь домой?

Девочка.   Дождь идет. И зонта нет. А у тебя есть зонт?

Мальчик3.   И у меня нет. Что делать?

Мальчик1.   (к девочке). Дождь идет?

Девочка.   Ой, дождь падает. Он падает,а у нас нет зонта.

Мальчик1.   (к мальчику3) Ты сказал дождь разбрызгивает. Что это значит?

Мальчик3.   Кто-то сверху разбрызгивает. Нет, боженька писает. Пу......к..ха-ха-ха!

Другие тоже засмеялись. Всем хорошо. Но вот мальчик1

Мальчик1.   На свете много не понятного. Не так ли? Есть ответ?

Мальчик3. как бы подражает, как боженька писает. Девочке интересно. Смеется.

Мальчик1. Какой наивный.

В это время появляется второклассница Ын Дин. Она с двумя зонтами. Один нейлоновый, а второй из хорошего материала. Все взоры направлены на нее.

Мальчик3. Вот и зонт.

Все смотрят с завистью.

Девочка. Ты кто?

Ын Дя···

Мальчик1. Ты чья сестра?

Она немного растеряна. Не отвечает. Они не удивлены. Может она не сможет ответить. Раздается гром среди неба. Дети испугались.

Девочка. Надо скорей домой. Дождь пойдет еще сильнее.

Мальчик1. Дождь…льет…нет, он падает. Как пойдем домой?

Мальчик3. Ну, промокнем. Дети?

Мальчик3 смело выходит из под навеса на стадион. На него льет дождь. Но он валяет дурака. Танцует, мотает мокрой головой и смешит. Дети смотрят на него, тоже развеселились. Получилась игра

Мальчик3. Ну, все пошли скорее домой.

(машет рукой) Но никто не осмеливается выйти из под навеса.

Ын Дя. Пятиклассник - старший брат Гым Дон. У него занятие закончилось?

Девочка. Так ты сестренка Гым Дон?

Ын Дя. Да. Меня зовут Ын Дя.

Мальчик3. Вот смешная. Сестричка Гым Дон – Ын Дя. А сестричка Донгпал?... Ха-ха-ха…

Девочка. Закончилось.

Мальчик1. Как узнала?

Девочка. Одноклассник же.

Мальчик1. А-а…

Девочка. (к Ын Дя) Закончилось занятие. Но он дежурный. Закончит уборку и спустится. Может пойдешь, посмотришь?

Ын Дя. (мотает головой) Нет.

Девочка. Подождешь его тут?

Ын Дя. Да.

Мальчик3. Пошли. Ну, я пошел.

Мальчик1 набрасял смелости и вышел под дождь. Девочка вышла следом и попала под дождь. Мальчик3 присоединился к ним и они побежали домой. Осталась одна Ын Дя. Она сложила зонт и стоит под навесом. В это время выходит еще один мальчик. Видит, что льет дождь и в лице изменился. Несмотря на то, что он 6-кассник на вид очень серьезный. Будто в нем сидит старик. Лицом очень красив. И голос хороший. Он смотрит на сестричку.

Мальчик-шестикассник. В каком ты классе?

Ын Дя. Во втором классе.

Шестиклассник. А кого встречаешь?

Ын Дя. Хотела отдать зонт брату.

Шестиклассник. А кто он?

Ын Дя. Гым Дон. В пятом классе №10.

Шестиклассник. Младше на один класс. А я в 6-ом классе №10.

Ын Дя. ...Да.

Шестиклассник. В том классе никого не было.

Ын Дя. ...

Шестиклассник. Я когда спускался, заглянул туда, потому что окно было открыто. Не было никого.

Ын Дя. Он дежурный.

Шестиклассник. Никого не было. Ты поднимись, посмотри. Правда.

Ын Дя. ....

Шесиклассник. (смотрит на небо. Дождь)

Проходит время ожидания.

Шесиклассник. Дай напрокат зонт. Наш дом тут недалеко. Знаешь, где магазин канцтоваров? Позади него. Быстро схожу и верну зонт.

Ын Дя. ...(в раздумьях)

Шесиклассник. Тут недалеко. Быстро вернусь. У нас дома есть зонт.

Ын Дя. ...

Шестиклассник. Не веришь мне?

Ын Дя···. (осторожно отдает зонт).

Шестиклассник. Спасибо. Мигом вернусь.

Он с зонтом выбегает на стадион. Она смотрит на него. В это время появляется щенок. Виляет хвостом. Но Ын Дя напугана. Будто замерла. Щенок приближается, а она готова расплакаться. Щенок еще сильнее виляет хвостом. Ей очень страшно. Собака приблизилась чуть ли не к носу. Ын Дя от испуга громко вскрикнула.

Гым Дон. А ну, пошел вон!

Щенок отбежал. Оттуда смотрит на девочку. Собака продолжает вилять хвостом.

Ын Дя. Брат!...(плачет)
Гым Дон. Не плачь. Он же еще щенок.
Ын Дя. Ыйаан...
Гым Дон. Он не кусается. Эта собака из магазина канцтоваров. Хеппи, Хеппи.(зовет щенка)

Собачка, виляя хвостом приближается.

Гым Дон. Не ходи сюда. Уйди!

Щенок отходит.

Гым Дон. Точно дворняжка. Идет к кому попало. Все берет и ест. В прошлый раз кто-то налил ему уксус, а он приняв его за воду и вылизал и Кхек-кхек (дразня, смеется).

Ын Дя. (перестала плакать)

Гым Дон. Мама дала тебе зонты. А почему ты взяла только один?

Ын Дя. ....

Гым Дон. Пошли домой (раскрывает ее нейлоновый зонт).

Ын Дя. (не хочет идти)

Гым Дон. (выходит на стадион) Пошли. Не пойдешь?

Ын Дя. Брат. Зонт. Он взял, сказал скоро вернется...

Гым Дон. Ты о чем? Есть же зонт, вот

Ын Дя. Нет. Шестиклассник взял ненадолго зонт и ушел. Сказал, что дом его рядом. Обещал быстро прийти.

Гым Дон. Отдала напрокат? Кому?

Ын Дя. Шестикласснику.

Гым Дон. Он знакомый тебе?

Ын Дя. Нет.

Гым Дон. А как?

Ын Дя. Сказал, что близко живет, быстро вернет. Попросил ненадолго и я дала ему.

Гым Дон. Просто так дала незнакомому зонт?

Ын Дя. Да.

Гым Дон. Ну и дура. Считай потеряла его. Ну, что будешь делать?

Ын Дя. Сказал мигом вернусь. Дом, сказал позади магазина канцтоваров.

Гым Дон. За магазином канцтоваров? (подумав). Но там находится церковь. Кто может там жить?

Ын Дя. ...

Гым Дон. Дурочка, как ты могла поверить ему?

Ын Дя. ....

Гым Дон. Ну, маманя задаст тебе. Дорогой же зонт. Как можно его потерять? Нет не потеряла, а отдала его просто так чужому. Ну и дура. Зачем? Я не знаю. Ты так сделала сама. Поняла?

Ын Дя. ....

Гым Дон. Пошли скорее домой.

Ын Дя. Он должен прийти.

Гым Дон….

Вдвоем ждут. Собачка бегает вокруг. Лает. Все виляет хвостом. Под дождем промок и встряхивается. И вновь смотрит на Гым Дон. Гым Дон бросил камушек в собачку. Щенок убегает. Но все равно виляет хвостом.

Гым Дон. Ну, пошли!

Ын Дя. ... А зонт..

Гым Дон. Считай, что потеряла. Не придет, Нет. Не придет. Пошли домой. Поздно придешь домой, достанется тебе от мамы. Уже поздно. Я дежурил, тряпка была очень грязная и мне пришлось долго стирать ее. Потому много времени потерял. Поздно (берет за руку сестренку, но она не хочет идти). Эй, пошли домой!

Ын Дя. А зонт...

Гым Дон. Я-а (нервничает). Почему не слушаешься меня?! Потеряли его!

Ын Дя. Он обещал прийти.

Гым Дон. Он давно бы уже пришел. Сказал же что дом рядом. Почему не пришел?... Почему...

Ын Дя. Не знаю.

Гым Дон. Я пошел. А ты как хочешь.

Ын Дя. Брат.

Гым Дон. Раз.

Ын Дя. Брат.

Гым Дон. Два.

Ын Дя. (плач)

Гым Дон. Три (раскрыл зонт и побежал)

Собачка побежала следом.

Ын Дя осталась одна. Перестала плакать. Думает. Что делать? Не может уйти так. Гым Дон вернется. Но не видно его. Он больше не появляется. А тот почему не приходит. Дом рядом. Придет он. А время идет. Появляется Дядя охранник. Одет в большой дождевик.

Дядя охранник.   Не идешь домой?

Ын Дя.   ....

Дядя.   Ты в каком классе?

Ын Дя.   (показывает два пальца)

Дядя.   Ты без зонта?

Ын Дя.   ....

Дядя охранник.   Где живешь. Может, проводить тебя до дома?

Ын Дя.   Далеко. Надо перейти мост и надо идти дальше.

Дядя.   Это где? Какой район?

Ын Дя.   Район Хак-2.

Дядя.   Далеко. (Подумав) И сколько ты будешь стоять тут?

Ын Дя.   Должен прийти брат.

Дядя.   Он обещал прийти?

Ын Дя.   Да.

Дядя.   Не страшно?

Ын Дя.   Да.

Дядя охранник.   (уходит).

Снова она одна. А дождь прекратился. Она раскрыла руку.

Ын Дя.   Дождя нет.

В это время оставив дома портфели пришли мальчик1 и девочка погулять. Увидели Ын Ди.

Девочка.   Ты не пошла домой. А Гым Дон еще не вышел?
Ын Дя.   Нет, он вышел.
Девочка.   А почему не пошли домой вместе?
Ын Де.   ....
Мальчик1.   Ну и хорошо. Как раз нам не хватало одного для игры в скакалку. Давай вместе.
Ын Дин.   Давайте.

Ын Дя и мальчик1 на расстоянии держат резиновую скакалку, а девочка стала прыгать. Поет и прыгает. Поочередно прыгают через скакалку. Девочка запуталась ногами. Мальчик1 стал прыгать. Он лучше двигается. Стали скакалку ставить выше. На третьем прыжке мальчик1 запутывается.

Девочка.   (к Ын Ди). Ты попробуешь?

Ын Ди.   ...Да.

Мальчик1 и девочка стараются не поднимать резиновую скакалку высоко. Ын Дя очень ловко начала прыгать. Еще выше подняли. Второклассница как мастер проделывает упражнения по прыжкам на скакалке. Мальчик1 и девочка в восторге от мастерства Ын Ди. В это время.

Появляются мальчик3 с щенком. Он бритвой разрезает резину и убегает. Девочка бежит за ним, кричит. Побежал и мальчик1.

Все ушли и Ын Дя снова осталась одна. Прибежала собачка. Она пугается. Ын Дя примостилась под навесом, а щенок остался неподалеку.

Напряженное ожидание. Правда собачка не напрягается. Немного погодя собачка встала. Приходит Гым Дон. Он пришел прихватив второй зонт. Дождь прекратился и он не стал раскрывать зонт.

Ын Дя.   Брат...

Гым Дон. Мама сердита. Сказала, чтобы ты быстрее шла
           домой.

Ын Дя.   ....

Гым Дон. Если я не приведу тебя, то отец сказал, что не

оставит так.

Ын Дя. Но...зонт...

Гым Дон. За то, что я оставил тебя тут, мне досталось от мамы. Она ударила меня по голове. Пошли быстрее.

Ын Дя. Ты иди. А я приду попозже.

Гым Дон. Ох, ты получишь. Умрешь.

Ын Дя. Я смогу одна добраться до дома. Я же пришла сюда одна.

Гым Дон. (слегка пристукнул сестренку)

Ын Дя. (не плачет)

Гым Дон. Не послушаешь меня, старшего брата?

Ын Дя. Ничего, брат. Через некоторое время я сама приду.

Гым Дон. (еще раз пристукнул девочку).

Ын Дя. И..я..а..

Гым Дон. Пошли быстрее, а то еще раз ударю.

Ын Дя. Брат...

Гым Дон. (еще раз побил сестрицу)

Ын Дя. (не плачет, смотрит на него с вызовом)

Гым Дон. Уы.иа.аан. (сам заплакал)

Он заплакал от обиды. Сестренка ,вытаращив глазки ,смотрит на него. Она подошла к нему постучала по спине. Он перестал плакать.

Ын Дя.   Брат, прости меня.

Гым Дон. Ничего. Мама сказала ничего.

Ын Дя.   Что... Что ничего?.

Гым Дон. Мама сказала, что ничего страшного, что потеряла зонт. В зонте была дырочка, так что можно было выбросить его. Правда.

Ын Дя.   Правда?

Гым Дон. Да. Поэтому сказала, чтобы я привел тебя домой.

Ын Дя.   И вправду мама?

Гым Дон. Еще сказала, что тебя будет кормить блюдом из свинины и велела быстрее привести тебя домой.

Ын Дя.   На самом деле свинину?

Гым Дон. Да. Пошли скорее, Ын Дя.

Ын Дя.   Хорошо, брат.

Гым Дон. Ты меня прости, что давеча, бросив тебя, ушел.

Ын Дя.   Нет, брат. Это ты меня прости. Ничего.

Гым Дон. (подает руку). Пошли.

Ын Дя.   Тогда, пошли (отошла от щенка и пошла вместе с братом).

Гым Дон. Хорошо, что дождя нет.

Ын Дя.   Да. Не идет.

Вдвоем вышли на дорогу. Ын Дя оглядывается. Вздох сожаления. Вышли из стадиона.

Стало пусто под навесом. Щенок снова прибежал. И лает. Сел, будто кого-то поджидая. Полаял еще и незаметно заснул. Сцена темнеет.

Слышен какой-то звук. Голос Ын Дя. Читает дневник.

Ын Дя. (голос). Сегодня шел дождь. Мама сказала отнести в школу зонт для моего старшего брата. В школе незнакомый шестиклассник попросил у меня зонт. Сказал: быстро верну, но не пришел. И я потеряла зонт. Мама рассердилась, что я потеряла дорогой зонт, принадлежащий отцу. Потому она меня очень сильно отругала... Я много плакала. Но потом мама накормила вкусным ужином. Мы с братом вкусно поели жареную свинину. После выполнения домашнего задания, я сладко поспала. Перед сном подумала о том, что я наверное не дождалась того парня и он не смог вернуть мне зонт. Я сожалела об этом. Что он мог сделать, не увидев меня на том месте? Подумала: в следующий раз надо обязательно дождаться. Конец дневника.

Снова сцена. Глубокая ночь. Дядя охранник, обходит свой пост. И под навесом находит зонт. Он лежал на полу. Это тот зонт. Охранник думает: чей же он, этот зонт? Подобрал его и продолжил свой обход...

Спектакль закончился.

Занавес.

• **Сен Ук Хен** (1968г.рож.)

В 1995году впервые напечатал свою пьесу « Наркоманы» в газете « Вестник культуры». Благодаря фондам « Творчество Десан» и « Литература Арко» выпустил 4 сборника пьес. В 2018году был награжден премией « Лучший драматург Республики Корея» от Общества театральных деятелей. Написал около 40 пьес.Такие пьесы как « Стул не виноват», « Четыре сезона», «Возвращение»,» Денежный год Пикассо» часто показывают на театральных помостках Кореи. В период 2020-2023-ые годы занимал должность Председателя союза писателей РК.

« Зонт» написан по воспоминаниям детства автора и показан был на сцене в 2018году. Рассказывая об ожидания зонта, писатель затронул тему веры в человека...

테러리스트

양수근

Su Geun Yang (1970년 출생. y700929@hanmail.net)

1996년 전남일보 신춘문예로 등단하여 극작가의 길을 걷고 있다. 2013년 거창국제연극제 희곡 공모 대상, 2018년 한국 국제 2인극 페스티벌 희곡상, 2019년 대한민국 극작가상 등을 받았다. 연극과 뮤지컬 대본을 창작하고, 돈을 벌기 위해 가끔, 아주 가끔씩 동화를 쓴다.

단막극 〈테러리스트〉는 결혼 20주년 기념으로 미국 라스베이거스 여행을 떠나는 부부의 이야기를 대한민국 시대상에 빗대어 풍자한 코미디다. 많이 웃고, 즐겼으면 한다.

등장인물

남편 (55)
아내 (53)
딸　(18)
여행사 직원 (37)

무대

공항 출국장 앞

음악이 흐른다.

분주한 공항의 사람들. 비행기 뜨는 안내 방송.

여행용 가방을 끌고 어느 게이트 앞에 들어서는 아내

아내 살다 살다 이런 날이 다 오네요. 저 미국 라스베이거스로 여행 가요. 남편이랑 10박 11일. 신혼여행 때 제주도 가는 비행기 타보고 딱 22년 만이네요. 무슨 부귀영화를 누리겠다고 아등바등 살았는지, 남들 다 간다는 해외여행이 처음이지 뭡니까. 살다 살다 이런 날이 다 오네요. 저는 대학에 갓 입학한 아들, 고등학교 다니는 딸내미를 두고 있는 평범한… 아주 평범한 전업주부랍니다. 어때요? 이 옷 잘 어울리지요? 라스베이거스 가서 입으라고 아들 녀석이 사다줬고요. 이 선글라스는 남편이 리어카에서 하나 사주더라고요. 하하하. 싸구려지만 기분은 좋잖아요. 쇼도 보고, 수영장 딸린 호텔에서 선탠도 하고, 우리가 묵을 호텔 검색을 했더니 글쎄 별이 무려 다섯 개, 다섯 개나 되더라고요. (과장되게 즐겁게 웃는) 살다 살다 이런 날이 다 오네요. 라스베이거스는 호텔 비가 우리나라 여관 수준도 안 되더라고요. 호텔비가 저렴해야 가서 맘껏 (파친코 하듯) 땡기죠. 라스베이거스 호텔비 싼 거 그거 하나는 정말 맘에 들더군요. 딸이 그러는데….

아내의 회상으로 반대쪽에 딸 보인다.

딸 엄마. 거기 먹고 싶은 것 있음 마음대로 드셔. 라스베이거
스 호텔은 여행객 누구나 저렴한 돈으로 각종 뷔페를 맘
껏 먹을 수 있데. 돌아와서 후회하지 말고 맘껏. 맘껏. 아
자, 아자!

아내 걱정하지 마. 엄마, 이래봬도 왕년에 한가닥 했다 너.

딸 한가닥은? 방바닥에 동전 하나만 떨어져 있어도 발발거리
면서.

아내 얘가 얘가. 내가 너랑 니 오빠랑 키우느라 아끼려고 그런
거지. 내가 뭐 돈 쓸 줄 모르고 그러는 줄 아니?

딸 네, 네. 어련하시겠어요. 그러니까 이왕 간 여행 아끼지 말
고, 펑펑 쓰시고, 재미있게 놀다 오시라고요. 아셨죠?

아내 그래. (딸을 쳐다보며 한바탕 웃는)

딸 (같이 웃는다. 이내 사라지고 없다)

아내 이러더라고요. (변하고) 제가 적금을 탔어요. 5년을 모으니
까 딱 3천이 되더라고요. 딸 대학 갈 밑천만 남기고 여행을
가기로 했어요. 우리도 즐겨야지요. 사실 그동안 너무 일만
했거든요. 방전됐죠. 그래요 뭐 일종의 충전인 셈이지요.
호호호. 살다 살다 이런 날이 다 오네요.

커피를 가지고 오는 남편

아내 제 남편이에요. 원래 꿈은 판사나 검사가 돼서 이 나라의
정의를 위한 정의로운 법조인이 되는 거였대요. 듬직한 내
사내. 걷는 폼도 꼭 곰 같잖아요.

남편 뭐가 그렇게 좋아. 입이 귀에 걸렸네.

아내 그럼. 좋지 안 좋아?

남편 참 나.

아내 (웃기만) <u>호호호호호호</u>…

남편 점점.

아내 꿈만 같아.

남편 어젯밤에 한 숨도 못 잤잖아?

아내 당신은 잤수?

남편 하긴. 나도 잠을 설쳤어.

아내 설레는데 어떻게 잠이 와요. 어릴 때 소풍가는 것 보다 더 설렜는데.

남편 맞아.

아내 (콧노래) "나성에 가면 편지를 띄우세요…"

남편 그래. 나도 좋다! 살다 살다 이런 날이 다 오네. 우리가 비행기를 타고 미국 라스베이거스엘 다 가보고.

아내 긴장했더니 목마르네.

남편 그래, 물 가져다줄까?

아내 아냐. 화장실도 갈 겸 내가 다녀올게. 긴장이 돼서 오줌도 자꾸 마려워. <u>호호호호호</u>…

남편 가는 아내를 지켜본다.

남편 살다 살다 이런 날이 다 오네요. 착한 아내지요. 며칠째 밥도 안 먹고 어린애마냥 들떠서, 하하. 실은 뭐 저도 정말 기분 좋습니다. 티셔츠 잘 어울립니까? 커플팁니다. 아들이 시장에서 두 장 사 왔더라고요. 아내가 없다면 가구점 운영은 턱도 없었을 겁니다. 인건비는 뛰죠, 물가는 치솟고, 경기는 바닥이고, 월세는 껑충껑충 오르죠. 인터넷 클릭 한 번이면 집까지 가구가 배달되는 세상에서 어떻게든 이 바닥에서 살아남아야겠다 싶어, 종업원도 없애고, 식당에서 밥 배달해 먹는 것도 아까워 저 사람하고 도시락 싸와서 그 좁은 가게에 앉아 얼굴 맞대고 밥 먹었습니다. 전기세, 수도세, 통신비, 건강보험, 생활비, 아득 바득 아껴서 살아가고 있습니다. 물론 잡다한 모든 일은 아내의 몫이죠. 청소, 장부정리, 물건을 싣고 배달 가는 것까지 아내와 둘이 합니다. 착한 아내지요. 아내 덕에 살다 살다 제가 비행기를 타고 라스베이거스에를 가보게 생겼습니다. 딸 녀석이….

딸   (쓱 나오는) 아빠, 엄마 소원이래요. 이번 기회에 여행 못 가면 언제 가 보겠냐? 그러다 늙어. 늙으면 돈이 있어도 여행 못 가요. 그냥 이번에 질러. 고 고! 길거리 강아지도 멍멍 질러대는데 세상 제일 멋진 아빠가 왜 못 질러. 가! 다 잊고 그냥 (노래로) "떠나자 동해바다로 신화처럼 숨을 쉬는 고래 잡으러"

남편   알았다, 알았어. 그건 그렇게 우리 딸 몇 살인데 그 노래를 알까?

딸   (어이없는) 아빠? 아빠가 술 마시고 취하면 부르는 노래가 뭔 줄 알아?

남편 그랬냐? 내가 술 마시면 맨날 고래사냥 불렀어?

딸 네. 아빤 꿈이 많았다고, 정의로운 사회를 만들고 싶었다고, 그게 다 고래 잡는 꿈이었다고, 그래도 아빠는 엄마라는 고래는 확실히 잡으셨다, 그랬잖아요. 그러니까 그 고래 소원 좀 들어주세요. 고래잡이 선장님?

남편 뭐야? (쳐다보며 한바탕 웃는다)

딸 (사라지고 없다)

남편 이럽디다. 혹시 압니까? 우리에게 행운이 고래여신과 함께 할지? 잭팟! (혼자 신났다. 신났어) 콩그레이츄레이션, 콩그레이츄레이션 당신 잭팟을 축하합니다. (여기저기서 팡파르가 터지고) 오호. 살다 살다 이런 날이 다 오네요.

남편 전화.

남편 어. 우리 딸. 여기 공항. 곧 떠나. 알았어. 알았다니까. 걱정 마. 그래.

한쪽으로 가서 전화 받는 남편. 여행사 직원 다가온다.

직원 살다 살다 이런 날이 다 오네요. 드뎌 첫 손님. 여행을 좋아해서 여행사를 차렸습니다. 여행을 많이 다니겠다 싶어서요. 저 사람이 두 달 전, 여행사에 직접 찾아와 아내와 여행을 갈 것이다. 알라스카가 좋겠나 라스베이거스가 좋겠냐고 문의를 했습니다. 라스베이거스는 미국과 비자문제가 완화되면서 부부동반 단위로 많이 찾은 상품이라고 하자 (남편처럼) "10박 11일 라스베이거스 상품으로 합시다. 입금은 언제까지 하면 됩니까. 호텔은 최고급으로 해주시고, 반드시 수영장이 있어야 합니다. 아내가 선탠을 좋아 하거든요." 이러면서 그 자리에서 계약을 했지요. 아, 그런데… 이걸 어떡하지. 어떻게 말하지. 아냐, 매뉴얼대로 하면 돼. (자신에게) 홧팅. 앗싸. 나는 할 수 있다. 할 수 있다. 할 수 있다.

남편, 직원을 알아본다.

남편 오, 여깁니다. 커피라도? (둘레둘레 보는) 그나저나 이 여잔 화장실을 어디로 간 거야. 비행기 시간 다 돼 가는데. 수속 준비는?

직원 아, 예. 짐이 좀 많으시더라고요.

남편 집사람이 이것저것 막 싸서 그래요. 화장품, 속옷, 잠옷, 긴 옷, 짧은 옷, 수영복, 신발, 보조배터리, 심지어 헤어드라이기까지… 왜 여자들 여행 떠나면 주저리주저리 가방에 막 쑤셔 박는 거, 잘 아시잖아요.

아내가 다가온다.

직원 (머뭇거리다 조금은 큰소리로) 여행을 다음으로 미루셔야겠습니다.

남편 뭐요? 지금 무슨 말이에요? 뭐가 문젠데 비행기 뜰 시간에 여행을 다음번으로 미루라 마라야.

아내 (말리며) 아니, 왜 그래. 무슨 일인데 큰 소리야.

남편 돈 냈잖아. 잔금까지 하나도 빼지 않고, 당신들이 여행보험까지 들라고 해서, 여행보험까지 들었잖아. 일을 어떻게 했기에 문제가 생겨 이 사람아.

아내 왜 그래 정말. 사람들한테 큰 소리 한 번 안 내고 사는 사람이.

직원 (신경질) 거, 참. 이봐요. 오 대 영 씨. 어따가 삿대질이야.

남편 이 새끼 너 왜 반말해.

직원 반말은 누가 먼저 했는데. 당신이 먼저 했잖아. 요.

남편 당신? 당신? 이 새끼 너 몇 살 처먹었어. 인마.

직원 씨발, 더러워서 이 일 못 해 먹겠네. 누구한테 인마야 인마가?

남편 뭐.

아내 두 사람 사이를 말리고.
사람들이 지나가다가 보는 것 같고.

아내 아닙니다. 이분들 싸우는 게 아니라 좋아서 그러는 거예요. 예, 예.

남편 (씩씩대는) 이게 어따 대고.

직원 씨발. 내가 뭘 잘못 했는데 큰 소리야.

남편 씨발? 씨발? 너 나 한테 욕했냐. 뭐, 씨발?

직원 그래, 씨발!

아내　　당신이 참아요. 왜 그래. 사람들 다 쳐다보는데.

남편　　지금 남들 시선이 중요해? 서비스 업종에 종사하는 놈이 싸가지가 바가지야.

직원　　뭐. 싸가지? 아, 나. 이거 착하게 살자고 맘먹고 일 좀 하려는데, 이렇게 안 도와 주냐? 나 이거 마지막으로 사고 한번 치고 깽값 한번 물어봐.

남편　　야! 이거 누가 할 소린데, 옆에서 개가 짖네.

직원　　아, 씨. 개나 소나 다 비행기 타고 여행을 다니니까 별별 놈 다 만나네.

남편　　뭐? 너 오늘 잘 걸렸다.

남편 흥분하며 팔로 휘어졌는데, 직원 이리저리 피한다.
두 사람 어설프다.

아내　　(말리며) 이제 그만들 하세요. 왜 이래요, 창피하게, 공항에서.

직원　　꼴에 라스베이거스? 이보슈. 아저씨? 아저씬 미국 못 가. 알아들어요?

남편　　뭐?

직원　　아저씬, (또박또박 말하는) 미, 국, 못, 간, 다, 고, 요.

아내　　뭐? 뭐라고요?

남편　　내가 왜 못 가? 니가 미국 땅 전세 냈어? 왜 니가 가라 마라야.

아내　　뭐라고요? 여보 지금 이 사람 뭐라는 거야. 우리가 왜 미국 못 가.

직원 귀가 막혔어요. 미국행 티켓 발권이 안 된다고요. 여권 취소됐어요.

아내 취소라뇨? 여보, 무슨 일이야. 우리가 어떻게 준비한 여행인데.

직원 전 퇴근할 테니 알아서 하세요. 전 갑니다.

남편 가다니. 어딜 가.

직원 그럼 가지 여기서 삽니까. 전 집이 있는 사람입니다. 그러니 집에 가야죠.

아내 간도 빼줄 만큼 친절하던 사람이… 여보 이 사람 왜 그래 여보. 응?

남편 이 사람아. 뭔 조치를 취해야지 가긴 어딜 가.

직원 제가 미국 대사관직원입니까. (나가려는)

가는 직원을 잡는 남편.

남편 이봐요. 왜 여행이 취소되었는지 말은 해 줘야 될 거 아닙니까.

직원 오대영 씨. 테러리스트입니다.

남편 네?

직원 테러리스트!

아내 테러리스트라뇨?

직원 테러리스트라고요. 댁의 남편이.

아내 이 사람이요? 가구점 사장이 왜요?

직원 국가보안법 위반 혐의. 1989년 5월 구속. 1991년 3월 형 만기로 원주 교도소에서 석방.

남편 … 맞소, 그게 왜?

직원 국가보안법 위반자는 미국 여행을 할 수 없어요. 미국 이민국에서 국보법 위반자는 테러리스트로 특별 관리를 한단 말입니다. 아니, 개인 신상을 왜 숨기셔서 저까지 이상한 사람 취급받게 합니까. 저한테 억하심정 있으세요. 저요, 오늘이 첫 여행이라구요. 우리 회사 첫 여행. 제 인생을 이렇게까지 짓밟아도 됩니까. 제가 정식으로 손해배상 청구할 겁니다.

아내 소, 손해 배, 배상청구라뇨?

남편 야, 내가 왜 테러리스트야. 내가 어딜 봐서 테러리스트야?

직원 왜 저한테 화를 내고 그러십니까.

남편 네가 방금 나한테 테러리스트라고 했잖아.

직원 제가 언제 테러리스트라고 했습니까? 미국 이민국에서 오대영 씨를 테러리스트 명단에 올려놓고 테러리스트 관리를 하니까 테러리스트라고 한 거지, 제가 무슨 권한으로 오대영 씨를 테러리스트라고 합니까. 그리고 테러리스트가 나 테러리스트요 하고 얼굴에 쓰고 다닙니까?

남편 거, 자꾸 테러리스트, 테러리스트 할 거요. 내가 무슨 테러리스트야! 어딜 봐서 테러리스트냐고?

옷이며 가방을 던지는 남편.

직원 안 되겠네. 이 아저씨 진짜 비행기 탔다가는 큰일 낼 사람
이네. (전화기 꺼내) 여보세요. 공항경찰이죠. 여기 테러리스
트가 난동….

남편 야. (전화기 뺏는)

직원 여기요. 테러리스트가 제 전화기 뺏어갔어요. 여기요! 여기
요!

남편 (직원의 입 틀어막는다) 너 조용히 해. 확 죽여버린다.

직원 웅얼웅얼웅… 웅얼웅얼. 엉엉.

아내 주저앉아 울고 있다.

아내 어떻게 계획한 여행인데, 왜 당신이 테러리스트냐고?

남편 울지 마. 왜 울고 그래? 일어나, 창피하게 왜 그래?

아내 창피해? 내가 창피하다고?

남편 국가보안법 위반 혐의로 감방에 간 거, 대한민국 정부에서
민주화운동에 기여했다고 배상금까지 받았어. 그런 내가
무슨 테러리스트야. 당신이 더 잘 알잖아.

아내 이게 뭐냐… 공항까지 와서.

남편 (직원 풀어주고) 가서 비행기 표 구해와. 미국 라스베이거스
가는 비행기 티켓 구해와. 우리 라스베이거스 가서 선탠 해
야 돼. 선탠. ｓｕｎｔａｎ, 선탠. 선탠 몰라. 아내가 울잖아. (흥
분) 아내가 선탠 하고 싶어 했단 말야. 맑은 하늘 바라보면
서 최고의 자유를 누리고 싶어 했단 말야.

남편 윗옷 벗고, 아내의 선글라스 끼고 바닥에 눕는다.

아내 뭐 해.

직원 그래봐야 소용없습니다.

남편 봐! 이렇게. 햇볕 쬐고, 선탠 해야 돼. 어, 좋다. 어, 좋아. 여
보 같이 하자. 자, 누워. (크림까지 바르고)

아내 그만 해. 가. 집에 가. 우리 주제에 여행은 무슨. 그 돈으로
고기나 실컷 사먹자. 당신 잘못 아냐. 젊은 시절, 시대의 어
둠에 저항한 게 무슨 테러리스트야. 나 당신 용기 있는 모
습에 반해서 평생 같이 살기로 한 사람이야. 가자. 우리 애
들 보러 가.

남편 가긴 어딜 가. 라스베이거스 가야지.

직원 가방을 들고.

직원 가방에 폭탄 숨겨놨지. (외치는) 여기, 가방에 폭탄이 있다!

남편 이런 미친놈이. 임마, 너 조용히 안 해.

아내 (운다)

직원, 가방을 열려고 한다. 남편 막으려 한다.
그러나 남편 힘에 부쳐 가방을 빼앗기고, 열리는 가방.
그 안에서 풍선과 딸려 나온 작은 펼침 막.
〈경 결혼 22주년 축〉

직원   (눈을 뿌리고)

팡파르와 노래 터진다.

아내   (멍)

직원   결혼 22주년을 축하합니다.

남편   (가방에 숨겨놓은 꽃다발 내민다) 김광숙 사랑한다.

아내   (여전히 멍)

남편   말이 돼? 내가 테러리스트라니. 인간 오대영. 가구점 사장 오대영. 평생 아내와 자식들을 위해 뛰고 또 뛰었는데, 내가 무슨 테러리스트냐. 당신을 위한 깜짝 이벤트. 성질 더러운 남편 만나 20년 넘게 살아줘서 고마워. 선서! 나 오대영은 앞으로도 평생 김광숙만을 사랑할 것을 선서 합니다.

직원   사모님 놀라셨는데, 한 번 안아주세요.

포옹하는 부부. 손뼉 치며 환호하는 직원.

직원   십여 년 전까지만 해도 국보법 위반자는 테러리스트 명단에 올라 미국 여행이 금지였어요. 진짭니다.

아내   어떻게 감쪽같이 속여 나를.

남편   (웃는다. 직원과 악수)

직원   사장님 연기 정말 잘 하시던데요. 배우를 하시지 그러셨어요.

남편   당신이 더 리얼하게 하시더만. 혹시 여행사 하기 전에 배우

하셨어요?

아내 　잘들 논다. 나 하나 바보 만들면서 신이 나셨네들. 니들끼리 잘 놀아라. 난 진짜 집에 간다. (화를 내며 가는)

남편 　(잡으며) 여보, 여보. 많이 놀랬어?

아내 　그럼, 놀라지. 당신 같으면 안 놀라겠냐? (가방을 발로 차며) 이딴 거 한다고 내가 좋아할 줄 알았어? 나 놀리니까 좋냐? 좋아?

남편 　미안, 미안. 난 당신한테 22주년 선물로 서프라이즈를 해 주고 싶어서….

아내 　서프라이즈? (남편을 밀치고 나가려는)

남편 　(당황해 하며) 여보, 여보. 이러지마. 내가 미안해. 난 당신이….

아내 　22년을 살았으면서 날 그렇게도 몰라? 내가 언제 이런 거 좋아 했냐구?

남편 　(쩔쩔매며) 당신 텔레비전에서 몰래 카메라 재미있게 봤잖아… 그래서….

아내 　그건 텔레비전이잖아. 텔레비전이랑 현실이랑 같냐?

남편 　다르지. 달라. 그래도… 난… 자기가… 감동 먹고 그럴 줄….

아내 　이게 감동이냐? 놀림감 만들어 놓고. (살피며) 사람들 구경 하는 게 좋아?

남편 　아니.

아내 　(울먹이는)

직원 　(어찌할 바를 모르는)

남편   내가 잘 못했어. 전적으로 내가 잘 못했어. 그러니까 화 풀어.

아내   뭘 잘 못 했는데?

남편   몽땅. 몽땅 내가 잘 못했어.

아내   몽땅? 당신은 그게 문제야. 지금 뭘 잘 못 했는지 모르잖아.

남편   알아. 안다고. 내가 당신 속이고…

아내   뭘 속였는데?

남편   오늘 이거. 내가 괜히….

아내   괜히? 그럼 나한테 써프라이즈를 괜히 했다는 거야?

남편   그런 말이 아니고….

아내   그럼 뭐야?

남편   써프라이즈를 괜히 했단 말이 아니고….

아내   그럼, 날 놀린 거 잘했단 거야?

남편   아니 말이 왜 거기로 가? 내 말은 그 말이 아니잖아?

아내   지금 나한테 화내는 거야? 잘 못했다고 손이 발이 되도록 빌어도 모자랄 판에 나한테 화를 내?

남편   (당황해 하며) 아니 내가 언제 화를 냈다고 그래.

아내   지금도 화를 내잖아?

남편   이건 화를 내는 게 아니지. 변명하는 거잖아. 변명!

아내   변명? 그럼 나한테 잘 못했다고 말한 게 다 변명이었다고?

남편   (답답해 미치겠어서 거의 울다시피) 아. 왜 말이 또 그리로 가!

아내   당신이 방금 변명이라고 했잖아.

남편   그게 아니라. (혼잣말) 와. 미치고 돌겠네.

직원   (두 사람 눈치를 살피고)

아내　뭐, 미치겠다고? 그거 나 들으라고 하는 소리야?

남편　아니야. 절대 아니야.

아내　그럼, 뭐야? 왜 미치겠는데?

남편　여보. 나 좀 살려주라.

아내　내가 뭐? 내가 뭐 테러니스트라야. 내가 당신한테 뭔 짓을 했길래 나한테 살려달래?

남편　(무릎을 꿇고) 내가 다 잘 못했다. 내가 다.

아내 직원에게 손짓하면 직원이 무릎 꿇고 있는 남편에게 꽃을 갖다 준다.

직원　무릎 꿇은 김에 22년 전 못했던 프러포즈도 하세요.

남편　(어리둥절) 예? 이게 무슨….

직원　이게 역 몰래 카메라입니다. 사장님이 몰래 카메라를 준비한다는 것을 사모님이 아셨어요. 그래서 사모님께서 저에게 역 몰래 카메라를 제안하셨고 제가 바로 승낙을 했죠. 하하하.

아내　하려면 나 모르게 제대로 해야지. 그렇게 표시 나게 준비를 하나? 모른 척하기가 더 어렵더라. 애들도 당신 준비하는 거 모른 척하느라 힘들었다고. 귀국할 때 좋은 선물 사다 줘. 당신은 좋은 아빠잖아. 호호호

직원　(멍해 있는 남편보고) 뭐 하세요. 프러포즈.

아내　(뻘쭘하게 보는. 입가에 흐뭇한 미소)

남편　(정신을 가다듬고) 김광숙 씨! 저와 함께 평생을 같이해 주시

겠습니까?

아내 (꽃을 받으며) 이 꽃이 다른 여자에게 갔었더라면, 내가 지구 끝까지 당신을 쫓아가 당신의 테러리스트가 되었을 거야. 나에게 와줘서 고마워.

두 사람 포옹한다. 흥분한 두 사람 남이 보거나 말거나 키스를 하려는데, 끼어드는 직원.

직원 시간 다 됐습니다. 수속하시지요. (티켓을 건넨다)

아내 (남편에게서 안 떨어지는)

직원 그러다 비행기 놓치면….

남편 이 사람 분위기, 로맨스를 몰라요.

아내 (남편 껌딱지가 되어 딱 달라붙고) 맞아 로맨스가 꽝이야.

남편 가자! 라스베이거스로! 기다려라 잭팟!

아내 기다려라 잭팟. 가요. 라스베이거스. 호호호.

남편 웃는 내 마누라, 세상에서 제일 예쁘다.

아내 곰 같은 내 남편. 세상에서 나를 제일 예뻐해주는 내 남편. 세상에서 제일, 제일 밉다.

남편 뭐, 미워?

아내 그래. 밉다 미워. (큰소리) 미워도 어쩌리 내 남편이니 데리고 살아야지.

남편 뭐야? 하하하. (큰소리) 그래 버리지 않고 데리고 살아줘서 고맙다.

두 사람 멀어진다. 그러면 반대쪽에서 딸 나온다.

딸   엄마가 아빠 몰카 준비한다고, 역 몰카를 계획하고 있어.
그러니까 절대로, 절대로 티 나지 않게 알았지? 아빠 파이
팅! (들어가는)

남편   (손가락 하트를 날리며) 고마워, 딸.

라스베이거스 비행기 탑승을 알리는 방송.

직원   자! 탑승 시간이 됐습니다. 가시지요.

팔짱을 끼고 사라지는 부부.

직원   여러분! 어디론가 떠나고 싶으십니까. 인생에 새로운 이벤
트가 필요하십니까? 언제든 저를 찾아주십시오. 행복은 공
항에서부터 시작됩니다. (관객에게 명함을 돌리는)

음악 높아지면서 막.

Террорист

Автор Ян Су Гын

Перевод на русский язык Цой Ен Гын

Действующие лица:

Муж: 55лет

Жена: 53 года

Дочь: 18лет

Сотрудник туристической фирмы: 37лет

Сцена

Аэропорт. Типичная обстановка перед вылетом.

Звучит музыка. Вокруг отъезжающие пассажиры. Шумно. Звучит голос диктора. Жена стоит с чемоданом на колесиках.

Жена.   Жила-поживала и вот наступил этот день.

Я сейчас лечу в Америку в Лас-Вегас по туристической путевке. Вместе с мужем. На 11дней, 10ночей. 22года прошло с тех пор как ездили на остров Чеджу в свадебное путешествие. Не знаю, что это мы так копошились, хлопотали, хотели прожить райскую жизнь... жили-поживали и вот наступил этот день. Все вокруг нас ездили за рубеж, а мы вот впервые вырвались. И наступил этот день. Я... простая, очень простая домохозяйка, имеющая сына, только что поступившего в институт и дочь - ученицу высшей школы. Ну и как? Я одета нормально? Сын специально купил мне эту одежду, чтобы я ехала в ней. А эти темные очки купил муж в лавке. Ха-ха-ха. Дешевая вещь, но на душе приятно. Посмотрим шоу, покупаемся в плавательном бассейне при отеле, погреемся на солнышке. Посмотрела по материалам турфирмы: оказывается отель пятизвездочный. Вот так: 5 звезд. (весело смеется) Дожила до таких дней. Цена в отеле Лас-Вегаса намного дешевле отелей нашей страны. Дешевый отель и мы сможем оттянуться там вдоволь (показывает как р астягивают резинку рогатки). Единственное, что мне нравится - это дешевая цена отеля в Лас-Вегасе. Дочь говорит...

Вспоминает жена, как дочь напутствовала ее.

Дочь.   Мама. Ты от души поешь там все, что тебе нравится. В отеле Лас-Вегаса в буфете любой может покушать дешево всякую еду. Чтобы ты не разочаровалась по приезду. Так что давай, все делай от души.

Жена.   Ты не беспокойся. Мама у тебя не простая. Когда-то и я была на высоте.

Дочь.   Неужели? Вот уж. Упадет на пол монетка и ты чуть ли не ползаешь чтоб подобрать ее.

Жена.   Ну, ты?! Это я делала так, чтобы вырастить тебя и твоего братца и экономила. А ты подумала, что я не умею тратить денежки?

Дочь.   Да-да понятно. Поэтому там не экономь, от души погуляй и вернись. Поняла?

Жена.   Ладно (громко смеется).

Дочь.   (вместе смеется. Исчезает)

Жена.   Вот так она сказала. Я сняла деньги. 5 лет копила и получилось 3 тысячи. Оставила на учебу дочери в институте, остальные решила взять на дорогу. Надо же и нам повеселиться. Мы за это время много трудились. Обессилели совсем. И нам надо подзарядиться. Хо-хо-хо. И вот наступил такой день.

Подходит муж с кофе.

Жена. Это мой муж. Вообще-то он мечтал стать прокурором или следователем, быть справедливым законодателем, чтобы навести порядок в стране. Солидный он у меня. Видите, походка точно как у медведя.

Муж. Чему так радуешься? Рот аж до ушей.

Жена. Да. Хорошо же ведь?

Муж. Вот уж.

Жена. (смеется) Хо-хо-хо....

Муж. Ну, ты...

Жена. Как во сне.

Муж. Вчера ночью ты не сомкнула глаз?

Жена. А ты, что спал?

Муж. Да. И я не выспался.

Жена. Волнуешься. Как можно спать. Больше волновалась чем в детстве, когда ходили на экскурсию.

Муж.   Точно.

Жена.   (поет) «Будешь вдали, напиши письмо...»

Муж.   И я рад. Наступил такой день в нашей жизни. Сядем на самолет и полетим в Америку, в Лас – Вегас.

Жена.   Из-за напряга пересохло в горле.

Муж.   Сейчас принесу воду.

Жена.   Не надо. Пойду в туалет и заодно попью. От волнения часто хочется в туалет пописать. Хо-хо-хо...

Муж смотрит на жену, удаляющуюся в туалет.

Муж.   Жили-поживали и наступил такой день. Примерная жена. Несколько дней толком и не ела. Как ребенок радовалась. Ха-ха. На самом деле и мне хорошо. Эта рубашка подходит мне? Сын купил две штуки на рынке. Если бы не жена, мы не смогли содержать мебельный салон. Цены на жизнь, на продукты поднялись ввысь. Экономика в упадке. Плата за аренду тоже подскочила. По интернету нажал раз на кнопку и нате вам пожалуйста мебель доставят до дому. В такое время все равно надо выживать. Пришлось уволить работника. Раньше заказывали обед в столовой с доставкой, но теперь берем доширак и едим в тесном салоне вместе с женой, глядя друг на друга. Плата за свет, за воду, за связь, за страховку, деньги на жизнь - во всем экономим и так живем. Все мелкие хлопоты - это на шее жены. Уборка, упорядочение документов, погрузка и доставка вещей – все это мы делаем вместе с женой. Примерная жена... Это благодаря жене живу так и на самолете могу полететь в Лас-Вегас. Так вот дочь...

Дочь. Папа. Это желание мамы. Если вы сейчас не поедете, то когда вы сможете? Постареете и при деньгах даже не сможете поехать. А ну полайте. Уличная собака и то лает, а ты наш шикарный папаня не можешь полаять от души. Езжайте. Забудьте обо всем. (поет). «Едем на восточное море. Поймаем кита, дышащего как бог».

Муж. Понял, понял. Между прочим, тебе сколько лет, что поешь такую песню?

Дочь. Папа? Когда ты пьян, знаешь какую ты поешь песню?

Муж. Неужели? Я пел про охоту на кита?

Дочь. Да. Ты о многом мечтал. Хотел построить

справедливое общество. Все это похоже с мечтой на охоту на кита. Но все-таки ты сказал, что поймал кита в лице нашей мамы. Не так ли? Поэтому исполняй пожалуйста желание кита. Капитан судна по ловле кита?!

Муж. Что? (весело смеется).

Дочь. (исчезает)

Муж. Вот так. Вы знаете, может быть нам повезет вместе с богиней китихи? Джекпот! (сам радуется) Конгречурейшен, конгречурейшен. Поздравляю с джекпотом, ого! Вот такой день выпал нам.

Телефон мужа.

Муж. Да. Доченька. Мы в аэропорту. Скоро полетим. Понял, понял. Не беспокойся. Да.

К нему подходит начальник турфирмы.

Сотрудник. Живем-поживаем и наступает такой день. Наконец-то первый клиент. Вы любите путешествовать. И мы вам устроили. Хотели много путешествовать. Вот этот человек два месяца назад обратился к нам и сказал, что хочет поехать с женой. Спросили. Выбираете или Аляску, или Лас-Вегас? В Лас Вегас. В Америке введено облегченное получение визы. И многие супружеские пары ездят туда. 11 дней10 ночей. (подражая мужу) «Когда можно оплатить? Отель мы хотим высшего класса. Обязательно с солярием. Жена любит принимать солнечные ванны....» И сразу заключили договор. Но... тут... Что же делать? Как сказать.. Нет. Надо делать всё по инструкции. Ну, все. Асса. Я смогу. Смогу.

Муж смотрит на сотрудника.

Муж.　　О, вы тут. Может, кофе? (смотрит по сторонам) Ну, где же она? Пошла в туалет называется. Скоро вылет. И регистрация?

Сотрудник.　Да. У вас много вещей.

Муж.　　Жена набрала вещей. Парфюмерия, нижнее белье, ночнушка, короткое и длинное платья, купальники, обувь, батарейки и даже фен для волос... Ну, вы знаете: обычно женщины, когда собираются в турпоездку набирают... чего там только нет.

Подходит жена.

Сотрудник. (поколебался и громким голосом). Придется турпоездку отложить.

Муж. Что? Что вы сказали сейчас? В чем дело? Ведь самолет должен скоро взлететь, как это откладывается?

Жена. Нет, что за дела? Что ты расшумелся?

Муж. Я же оплатил. За все заплатил и даже за страховку по вашему настоянию. Что вы там напортачили? Какие проблемы?

Жена. Да, на самом деле, почему? Никогда он не повышал голос...никому

Сотрудник. (нервничает) Послушайте. Господин О Дэ Ен. Что вы повышаете голос и указываете мне.

Муж. Ты с кем разговариваешь таким тоном?

Сотрудник. А кто начал грубить? Вы же начали.

Муж. Вы, вы? Тебе сколько лет? Ты...пацан

Сотрудник. Е..б... ссибал...(корейский мат) Больше не хочу заниматься таким грязным делом... Кому ты, ты, тыкаешь?

Муж. А что.

Жена разнимает обоих. Люди стали оглядываться.

Жена. Нет, они не ругаются. Это от радости вот так... Да,да.

Муж. (не унимается) Это ты с кем так...

Сотрудник. Ссибал! В чем моя вина, что набрасываешься на меня?

Муж. Ссибал? Ссибал? Это ты меня так ругаешь? Что ссибал?

Сотрудник. Ну, ссибал!

Жена. Ты потерпи. Зачем так. Вон люди смотрят.

Муж. Что это так важны эти взгляды? Этот тип, работающий в сфере обслуживания ...так не воспитан и дурень. Пустая башка.

Сотрудник. Что? Пустая башка? Я то хотел жить правильно и работать. Что этот тип творит... Я ...это... хоть напоследок покажу, как и что.

Муж. Эй! Кто бы это говорил. Лай собаки.

Сотрудник. Вот уж. И всякие собаки и коровы летают на самолете и путешествуют. И приходится сталкиваться со всякими типами.

Муж. Что?. Ну, ты попался как раз под горячую руку.

Муж хотел наброситься, но сотрудник уходит в сторону. Двое возбуждены.

Жена. (разнимая их) Ну, хватит вам. Не стыдно? И в аэропорту.

Сотрудник. И этот туда же. В Лас-Вегас. Эй, дядя. Вы не поедете в Америку. Понятно?

Муж. Что?

Сотрудник. Дяденька. Вы не полетите в Аме-ри-ку.

Жена. Что? Что вы сказали?

Муж. Почему я не поеду? Ты, что выкупил Америку? Что это ты распоряжаешься: поеду, не поеду?

Жена. Что вы сказали? Послушай, что он говорит? Почему мы не можем поехать в Америку?

Сотрудник. Вы, что оглохли? Не дадут вам билеты в Америку. И загранпаспорт аннулирован.

Жена. Как аннулирован.? Послушай, что это такое? Мы же так готовились путешествовать.

Сотрудник. Я закончил свою работу. А вы как хотите. Я пошел.

Муж. Как это ты пошел? Куда пошел.

Сотрудник. Конечно, пойду. А что мне прикажете жить тут? Я имею квартиру. Поэтому надо идти домой.

Жена. А такой на вид был вежливый человек, что мы готовы были отдать даже свою печень... Эй, что с вами случилось?

Муж. Куда вы собрались? Надо же что-то

предпринимать.

Сотрудник. Я, что сотрудник американского посольства? (хоте
л уйти).

Муж его держит.

Муж. Послушайте. Надо же объяснить, почему
отменили поездку.

Сотрудник. Господин О Дэ Ен. Вы террорист.

Муж. Что?!

Сотрудник. Террорист!

Жена. Как террорист?

Сотрудник. Говорю же, что он террорист. Ваш муж.

Жена. Этот человек? Он же директор мебельного
салона.

Сотрудник. Обвинен в нарушении государственной
безопасности. В 1989году был арестован. По
окончании срока в 1991году в марте был
освобожден с места лишения свободы города
Вондю.

Муж. Правда, а что это, почему?

Сотрудник. Нарушитель закона госбезопасности не может
путешествовать по Америке. В управлении
миграции Америки осуществляет спецнадзор за

нарушителями закона госбезопасности и внесли таких в список террористов. Вы зачем скрывали свое прошлое и привлекли к такому делу и меня? Что, Вы имеете что–то против меня? Я в первый день сегодня отправляю людей в турпоездку. Впервые в нашей турфирме. Вы растоптали мою жизнь. Я потребую компенсацию за моральные издержки.

Жена.   За ... мо-ральные издержки?

Муж.   Почему я террорист? С какой стати я террорист?

Сотрудник.   А что вы сердитесь на меня?

Муж.   Ты только сейчас обозвал меня террористом.

Сотрудник.   Это когда я назвал вас террористом? Это миграционная служба Америки внесла господина О Дэ Ен в список террористов и считает вас террористом. Поэтому я так вас назвал. По какому праву я могу вас так называть. Да, еще разве террорист назовет себя террористом?

Муж.   Что вы всё террорист, да террорист? Какой я террорист? С какой стороны я террорист?

Он побросал одежду и чемодан.

Сотрудник. Нет, так не пойдет Если этого дядю посадить в самолет, то он там натворит дел. (по телефону) Алло, полиция аэропорта? Тут террорист творит...

Муж. (отбирает телефон) Эй, ты!

Сотрудник. Послушайте, террорист отобрал у меня телефон. Алло, тут!

Муж. (закрывает рот сотруднику) Ты, потише. А то убью.

Сотрудник. Ой-ой ой...

Жена села , плачет.

Жена. Ведь заранее была запланирована турпоездка. Как это ты террорист?

Муж. Не плачь. Зачем плачешь? Неудобно перед людьми. Позорно.

Жена. Неудобно? Это я позорю?

Муж. В то время был обвинен за нарушение закона госбезопасности. Но потом получил компенсацию от правительства Республики Корея за свой вклад в участии в борьбе за демократическое движение. Так, какой же я террорист. Ты же лучше меня знаешь.

Жена. Ну, что это такое? Приехали в аэропорт...

Муж. (отпуская сотрудника) Иди возьми нам билет. Билет на самолет до Лас–Вегаса. Нам надо по приезду принять солнечную ванну. Suntan. Ты не знаешь, что это такое. Видишь, как плачет моя жена. Она хочет принять солнечную ванну. Смотреть на светлое небо и почувствовать свободу. Вот о чем разговор.

Муж, снял верхнюю одежду, надел темные очки жены и ложится на пол.

Жена. Ты, что делаешь?

Сотрудник. Все это бесполезно.

Муж. Смотри! Вот так, лежать под солнцем и принимать солнечную ванну. Ох, как хорошо. Хорошо. Жена, давай, вместе. Иди ложись рядом (мажет кремом).

Жена. Ну, хватит. Поехали домой. Какая там турпоездка в такой ситуации.? На эти деньги поедим вдоволь мяса. Ты не понял? Какой это терроризм, когда в молодые годы боролись против мрачного времени. Тогда я влюбилась в тебя, видя твою смелость и решила прожить с тобой всю жизнь. Пошли. К нашим детям.

Муж. Куда, пошли? Надо ехать в Лас–Вегас.

Сотрудник поднял чемодан.

Сотрудник. В чемодане спрятали бомбу. (кричит) Эй, тут в чемодане бомба!

Муж. Эй, ты сумасшедший. Ты! Не мог бы вести себя тихо?

Жена. (плачет)

Сотрудник пытается открыть чемодан. Муж противится. Двое тянут каждый на себя и чемодан раскрывается. Оттуда вываливается маленькая складная палатка « Поздравление по случаю 22-летия со дня свадьбы».

Сотрудник. (посмотрев на это)

Прозвучала музыка.

Жена. (в недоумении)

Сотрудник. Поздравляю с 22-летием со дня свадьбы.

Муж. (вытаскивает букет цветов из чемодана). Ким Гван Сук, я люблю тебя.

Жена. (по-прежнему в недоумении)

Муж.   Что за дела? Какой я террорист. Человек по имени О Дэ Ен. Директор мебельного салона. Всю жизнь хлопотал ради жены и детей. Какой я террорист. Это сюрприз для тебя, жена. Спасибо, что прожила больше 20-ти лет с мужем со скверным характером. Клянусь! Я О Дэ Ен и впредь буду любить всю жизнь Ким Гван Сук!

Сотрудник.   Вы перепугались. Так обнимите своего супруга

Они обнимаются. Сотрудник хлопает в ладоши.

Сотрудник.   Более 10 лет действовал закон, запрещающий поездку в Америку нарушителям закона госбезопасности. Они были занесены в список террористов. Это правда.

Жена.   Как это вы так обманули меня.

Муж.   (смеется и взял за руку сотрудника)

Сотрудник.   Но вы отлично сыграли свою роль. Надо было вам стать артистом.

Муж.   А вы лучше меня сыграли свою роль. Может быть, вы до турфирмы работали в театре?

Жена.   Ну, вы игроки. Оставили меня одну в дураках. Ну, вы продолжайте играть. А я пошла домой. (рассер дилась)

Муж.	(держит ее). Жена, Ты испугалась очень?
Жена.	Да, конечно была напугана. Ты бы на моем месте не испугался бы? (пинает ногой чемодан). Думал из-за такой ерунды я обрадуюсь? Доволен, что разыграл меня? Доволен?
Муж.	Извини, прости меня. Я хотел по случаю 22-летия устроить тебе сюрприз...
Жена.	Сюрприз? (отталкивает мужа и хочет уйти)
Муж.	(разволновался) Послушай жена. Не делай так. Я виноват. Я думал ты...
Жена.	Прожил со мной 22года и не понял меня? Когда я любила такую игру?
Муж.	(чувствуя вину). Ты иногда по телевизору смотрела тайком ...было же интересно.. и поэтому.
Жена.	То было по телевизору. Разве в действительности и по телевизору бывает одинаково?
Муж.	Отличается конечно. Ну все... Я то думал... не ожидал от тебя такую реакцию...
Жена.	Какая реакция? Сделал из меня игрушку...(оглядыв ается). Вон люди смотрят. Хорошо что ли?
Муж.	Нет.
Жена.	(плача)
Сотрудник.	(не знает, что делать)
Муж.	Я виноват. Во всем я виноват. Не сердись.

Жена.	А в чем ты виноват?
Муж.	Во всем, во всем я виноват.
Жена.	Во всем? Вот в чем проблема. Ты даже не знаешь в чем ты виноват.
Муж.	Знаю, Знаю. Я хотел обмануть тебя и...
Жена.	Как ты обманул меня?
Муж.	Вот, сегодня... Я зря...
Жена.	Зря? Хочешь сказать, что зря устроил сюрприз для меня?
Муж.	Речь не об этом...
Жена.	Тогда, что?
Муж.	Я хотел сказать, что зря устроил сюрприз...
Жена.	Тогда, считаешь, правильно ты разыграл меня?
Муж.	Зачем ты поворачиваешь разговор не в то русло? Я-то другое хотел сказать.
Жена.	Ты, что сердит на меня? Хотя ты провинился так, что даже если бы валялся в ногах, все равно этого было мало.
Муж.	Это когда я мог рассердиться?
Жена.	Ты и сейчас сердит.
Муж.	Я не сержусь. А просто оправдываюсь. Оправдываюсь!
Жена.	Оправдываешься? Значит, все это была твоей попыткой оправдаться, несмотря на то, что ты до

сих пор просил у меня прощения?

Муж. (чуть ли не плачет). Опять ты повернула разговор не в ту сторону. Ну почему?!

Жена. Только что сказал, что ты оправдываешься.

Муж. Нет. Это не то. (сам себе) С ума можно сойти.

Сотрудник. (смотрит на супругов).

Жена. Что? С ума сойдешь? Это ты сказал, чтобы я услышала?

Муж. Нет. Ни в коем случае, нет.

Жена. Тогда, что? Почему ты с ума сойдешь?

Муж. Послушай жена. Спаси меня.

Жена. Что я? Террористка что ли? Что я сделала такого, что ты просишь меня тебя спасти?

Муж. (встал перед ней на колени). Я виноват во всем. Я во всем...

Жена указывает рукой сотруднику и тот преподносит цветы мужу.

Сотрудник. Раз встали на колени, то делайте заодно и предложение, которого не сделали 22 года назад.

Муж. (растерян) Это, что?...

Сотрудник. Это скрытая камера. Госпожа знала о скрытой камере, подготовленной вами тайно. Она предложила мне установить такую же камеру и я согласился. Ха-ха-ха.

Жена. Надо было делать это, чтобы я не знала. Как так можно устроить всё, чтобы знали другие? Делать вид, что не знаешь, труднее. И детям было трудно умалчивать о твоей игре. По возвращению купи им хороший подарок. Ты же хороший папаня. Хо-хо-хо

Сотрудник. (смотрит на мужа) Ну, давайте. Предложение.

Жена. (улыбка на лице)

Муж. (сосредоточившись) Госпожа Ким Гван Су! Вы готовы быть со мной всю жизнь?

Жена. (принимая цветы) Если бы эти цветы попали в руки другой женщины, то я бы пошла за тобой на край света и была бы твоей террористкой. Спасибо, что ты мой.

Они обнимаются. Хотели поцеловаться, но между ними встал сотрудник.

Сотрудник. Пришло время. Идите на регистрацию (подает им билеты).

Жена. (не может оторваться от мужа).

Сотрудник. Можете опоздать на самолет...

Муж. Такая обстановка. Вы не знаете, что такое романтика.

Жена. (не отрываясь от мужа) Точно это романтика.

Муж. Ну, полетели в Лас-Вегас! Джек-пот, жди нас!

Жена. Жди нас, джек-пот! Лас-Вегас! Хо-хо-хо.

Муж. Жена моя смеется. Самая красивая на свете.

Жена. Мой муж, похожий на медведя. Муж, который любит меня больше всех на свете. Самый, самый ненавистный в мире.

Муж. Что? Ненавидишь?

Жена. Да. Ненавижу. (громко) Ну, что поделаешь. Он мой муж. Надо прожить вместе.

Муж. Что? Ха-ха –ха. (громко). Спасибо, что не бросаешь и живешь со мной.

Оба удаляется. Появляется дочь.

Дочь. Мама планирует скрытую камеру, зная что ты готовишь также скрытую камеру. Поэтому держи в секрете, в секрете. Понял? Папа, файтин! Держись! (уходит)

Муж. Спасибо, дочь.

Объявляют посадку на Лас-Вегас.

Сотрудник. Объявили посадку. Идите.

Супруги удаляются, держа под руку.

Сотрудник. Всем, всем! Хотите куда-то поехать? Вам нужно новое жизненное событие? Тогда ищите меня. Счастье начинается с аэропорта (раздает визитки зрителям).

Громче звучит музыка.

Занавес.

• Ян Су Гын (1970г.рож.)

В 1996году начал свой дебют на литературном поприще в газете « Деннам Ильбо».

В 2013году получил главный приз за свою пьесу на Международном театральном фестивале.

В 2018 отмечен премией за одноактную пьесу на Международном театральном фестивале.

В 2019году получил премию «Драматург года». Пишет сценарий для мюзикла. Для пополнения своего бюджета изредко пишет детские сказки.

« Террорист». Супружеская пара отправляется в туристическую поездку в Лас- Вегас. Комедия разыгрывается в аэропорту. Хочется, чтобы зритель от души посмеялся и порадовался за героев спектакля...

그림자를 찾아서

김대현

Dae Hyun Kim (1957년 출생, gogoda99@gmail.com)

한국일보 신춘문예 〈외등 아래〉 당선, 한국희곡문학상, 탐미문학상, 강남문예상
희곡집 『라구요』, 소설집 『내린하늘』, 시집 『손바닥』, 동화집 『깨비난장』
모든 작품은 Social Drama를 추구한다. 작품의 소재는 사회적 문제를 일으키는 갈등과 행위에 접근하고 있다.
〈그림자를 찾아서〉는 인간의 갖고 있는 근본적인 삶에 대해 또 하나의 질문을 시작한다. 월급쟁이의 일상, 어느 날 갑자기 다가온 그림자를 통해 자신의 존재를 돌이켜본다.

등장인물

민호
그림자
민호의 처

흰 천 위에 투영된 그림자들. 출근길에 시달리는 봉급쟁이 일상. 도시의 소음이 점점 꺼져 들어가면 사무실에서 결재받는 모습으로 압축된다. 결재판 들고 손가락질하며 윽박지르는 그림자. 그 앞에 마주 선 그림자는 고개만 푹 숙이고 있다.

소 리   서 있는 존재는 불쌍해.

혼자된 그림자 옆으로 그림자들이 놀리듯 둘러싸며 마임을 펼친다. 망연히 서 있던 그림자는 천천히 서류 집어 봉투에 담는다.

소 리   다리가 두 개 있는 짐승은 그나마 날개라도 달렸는데, 그중에 만물의 영장이라는 인간은 어찌 잘난 척하는지 날개 대신 두 팔만 있거든? 서 있는 꼴이 너무 안 됐어. 이봐! 피곤하면 누워. 죽는 연습이 친숙하게 느껴지지 않아?

무대 앞으로 술 취한 민호와 그림자가 나온다. 서류 봉투 들고 있는 민호는 술기운에 휘청거린다. 그림자 역시 분신처럼 행동한다.

민호처   여보!

화들짝 놀라는 민호. 그림자는 재빨리 민호의 발목으로 달라붙어 바닥에 눕는다.

민호처 (시계 가리키며) 이 과장니임? 오늘은 또 무슨 핑계로 그렇게 바빴수?

민 호 구, 국가경쟁력 10% 높이기!

민호처 능력도 좋아. 어떻게 25% 소주 먹고 술주정은 130%야?

민 호 (한 걸음 옮기려 하지만 발끝에 놓인 그림자에 묶여 휘청 넘어진다)

민호처 못 말려!

민 호 (드르렁 코 곤다)

민호처 부부 컨설팅 혼자 연구하면 뭘 해? (관객 향해) 진짜 문제더라구. 40대 사망률 전 세계 1위! 국가경쟁력? 남편부터 일으켜 세워 줘? 그래도 얼마 전까지만 해도 새벽이면 아랫배 잡고 벌떡 일어나? (눈 흘기며) 그게 아니고, 망할 놈의 인간이 속 쓰리다면서 혹시 뒷일 모른다고 암보험이나 들어 놓자나? 그래서 그랬지 걱정 붙들어 매라고. 아니, 죽는 사람 많으면 보험회사 빌딩이 하늘 높은 줄 모르겠어? 경제가 곤두박질치는 마당에 반찬값은 둘째치고 돈 빠져나가는 건 밑 빠진 독에 물 붓긴데. 그나마 사는 재미, 뭐겠어? 맨날 나만 샤워하면 뭘 해? 나두 애들 과외비 핑계 대고 호텔 아르바이트나 뛸까?

퇴장하며 던진 민호처 말꼬리에 민호는 벌떡 일어선다. 그림자도 민호 뒤에 선다. 침울한 민호의 표정이 여러 형태로 바뀐다. 두웅 두웅. 북소리가 점점 빨라지자 민호와 그림자가 빠른 속도로 분리된다. 혼란스럽게 핀 조명이 민호와 그림자를 번갈아 비추는 순간 그림자가 증발한다. 무중력으로 빨려 들어가듯 부양된

몸짓. 민호는 어찌할 줄 몰라 두 발을 동동 구른다. 바닥에 뒹구는 서류봉투. 민호는 집으려 하나 마음대로 움직여지질 않는다.

소 리   고통은 늘 새롭고 갈등의 찌꺼기는 늘 오래전부터 남아있는 것이지.

민 호   (입만 크게 벌려질 뿐. 감정 표현이 되질 않는다)

소 리   그게 바로 자네가 이 세상에서 느끼는 마지막 감각이네.

민 호   누구야?!

소 리   누구? 이야 야? (메아리로 되받는다)

민 호   (웅크린 그림자 보고) 너무 마셨나 내가?

그림자   생선 시리즈!

민 호   너, 이 자식!

그림자   명태는 명예퇴직, 조기는 조기퇴직, 동태는 동반퇴직, 황태는 황당스런 퇴직.

민 호   한 번만 더 그딴 소리하면 모가질 비틀어 버릴 테다!

그림자   (손칼로 잘렸다는 표시하며 더욱 비아냥) 봉급쟁이 모가진 둘인가?

민 호   죽여 버리겠어!

그림자   안 됐지만 죽은 건 바로 자네야.

민 호   내가?

그림자   증명이야 간단하지. 내가 이미 니 곁을 떠났으니까.

민 호   개, 풀 뜯어먹는 소리하고 있네.

그림자   인간은 말야. 살아있을 땐 살아있다는 걸 느끼지도 못하는

주제에 죽음 앞에선 꽤나 논리적이란 말야. 허기사 자위행
위 하는 동물은 인간밖에 없는 특권이니까. 더구나 평생 봉
급만 받고 살던 자네가 생각을 바꾼다는 자체? 개가 풀 뜯
어먹는 소리지.

민 호 누구야 정첼 밝혀!? 노상강도? 밤도둑?

그림자 천만에. 영혼을 빨아먹고 사는 빛의 마술사.

민 호 빛의 마술사?

그림자 니 분신? 그림자.

민 호 부담스럽군. 너 같은 부양가족이 내게 있었다고 생각하
니까.

그림자 생선시리즈!

민 호 이 자식이!

그림자 흥분할 거 없어. 나도 자네하고 한평생 지내왔으니까.

민 호 한평생 살아왔다며 감히 그런 말이 나와?

그림자 네 자신보다 내가 더 잘 아니까.

민 호 밥맛없어. 가뜩이나 심란한데? 제발 혼자 있게 내버려 둬.

그림자 네가 원하지 않아도 어차피 떠나야 할 팔자네 또 다른 윤
회랄까?

민 호 윤회?

그림자 질량불변의 법칙이지.

민 호 그 얘기 알어? 만득아아 꼬르륵! 귀신이 통곡하다가 틀니
빠지는 소리하고 자빠졌네.

그림자 (퇴장하며) 여유 피는 거 보니까 아직도 인육의 기름기가 덜
빠졌군.

그림자가 움직이자 민호도 빨려가듯 스르르 움직인다. 벽을 잡고 버티는 민호.

그림자가 퇴장하기 전에 넘어진다. 민호 역시 연상작용으로 고꾸라질 듯 넘어진다. 그림자가 사라지자 민호는 주위 둘러보곤 자신이 살아있다는 것을 증명하기 위해 숨을 깊이 들여 마셨다 내뿜는다. 그림자가 떠나니 역시 무중력 상태. 두 팔을 움직여보나 허우적댈 뿐, 감각이 되살아나질 않는다.

소 리   서 있는 존재는 불쌍해. 날지도 못하는 저 두 팔로 허우적대는 꼴이란? 이봐 척추나 곧바로 세우라구. 그동안 행복이 뭔지 축복이 뭔지나 알고 살긴 산 거야? 갑자기 의심스럽군. 넌 이미 죽었어. 인간의 방향감각이란 그림자라는 잣대가 있어야 하는 법.

민호처   여보!
민 호   (깜짝 놀라며 안도의 한숨을 내쉰다)
민호처   (서류봉투 집어 들고) 아니 이 양반이 포장마차 간 거 아냐?
민 호   나 여기 있어.
민호처   남들은 승진하려고 컴퓨터니 토익이니 눈이 뻘건데 이 양반은 맨날 뭐? 술 상무 자리가 하나 비었다나? 평계는?

민호는 씨익 웃으며 민호처 코앞에 얼굴을 들이대지만 민호처는 몰라본다.

민호처 (허리 틀며) 맨날 샤워만 하면 뭘 해?

민호처는 엉덩이 흔들며 들어간다. 장난기가 발동된 민호는 엉덩이를 손바닥으로 찰싹 때린다. 민호처는 화들짝 놀라 뒤돌아보지만 아무도 보이지 않는다.

민 호 (까꿍) 나 없다아?!

민호처는 고개 한 번 갸우뚱하곤 그냥 퇴장한다. 어이없는 민호. 자기 뺨을 때리고 꼬집지만 어찌된 상황인지 이해가 가길 않는다. 곤혹스런 표정으로 바뀌는 민호.

민 호 이봐! 이봐! 빛의 마술사! 그림자! 내가 잘못했어. 이리 나와! 널 사랑한다구!

그림자가 해골을 들고 나온다

민 호 오, 나의 분신!
그림자 미안하지만 이제부터 나의 분신은 자넬세. 도대체 인간들은 헤어질 땐 아픔을 느끼면서 왜 만날 땐 아픔이란 감정을 느끼지 못하는 거지?
민 호 이봐 문제가 생겼어!
그림자 (뜨악한 표정)
민 호 내 마누라가 날 몰라 봐

그림자 (시끄럽다는 듯 해골을 바닥에 탁 내려놓는다)

민 호 (기에 질려) 그게 뭐지?

그림자 네 머리.

민 호 (목을 쓰다듬는다)

그림자 (수저로 해골에 담긴 골수를 퍼먹는다) 저승밥이지. 우리가 살아있을 땐 인간의 수명을 조금씩 깎아 먹고 지내지만 떠날 땐 마지막으로 인간의 골수를 떠먹지. 그래야 이 세상 미련 없이 떠날 테니까? 역시 골수 중에 가장 으뜸은 역시 봉급쟁이가 최고야. 본젤라또! 입안에서 살살 녹는단 말야. 약간 비린내가 나서 탈이지만?

민 호 그, 그거?

그림자 맞어, 네 꺼.

민 호 (머리 쥐어짜며) 으으으 이봐 잠깐. 이건 인권침해야.

그림자 아직도 골이 덜 비었군. (더 박박 긁으며) 명태는 명예퇴직 동태는 동반퇴직?

민 호 이 자식!

민호는 그림자에게 달려들어 목을 조른다. 컥컥거리는 그림자.

그림자 잠깐! 위치로!

민 호 (두 손을 뿌리친다)

그림자 우리 자기 직분에 충실하자구. 아무리? 카악! 골수에도 가시가 있나?

민 호 (자기 분에 못 이겨 씩씩거린다)

그림자　그림자 체면이 이거 말이 아니네. 우리 이렇게 하자구. 자
　　　　네 목에 손을 대라구 싫으면 손에 목을 대보라구.

민 호　(망설인다)

그림자　글쎄 내 말 들어.

민호가 자기 목에 두 손을 대자 그림자가 따라 한다. 민호가 목
을 누르며 캑캑대자 그림자 역시 똑같은 동작을 취한다. 원숭이
흉내내서 속이듯 더욱 누르는 민호. 그것도 잠깐 그림자가 미련
스럽다는 표정으로 돌아서서 다시 골수를 퍼먹는다.

그림자　(트림) 꺼억.

진지하게 행동하던 민호가 그제서야 눈치채곤 노려본다.

그림자　나두 알어. 니가 그런 식으로 맹하게 살아왔다는 걸?

민 호　(알아줘서 고맙다는 듯 울먹이며) 그래애. 너두 잘 알잖아 난?
　　　　난 앞만 보고 살았어.

그림자　누가 앞만 보고 살래?

민 호　앞뒤 가리고 살기 힘든 판에 뒤돌아 볼 틈이 있었냐구!

그림자　알어 알어. 그 뒤에서 난 너만 보고 살았으니까.

민 호　??? 근데?

그림자　해바라기 인생 다 그렇지 뭐. 한 마디로 안됐어.

민 호　사람 비참하게 만들지 마. 참는 거두 한계가 있어.

그림자　그런 감정이 우리 그림자한테도 있었으면 좋겠다.

민 호 니들은 몰라? 처자식이 있다구 난! 명예퇴직은 제도적인 살인이지. 엄격히 말하면 가정 파괴범이라구!

그림자 이미 환경오염 딱지가 붙었는걸? 분리수거가 제도적인 모순이라고 생각해?

민 호 빌어먹을 자식! 죽여 버릴 거야.

그림자 참아. 그림자 없는 인생? 무얼 뜻하는지 알지?

민 호 이봐! 난 지금껏 남의 눈에 피눈물 흘려보게 한 적도 없다구? 잘했어 잘했다구 알잖아?

그림자 글쎄 모르는 것보다 안다는 게 훨씬 괴로울 때가 많다니까. 알았어. 알았으니 다신 부르지 말라구 바쁜 몸이니까.

민 호 가지 마. 곁에 있어줘. 잘 할게. 앞으로 열심히? 남들한테 더 잘 할 수 있어.

그림자 이미 늦었어.

민 호 안 돼! 나 해야 할 일이 많다구. 떠나더라도 뭔가 정리해야 할 시간이라도 줘야 되잖아? 처자 두고 이대로 갈 순 없어.

그림자 걱정 말라구. 살아남은 사람들은 그들끼리 나름대로 살아가는 방법이 있으니까.

민 호 책상 서랍 하나 정리하지 못하고 떠나야 한다는 게 말이 돼? 난 아무 짓도 안했어. 앞만 보고 그냥 줄 서서 기다리고 있었다가 당한 거라구.

그림자 천당 갈 거야. 아무 짓도 안했으니까.

민 호 (울먹이며) 하필이면 왜 나야? 난 이제껏 날 위해 살아본 적도 없어. 어둠만이 내 친구였지. 수많은 밤을 너와 고민한 거 알잖아.

그림자　그놈의 불면증 때문에 아직도 피곤해.

민 호　당사자인 난 얼마나 지겹겠어.

그림자　그러니 이제 내 품안에 편히 쉬어? 재워 줄게. 과거의 주머니는 나한테 다 맡기고?

민 호　나 죽은 게 확실해?

그림자　그럼 살아있다는 확신은 있어?

민 호　내가 지금 말을 하잖아.

그림자　살아있을 땐 하고 싶은 말 있어도 하지 못한 주제에?

민 호　눈을 뜨고 있잖아.

그림자　보고 있어도 못 본 척했고.

민 호　봐, 니 소릴 들을 수도 있어.

그림자　들어도 못들은 척.

민 호　숨을 쉬고 있잖아. 봐 심장이 뛰어.

그림자　쯧쯧, 산다는 기준이 뭔데? 안됐어.

민 호　그럼 나 꿈꾸고 있는 거 맞지?

그림자　누워 봐.

민 호　왜 그래? (눕는다)

그림자　살아있는 사람은 허리에 손이 들어가지만 죽은 사람은 빛조차 들어가지 않거든.

민 호　?

그림자　그림자하고 일대일 비율이면 죽음을 뜻하지. 아이고오.

민 호　왜 그래?

그림자　자넨 죽었어.

민 호　아냐. 조그만 아파트 하나 구하느라 허리가 굽어서 그래.

다시 넣어 보라구.

그림자 답답하군. 살아있을 때 살아있는 걸 모르더니 결국 죽었으면서도 죽었다는 걸 모르니? 자 눈 감아. 이제부터 달콤한 어둠이 자넬 지켜 줄 거야?

민 호 죽은 게 맞나? 갑자기 마음 편해지는 걸 보니 이상해.

그림자 그래. 그런 기분으로 날 따라오면 돼. 늘 어디론가 떠나고 싶어 했잖아.

민 호 거기는 어떨까?

그림자 인종차별이 없는 사회지. 우린 있는 그대로 서로를 인정하고 사니까. 누구에게 종속된 그런 존재도 아니구.

민 호 아냐 제발! 다시 한 번 기획 줘!

그림자 기회는 항상 준비되어 있는 자에게나 있는 법.

민 호 난 죽음을 준비한 적이 없어.

그림자 미련스럽게 죽음을 준비하며 사는 사람도 있나? 우리 그림 잔 더 이상 후회하지 않는 삶을 살지 못하게 의미 없는 생을 매듭지어 줄 뿐.

민 호 후회할 수 있는 시간도 없었어.

그림자 걱정 말게. 자네에겐 또 다른 인생이 기다리고 있으니까.

민 호 또 그 헛소리.

그림자 기회 달라며? 윤회는 곧 기회를 뜻하지. 내가 먼저 그리 가야 자네가 태어날 수 있다니까.

민 호 그러지 말고 나하고 여기 있어. 보너스 타면 너 다 줄게. 그럼 영생할 거 아냐.

그림자 겨울이 가야 봄이 오는 법. 죽음 뒤에 삶, 난 그 진실을 애기하고 있어.

민 호　펭귄이 다이어트 한다고 제비 되냐?

그림자　(해골 치며) 빈 수레 요란하다! 잘난 척이 결코 자존심은 아니거늘!

민 호　말투하곤 점점 비위 상하게 만드는군? 그래 네 말마따나 비린내 나는 속세 떠나고 싶다.

그림자　어때 죽어보니까? 사는 건 잠깐이지만 죽는 건 영원하거든.

민 호　(신경질적으로) 죽은 지 얼마 안 돼서 모르겠다!

그림자　아무래도 내가 가는 게 낫겠어.

민 호　감정 없는 놈하곤 역시 농담도 못하겠군. 사십 평생 같이 지내왔다는 게 의심스러워. 근데 자꾸 어딜 간다는 거지?

그림자　자네 기록을 갖고 다음에 태어날 후생으로 가는 중이라고 했잖아.

민 호　내 인사 기록?

그림자　그래 니가 불빛 아래 행동했던 모든 기록을 저장하고 있지. 그게 내 의무니까.

민 호　꼭 내신성적 받은 기분이라 찝찝하군.

그림자　인과의 법칙!

민 호　말야말야 나아? 개나 돼지로 태어나진 않겠지? 난 그들에게 할 말이 없어.

그림자　먹을 입만 있었겠지.

민 호　산 입에 거미줄 칠 수야 없잖아. (한숨 쉬고) 발버둥 치던 지난날이 생각 나?

그림자　그렇게 살아야 했던 이유? 다 기억할 수 있나?

민 호 글쎄 내 아이큐만큼??? 닥치는 대로 살았으니까 피부는 기억하고 있을 거야

그림자 근육이 풀어지면서 점점 잊혀지겠지. 썩어 문드러지는 육신과 함께?

민 호 또!

그림자 어제가 있어야 오늘이 있고, 오늘이 있으면 내일을 기약할 수 있는 법.

민 호 법, 법, 그러지 마. 목을 조이는 그 답답한 법 없이 살아온 내 인생이야!

그림자 알고 있네. 법보다 더 답답한 도덕 속에 자네가 살아왔었다는 것도.

민 호 힘들었어? 갑자기 겉늙었다는 생각이 들어.

그림자 내 생각에 자넨 겉늙은 게 아니라 겉돌았을 뿐이야. 모순덩어리인 이 세상에서 그 정도 살았으면 잘 산 거지 뭐. (가려고 한다)

민 호 어딜 그렇게 간다는 거야? 이봐 같이 가자구.

그림자 아무래도 그게 궁금해.

민 호 ?

그림자 빛과 그림자 할 일이 따로 있다지만 희한하거든. 이번엔 꼭 알아낼 수 있을 거야.

민 호 뭔데?

그림자 출생의 비밀! 정자 속에 얼마나 많은 정보가 압축되어 있는진 몰라도 애들이 국화빵 찍듯 부모를 닮는 걸 보면?

민 호 그거야 XY염색체? 가만 있어봐? 그럼 그 정자 속에 내가

있는 거야? 혹시? (개 돼지 소리 낸다)

그림자 방귀 뀌다 똥 싸긴. 육체는 부모의 염색체로 유전되지만 영혼의 유전인자는 자기 혼이라 의복과 같아서 자기에 맞는 옷을 늘 갈아입지.

민 호 이율배반적이잖아. 부모를 닮지 않는다면?

그림자 공식대로 그 아버지에 그 어머니라면 그 아이가 태어나야 될 텐데 개천에서 용 나오거든. 사람들은 자기 기록 맞는 곳에 새로운 경험을 위해 태어나지.

민 호 그 말은 내가 다시 태어나도 그 형식의 틀에 묶여 제도적인 사육을 당하지 않아도 된다는 얘기지? 좋았어! 난 죽어도 봉급쟁이는 싫어!

그림자 다음엔 사장 한 번 돼 보라구!

민 호 뭐라구? 나보고 중소기업 사장하다 자살하란 말야?

그림자 저러니 만년 과장이지.

민 호 내가 왜 사는지 이율 모르겠어.

그림자 그래도 그때가 좋았지 않았어? 살아있다는 것 자체가 매력은 있으니까.

민 호 분명히 너 내 기록 갖고 있는 거 맞지?

그림자 내 직업인 걸.

민 호 그럼 가르쳐 줘 내가 누군지? 날 깨닫게 해달란 말야.

그림자 깨달음이 뭔지 아나?

민 호 글쎄.

그림자 깨달음의 순간이란 전생의 힘이 와닿는 순간이네.

민 호 전생의 힘이라니?

그림자 달마대사가 면벽수도 7년 했다는데, 벽에 대체 무엇이 있
길래 깨우침을 터득할 수 있을까. 토굴 속에 있던 중이 범
종소리에 놀라 깨달음을 얻었다든가, 기도 중에 은혜를 입
었다든가. 그런 소릴 들었을 테지

민 호 ?

그림자 그때가 바로 과거 힘이 와닿는 순간이네

민 호 어떡하면 그 깨달음을 얻을 수 있지?

그림자 사람이 태어나면 모든 것이 성장하지만 퇴화되는 곳이 딱
한 군데 있네.

민 호 그게 어딘데?

그림자 천리안, 제3의 눈이라고도 하는 곳. 눈썹과 눈썹 사이를 인
당이라고 부르지. 이 지점의 수평선상. 그리고 우주의 기를
빨아들이며 내뱉는 곳, 어린아이 머리를 만지면 숨 쉬는 곳
이 있잖나. 백회를 말하지. 그곳에서 수직선상과 만나는 부
분에 송과체라는 것이 있지. 거기가 영혼의 보금자리네.

민 호 영혼의 보금자리?

그림자 의학적으로도 사람의 인체 중에 두 가지가 해명이 되질 않
았지. 맹장과 송과체. 맹장이 하는 역할은 아직도 해명하지
못했지만, 최근에 들어서 송과체인 송과선에서 멜라토닌이
란 생명의 호르몬을 분비하고 지시한다는 사실을 알아냈
지. 불로초를 발견한 셈이야. 천기누설을 알아내다니? 구도
자들이 명상하며 선을 하거나 기도해야 하는 곳도 바로 그
부분이지. 영혼이 머물렀다 간 그곳. 그곳에 생각을 깊게
끌어들이게. 그러면 자네 전생도 볼 수도 있고, 미래까지

감지 할 수 있다네.

민 호 점점 알 수 없는 소리만 하는군.

그림자 임산부가 한 번도 먹지도 않는 음식을 찾는 경우가 있는
데 그건 태아의 욕구일세. 또 있지. 문화의식이나 교육조
차 받지 않은 어린아이가 엉뚱한 얘기를 하는 경우가 종
종 있는데 그걸 가만히 들어보라구. 전생의 얘길 하는 걸
알 수 있네.

민 호 궁금해. 눈에 보이지도 않는 정자가 엄청난 기록과 정보를
어떻게 수용하는지? 그걸 알면 나도 그림자에서 벗어날 수
있을까?

두웅, 해가 뜨려 한다.

그림자 큰일났군. 빨리 가야겠어. 아무튼 자네의 불면증 때문에 진
짜 피곤해.

민 호 이봐. 같이 가자구, 같이 가!

그림자 거긴 자네가 갈 곳이 못 돼. 자네 기록이 지워지기 전에 빨
리 후생으로 옮겨야 하니까.

둥둥 난타치는 북소리. 그림자는 깜짝 놀라 뛰기 시작한다. 민호
가 따라가다 미끄러지듯 벌러덩 넘어진다. 필사적으로 붙잡으려
고 애쓰는 민호. 그러나 이번엔 끌려가지 않고 반발작용에 의해
팅겨나간다.

민 호　날 두고 너 얼마나 잘 사는지 두고 봐라! 잘 났다 그래! 넌 죽지 않아서 좋겠다! 감정도 없는 놈!? (울먹이며) 이제 모든 게 끝났군. 결국 혼자가 됐어. 버리는 것보다 버림받는다는 게 이렇게 허전할 줄 몰랐어. 버림받은 우리 애들은 누가 키우지? 조막만한 손으로 어떻게 이 험한 세상을 견뎌? 못 나더라도 이 애비가 있어야 하는 건데? 왜 하필이면 나지? 난 아무 짓도 안 했다구! 아무 짓도 안한 게 무능력이라면 그것도 죄인가? 처자식 두고 비겁하게 살지 않은 놈 있으면 당장 나오라 그래?! 그래 난 떳떳하게 살았어. 떳떳하게 살았다구! 우리 애들이 날 이해할까? (누워서 펑펑 운다)

해가 뜨고 무대가 밝아진다.

민호처　오늘따라 이 양반이? 여보!

민 호　(꼼짝하지 않는다)

민호처　여보!

민 호　(손가락 움직여 본다. 민호처와 시선이 마주치자 벌떡 일어난다)

민호처　북어국 끓여 놨어요.

민 호　당신?

민호처　왜 그래요 또?

민 호　아냐. 내일부터 콩나물국으로 바꾸라구. 난 말야. 명태 눈 알만 보면 으이.

민호처　아무래도 생활비 쪼개서 내일 당장 보험 하나 들어야겠어요.

민 호   아니 죽는 놈 많으면 보험회사 빌딩이 하늘 높은 줄 모르
       겠어?

민호처   그럼 술 좀 작작해요.

민 호   술? 오늘부로 끊었어!

민호처   그럼 오늘부터 일찍 들어오는 거예요?

민 호   근데 말야. 나 혹시 회사 그만 두면 안 될까?

만호처   어머머 그럼 같이 샤워하고 얼마나 좋아?

민 호   이 여편네가? 서류봉투나 줘.

       민호는 주위 둘러보며 발을 들었다 놓았다 한다.

민호처   (봉투 주며) 뭐 찾아요?

민 호   그림자? 아, 아냐.

민호처   금단현상이 심각하네요 벌써.

민 호   여보 혹시 말야. 지금 당장 천당 가는 티켓 하나 주면 당신
       가겠어?

민호처   (웃으며 고개 가로젓는다)

민 호   영원한 내 그림자! (왈칵 끌어안는다)

       길게 늘어지는 두 사람의 실루엣에서 막.

В поисках тени

Автор Ким Де Хен.

Перевод на русский язык Цой Ен Гын.

Действующие лица:

Мин Хо

Тень

Жена Мин Хо

Наверху белой ткани виднеются тени. Будни человека, живущего на одной зарплате. Стихает шум города. На фирме день зарплаты. Тень носится с расчетными документами. Перед ним стоит другая тень, низко опустив голову.

Голос.   Жалко того, кто стоит.

Вокруг одинокой тени бегают другие тени будто дразня, корчат рожи. Та тень, которая стояла одиноко, медленно кладет документы в конверт.

Голос.   Зверь, у которого две ноги, имеет крылья. А так называемый всесильный человек-хвастунишка имеет вместо крыльев лишь две руки. Аж противно и жалко смотреть на него. Послушай! Если устал, то ляг. Тебе не нравится репетировать чувство смерти?

На сцену выходят пьяный Мин Хо и тень. Он держит в руках папку с документами и слегка шатается. Тень точно повторяет его движения.

Жена Мин Хо.   Послушай, супруг!

Мин Хо испугался. Тень быстро передвинулась и примостилась у ступней его ног.

Жена.   (показывая на часы) Господин заведующий? А сегодня как будешь оправдываться за свою непомерную занятость?

Мин Хо.   ...Чтобы повысить развитие экономической

мощи страны на 10%.

Жена.   Хорошие у тебя способности. Как можно выпить соджу на 25%, а пьяный дебош устроить на 130%?

(Мин Хо хотел продвинуться вперед, но будто привязанный тенью, спотыкается и падает)

Жена.   Нет, не остановить его!

Мин Хо.   (храпит вовсю)

Жена.   Что толку от изучения вопроса об отношениях между супругами?(к зрителям) Серьезный вопрос. Смертность 40-летних в мире № 1. Экономическая мощь государства? Поставьте на ноги моего мужа! Еще недавно поутру рано вставал, держа нижнюю часть живота (протирает глаза). Нет, эта бездарность, постоянно мучаясь от похмелья и не думая о последствиях, занимается страховкой от рака. Недаром говорится: привяжи к себе заботу. Неужели непонятно, что чем больше умерших, тем выше поднимется билдинг страховой кампании? Когда экономика в упадке то цены на продукты отодвигаются на второй план, а самым насущным становится вопрос денег, которые уходят как вода в бездонную бочку. Так, какой интерес жить? Что толку от того, что я моюсь каждый день в душе. Может и мне устроиться на работу в отель, чтобы давать детям на карманные расходы?

Мин Хо, будто услышав слова жены, быстро встает. Тень тоже примостилась сзади. Разные выражения лица Мин Хо. Слышен звук барабана. Чем быстрее звук барабана, тем быстрее тень удаляется от Мин Хо. Прожектор просвечивает Мин Хо и тень. Тень постепенно будто испарилась. Мин Хо отчаянно борется. Не знает что делать. На полу валяется папка с документами. Он хочет взять ее, но не может.

Голос.   С давних пор всегда появлялись новые страдания и оставались остатки конфликтов.

Мин Хо.   (раскрывает рот, но не может проявить свою эмоцию.)

Голос.   Это то, что ты испытываешь в последний раз на этом свете.

Мин Хо.   Ты кто?

Голос.   К-т-о...ты (эхом повторяются его слова)

Мин Хо.   (глядя на тень) Я, что перепил?

Тень.   Ряд свежей рыбы.

Мин Хо.   Ну, ты!..

Тень.   Минтай - почетное увольнение, дёги - раннее увольнение, донтай - сопутствущее увольнение и так далее.

Мин Хо.   Еще раз скажешь подобную вещь - сверну шею и выброшу!

Тень.   (Показывает, как режет ножом, насмехаясь?) А у того, кто живет только на окладе две шеи?

Мин Хо.   Убью!

Тень.   Не хорошо, но ты уже умер.

Мин Хо.   Я?

Тень.   Простое доказательство. Я уже покинул тебя.

Мин Хо.   Ты говоришь подобно тому, как собака ест траву.

Тень.   Человек ведь каков? Пока он жив не чувствует, что живет, а перед смертью произносит какие-то логические слова. А вот живущие как попало животные имеют свои преимущества. Тем более, ты проживший всю жизнь на одной зарплате, как можешь поменять свое сознание? Да, это точно как собака щиплет траву и ест ее.

Мин Хо.   Скажи кто ты? Бандит? Ночной вор?

Тень.   Куда там мне до них. Волшебник света, живущий высасывая душу умершего.

Мин Хо.   Волшебник света?

Тень.   Твое отражение. Тень.

Мин Хо.	Обременительно. Как подумаешь, что у меня был такой нахлебник…
Тень.	Ряд свежей рыбы.
Мин Хо.	Ну, ты!
Тень.	Не волнуйся. Я проводил все время с тобой.
Мин Хо.	Прожил вместе, а говоришь такие вещи.
Тень.	Потому что я знаю больше чем ты.
Мин Хо.	У меня пропал аппетит. И так было не спокойно на душе. Прошу, оставь тут меня одного.
Тень.	Без твоего желания я вынужден покинуть тебя. Переселение, то есть в другом качестве.
Мин Хо.	В другом качестве?
Тень.	Закон постоянства(качества и количества)
Мин Хо.	Ты слышал об этом? Ко-ры-рык! Черт ревел, издавал звуки снимающего протеза и упал…
Тень.	(уходя)Ожил? Значит, у тебя еще остались жизненные силы.

Тень двинулась и Мин Хо тоже двигается, опираясь на стену. Он падает, перед тем как исчезла тень. После исчезновения тени Мин Хо оглядывается вокруг и убедился, что он еще жив. Глубоко вдыхает,затем также выдыхает. Тень ушла, и он становится беспомощным. Две руки опушены. Будто ничего не чувствует.

Голос. Жалко существо, которое стоит тут. Не может взлететь. Бессильно опущены руки. Эй, поставь ровно хотя бы свой хребет. За всю свою жизнь ты хоть познал, что такое счастье и благословение? Сомнительно. Ты уже мертвец. Чтобы жить, необходима тень, которая управляет твоим чувством и направляет тебя куда надо.

Жена. Послушай.

Мин Хо. (испугался, вздохнул глубоко).

Жена. (взяв папку с документами). Не пошел ли он в передвижную лавочку?

Мин Хо. Я нахожусь тут.

Жена. Вон другие как? Хотят продвинуться по службе и изучают компьютер. А этот господин каждый день ищет пустующее место начальника по водочному делу? А как оправдывается?!

Мин Хо, смеясь приближается к жене, но она не узнает его.

Жена. (отворачиваясь от него) Что толку каждый день принимать душ?

Жена уходит, виляя задом. Ему хочется с ней поиграть,

и он слегка шлепает ее по заднице. Она с испугу поворачивается , но не видит никого.

Мин Хо.   А меня нет?!

Она еще повернулась, но никого не видит и уходит. Он не понимает ничего. Ущипнул себя за щеки, бьет по щеке. Растерян.

Мин Хо.   Эй, эй! Волшебник света! Тень! Я виноват! Выйди сюда! Я люблю тебя!

Тень выходит со скелетом

Мин Хо.   О моя душа!
Тень.   Извини, но теперь моей душой будешь ты. Вообще люди, когда расстаются, испытывают боль, а вот когда встречаются не чувствуют боль?
Мин Хо.   Послушай, возникла проблема.

Тень (заинтересованно слушает).

Мин Хо.   Моя жена не узнает меня.
Тень.   (не хочет слушать и бросает череп на пол)

Мин Хо. (испуганно) А это что такое?

Тень. Твоя голова.

Мин Хо. (протирает шею).

Тень. (ложкой вычерпывает содержимое из черепа и ест) Это каша потустороннего мира. Когда мы живы, мы потихоньку поедаем продолжительность своей жизни, а когда уходим, поедаем костный мозг. Тогда без дури можем покидать этот мир. Среди них самое лучшее это костный мозг тех, кто живет на одной зарплате. Бонделлато! Во рту прямо тает. Правда слегка воняет. Это минус, но

Мин Хо. Это... ...то.

Тень. Да. Это твое.

Мин Хо. (хватаясь за голову) Ыыыы... Минуточку. Это ущемление гражданского права.

Тень. Еще там осталось (скребет ложкой). Минтай уходит на почетное увольнение, Треска в сопутствующее ...

Мин Хо. Эй ты!

Мин хо подбегает к тени и душит его. Та барахтается.

Тень. Минуточку. Местоположение.

Мин Хо. (убирает обе руки).

Тень. Давай будем преданы своей профессии. Хоть и... кхак! В костном мозге, наверное, есть колючки.

Мин Хо. (от негодования не знает что делать).

Тень. Лицо тени на этом не заканчивается. Давай договоримся так. Руку держи на шее, если не хочешь, то ставь шею на руке.

Мин Хо. (растерян).

Тень. Слушайся меня.

Мин Хо положил две руки на шее. Тень повторяет его движения. Мин Хо надавил руками шею и тень повторяет то же самое движение. Мин Хо напоминает обезьяну, повторяющую чужие движения. Тени надоели его глупые движения и она стала хлебать остатки содержимого с черепа .

Тень. (отрыжка) Кэк

Мин Хо наконец-то понял чего хочет тень и зло смотрит на нее.

Тень. И я знаю о том, как ты прожил жизнь в жестких рамках.

Мин Хо. (будто благодарит за такую оценку) Ну, ты же хорошо знаешь меня. Я прожил глядя только вперед.

Тень. А кто велел так жить?

Мин Хо. Некогда было оглядываться вперед-назад из-за трудной жизни.

Тень. Знаю, знаю. Я сзади поглядывал на тебя.

Мин Хо. ??? Между прочим.

Тень. Жизнь подсолнухи. Да, неудобно получилось.

Мин Хо. Не делай жизнь человека трагичной. Терпение тоже может закончиться когда-нибудь.

Тень. Хорошо бы нам теням тоже иметь такое чувство.

Мин Хо. А вы не знаете? Я имею детей. Почетное увольнение - это убийство со стороны строя. Строго говоря, это преступление за разрушение семьи.

Тень. Но уже предъявлено обвинение за загрязнение окружающей среды. Ты думаешь упорядочение в обществе– это противоречие строя?

Мин Хо. Чтоб ты сдох. Убью.

Тень. Потерпи. Жизнь без тени. Знаешь, что это значит?

Мин Хо. Послушай. Я до сих пор не проливал чужую кровь и слезы. Делал все хорошо, Хорошо. Ты знаешь.

Тень. Бывают случаи, когда лучше не знать, чем знать.

	Я понял. Теперь не зови меня. Утомительно мне.
Мин Хо.	Ты не уходи. Побудь рядом. Я сделаю тебе хорошо. Постараюсь. Я могу сделать другим добро.
Тень.	Уже поздно
Мин Хо.	Так нельзя. Впереди много работы. Если уйдешь, то дай хоть время чтобы я смог навести порядок. Я не могу уйти, бросив детей.
Тень.	Ты не беспокойся. Оставшиеся в живых люди найдут способы выживания.
Мин Хо.	Как я могу уйти, не упорядочив даже ни одной этажерки для книг? Я не совершил ничего. Смотрел только вперед, стоял в очереди и вот получил по заслугам.
Тень.	Попадешь в рай. Ты же ничего не сделал.
Мин Хо.	(чуть не плача). Ну, почему я? Я до сих пор никогда не жил для себя. Лишь темнота была моим другом. Ты же знаешь, сколько ночей горевали с тобой.
Тень.	Я до сих пор устаю из-за бессоницы.
Мин Хо.	Да что говорить, досталось мне-виновнику происшествия сполна.
Тень.	Теперь ты давай спокойно отдохни в моих объятиях.

Я тебя усыплю. Все прошлые горести возьму на себя.

Мин Хо.   Я на самом деле умер?

Тень.   А ты, что уверен, что жив?

Мин Хо.   Я же разговариваю с тобой.

Тень.   Говоришь все то, что хотел, но не мог при жизни.

Мин Хо.   У меня же открыты глаза.

Тень.   Тогда смотрел, видел, а делал вид, будто не видишь.

Мин Хо.   Смотри, я слышу тебя.

Тень.   Слышал, но делал вид, будто не слышишь.

Мин Хо.   Вот, дышу. Смотри, как прыгает сердце.

Тень.   В чем признаки жизни? Не получается.

Мин Хо.   Значит, все это я вижу во сне. Так?

Тень.   Полежи.

Мин Хо.   А зачем? (ложится)

Тень.   Живой человек может закинуть руку к спине, а мертвый не может делать этого.

Мин Хо.   ?

Тень.   Если ты сравнялся один к одному с тенью, значит ты мертвец. Айго-о.

Мин Хо.   Что с тобой?

Тень.   Ты умер.

Мин Хо.   Из-за того, что я приобрел тесный апат (apateu), у меня согнулась спина. Попробуй, снова испытай.

Тень. Вот уж. При жизни ты не знал, что жив, а умер, не знаешь, что умер? Закрой глаза. Теперь сладкая темнота защитит тебя.

Мин Хо. Что я на самом деле умер?Странно, внезапно на душе стало спокойно.

Тень. Будет в порядке, если ты последуешь всегда за мной. А то все хотел куда-то уехать.

Мин Хо. А там как?

Тень. Общество, где нет расовой дискриминации. Живут себе, признавая друг друга, так как есть. Никто никому не подчиняется.

Мин Хо. Нет, пожалуйста. Дай еще один шанс!

Тень. Такой шанс имеется у тебя, потому что ты всегда готов к этому.

Мин Хо. Но я не был готов к смерти.

Тень. Глупость. Разве есть . человек, который живет и готовится к смерти? Мы тени лишь помогаем закончить бессмысленную жизнь, чтобы человек не был разочарован и не жил больше такой жизнью.

Мин Хо. Не было времени даже на разочарование.

Тень. Не беспокойся, тебя ждет другая жизнь.

Мин Хо. Опять это пустословие.

Тень.	Ты просил дать шанс? Повороты жизни обозначает шанс. Тебе надо прийти туда раньше, чтобы родиться заново.
Мин Хо.	Давай, лучше ты побудь со мной тут. Получу бонус, все отдам тебе. Тогда проживешь вечно.
Тень.	Весна приходит, когда пройдет зима. После смерти - жизнь. Я тебе талдычу об этой истине.
Мин Хо.	Разве пингвин может превратиться в ласточку после диеты?
Тень.	(бьет по черепу) Пустая бочка шумит больше. «Воображуля» –выскочка в конечном итоге не приобретет гордость.
Мин Хо.	Ты все больше ранишь мое самолюбие. Хорошо. Хочу по твоему совету скорее уйти от вонючей души.
Тень.	Ну и как быть умершим? Жизнь это миг, а смерть вечна.
Мин Хо.	Я ведь недавно умер, и не знаю что и как.
Тень.	Наверное, лучше мне уйти.
Мин Хо.	Что толку от бесчувственного существа. Оно же не понимает шуток. Я сомневаюсь, что мы прожили вместе 40 лет. Так куда ты все собираешься?
Тень.	Возьму твою сущность в записи и соберусь к

следующей жизни. Я же говорил об этом тебе.

Мин Хо. Жизненную сущность?

Тень. Да. Я собрал и сохранил в записи все, что ты натворил под лучом света. Это же моя обязанность.

Мин Хо. Такое ощущение, будто я получил оценку своей внутренности. Неприятное ощущение.

Тень. Закон человеческой сущности.

Мин Хо. Послушай. Я же не родился собакой или свиньей? Мне нечего сказать им.

Тень. Имел только рот, чтобы поесть.

Мин Хо. Ведь на живой рот нельзя заплести паутину. (взд ох) Вспоминаешь, как я барахтался в жизни?

Тень. Причина, почему надо было так жить? Можешь все вспомнить?

Мин Хо. Ну, по моему айкью, жил как попало. Кожа, наверное, почувствовала.

Тень. Расслабляются мышцы и все забывается. Вместе с гниющим телом?

Мин Хо. Опять?!

Тень. Сегодня есть из-за того, что был вчерашний день. Будет сегодня и можно ожидать завтрашний день. Таков закон природы.

Мин Хо. Закон, закон. Отстань своим законом. Моя

прожитая жизнь обошлась без тошного закона, который давил шею!

Тень.   Знаю об этом. Знаю что ты жил среди тошнотворной морали, которая давила больше чем закон.

Мин Хо.   Трудно было? Внезапно пришла мысль, что постарел.

Тень.   А по-моему ты не постарел, а вращался впустую по жизни. В таком противоречивом мире ты прожил, считай хорошо прожил. (хочет уйти)

Мин Хо.   Куда это ты собрался уйти? Пойдем вместе.

Тень.   Что-то меня тяготит.

Мин Хо.   ?

Тень.   Свету и тени есть чем заняться, но все же интересно. На этот раз можно выяснить.

Мин Хо.   А что?

Тень.   Секрет рождения. Не знаю как там в детородном органе и много накоплено сведений, но как это рождаются дети похожие на своих родителей. Это как в булочной выпекаются одинаковые булочки.

Мин Хо.   Это XYхромосома? Подожди. Тогда получается я нахожусь в нем. Неужели? (Издает звуки собаки и свиньи.)

Тень.   Как пукаешь так и какаешь. Тело передается по наследственности, а душа она самостоятельна. Это как одежда, которую одевают по своему усмотрению.

Мин Хо.   Это же противоестественно. Если не похож на родителей?

Тень.   Если по правилам, то должен родиться ребенок как подобие отца и матери. Но иногда получается, будто он вышел из речки. Люди рождаются в установленном месте, чтобы обрести новый опыт.

Мин Хо.   Это говорит о том, что если я появлюсь снова на свет, то мне можно не привязываться к рамке установленной формы и избежать принципов установленного строя. Хорошо бы так. Я до смерти не хочу быть человеком, живущим на одном окладе.

Тень.   В следующий раз попробуй быть первым руководителем.

Мин Хо.   Что ты говоришь? Хочешь, чтобы я стал президентом средне-мелкой фирмы и покончил жизнь самоубийством?

Тень.   Потому то ты вечный зав.отделом.

Мин Хо.   Я не знаю, зачем живу.

Тень.	Все равно то время было хорошим. Само понятие, что живешь на свете – благо.
Мин Хо.	Ну, точно ты имел все записи о моей сущности. Так?
Тень.	Это моя специальность.
Мин Хо.	Тогда ты подскажи, кто я? Вразуми меня. Сделай так, чтобы я догадался.
Тень.	Ты знаешь что такое догадка?
Мин Хо.	Ну...
Тень.	Момент догадывания - это момент когда приходит сила всей твоей жизни.
Мин Хо.	Как это сила всей жизни?
Тень.	По легенде монах молился в течение 7 лет перед стеной. Что он искал в стене? Может быть он, находясь в глухой пещере, от испуга от звона колокола и нашел там истину. Молился и нашел блага. Ты же слышал об этом.
Мин Хо.	?
Тень.	Вот в то время наступил момент прихода силы прошлого.
Мин Хо.	А как можно найти эту истину?
Тень.	Рождается человек и растет во всем, но у него есть единственное место, где не поддается росту.
Мин Хо.	Это где?

Тень. Способность разгадать, что происходит вдалеке от него. Называют его и третьим глазом. Это место между двумя бровями. Главная точка в этом ракурсе. Еще это место, где всасывает и выплевывает энергию космоса. Можно прощупывать в голове ребенка место, где дышит. Магическая штука. Там находится усилитель роста. Это как раз золотое место для души.

Мин Хо. Золотое место для души?

Тень. В медицине еще не исследованы два места: усилитель роста и аппендикс. До сих пор не выяснена роль аппендикса, но в последнее время узнали о том, что распределяет жизнетворный гормон мелатонин. Это равнозначно тому, как изобрели цветок бессмертия. Нашли же то, чего мы не знали веками. Это место где гадалки и верующие занимаются хиромантией или молятся. Место, где обитала и улетела душа. Обрати на них внимание. Там можно увидеть всю свою жизнь, свое будущее.

Мин Хо. Ты всё больше говоришь непонятные мне вещи..

Тень. Бывали случаи, когда беременная женщина искала еду, которую никогда не ела. Такое встречается не редко. Еще. Когда ребенок, никогда не получивший ни познания о культуре, ни образования, говорит странные вещи. Послушай при случае. Можно узнать, как говорит он о своей жизни.

Тень. Любопытно. Как ничего не видящий слепой ставит невиданные рекорды и овладевает важной информацией? Знать бы об этом, тогда может быть я уже не стану тенью?

Солнце готовится к восходу.

Тень. Беда. Надо скорее идти. Из-за твоей бессонницы и я устаю.

Мин Хо. Послушай, пойдем вместе. Вместе!

Тень. Туда тебе нельзя. Пока не стерлась запись о тебе, надо быстрее переписать ее на последующую жизнь.

Звучит бой барабанов. Тень испугалась и начинает бегать. Мин Хо хочет последовать за ней, но не может и падает. Мин Хо хочет поймать ее. Но не получается у него.

Мин Хо. Посмотрим, как хорошо ты сможешь жить без

меня. Ну и хорош же ты. Тебе хорошо от того, что не умрешь. Бесчувственное существо! (плача). Все закончилось. Я остался один. Не знал о том, что брошенный находится в худшем положении, чем тот который бросает. Кто вырастит брошенных детей? Как можно выдержать с такими маленькими ручонками этот страшный мир? Хоть и непутевый, но должен быть отец. Но почему именно я? Я ничего такого не делал! Если бездействие равносильно бездарности, то это преступление? Пусть выйдет сюда тот, кто имея детей, живет без страха. Да, я жил достойно. Говорю: жил достойно! Наши дети поймут ли меня? (лежа плачет)

Солнце взошел. И сцена освещается.

Жена. Этот господин и сегодня? Эй, супруг!

Мин Хо. (не шевелится).

Жена. Послушай!

Мин Хо. (пробует пошевелить пальцами. Увидев жену, быстро встает)

Жена. Я сварила рыбный суп.

Мин Хо. Ты?

Жена. Что ты опять?

Мин Хо. С завтрашнего дня вари суп из соевых ростков. Ты знаешь я... Как увижу глазки минтая...иыук...

Жена. Ничего не поделаешь. Завтра придется урезать расходы на жизнь и срочно застраховаться.

Мин Хо. Ты, что? Не знаешь о том, что чем больше покойников, тем выше поднимаются доходы страховых кампаний?

Жена. Тогда меньше пей.

Мин Хо. С сегодняшнего дня бросаю пить.

Жена. Значит, с сегодняшнего дня будешь приходить пораньше?

Мин Хо. Может быть мне бросить эту фирму?

Жена. Ой-ой-ой. Тогда сможем помыться вместе в душе. Как было бы хорошо?

Мин Хо. Что это ты?! Дай сюда папку для документов.

Мин Хо оглядывается и переминает ноги.

Жена. (отдавая конверт). Что ты ищешь?

Мин Хо. Тень? Ты знаешь о ней.

Жена. Последствие алкоголизма серьезно. Уже...

Мин Хо. Послушай. Может быть... Вот если сейчас нам дадут билет в рай, то ты пойдешь?

Жена. (смеясь, мотает головой)

Мин Хо.   Моя вечная тень! (обнимает ее крепко)

Растягиваются силуэты двух ··· опускается занавес.

• **Ким Де Хен** (1957г.рож.)

Впервые опубликовал на литературной странице газеты « Хангук Ильбо»- «Под одиноким освещением».

Лауреат литературной премии «Вкус» и « Ганнам».

Выпустил сборник пьес « Это так», сборник повестей « Спущенное небо», сборник стихов «Ладонь», сборник детских рассказов « Карлик Кэби».

Его произведения затрагивает тему социальной драмы, поднимают социальные вопросы.

« В поисках тени»- также затрагивает тему о жизнедеятельности простого человека в противоречивом обществе. Рассказывает о буднях человека, живущего на одном окладе. Благодаря внезапно появившейся тени, он вновь познает себя, свою сущность...

진저브레드 맨
(Gingerbread Man)

위기훈

Ki Hoon We (1969년 출생, mobens@hanmail.net)

2001년 등단, 2020 오늘의 극작가상
작품집『검정 고무신』,『바보 신동섭』,『밀실수업』,『마음의 준비』,
『갑신의 거-역사소재 희곡모음』

〈진저브레드맨〉
가족은 모순을 탄생시키는 산실일지 모른다. 내리받아 이어지는 사
랑과 학대라는 모순. 내 대에서 그 업을 끊겠다는 정의감. 나 아니
면 아무도 할 수 없다는 이분법적 폭력은 만연한 사회억압 속에서
굳은 신념이 된다. 희곡 〈진저브레드맨〉은 그에 대한 기록이다.

등장인물

이제, 20대 후반 여성
형사 · 父
이성진 · 라이더

무대

테이블과 의자 2개, 거치대 장착한 자전거 2대. 그 외 샤막(전면 조명에서는 불투명, 백라이트에는 장면을 드러내는 거즈 막)과 최소 소품으로 '경찰서 조사실', '강변 자전거길', '이제의 방'으로 구분한다.

실루엣의 이제와 마주 앉은 형사. 이윽고 밝아지면, 형사, 이제를 쳐다본다.

형사   파트타임, … 맞지? 정규교사가 아니잖아.

이제   계속 같은 질문을 하는 이유가 뭐죠? 정말 지치네요, 형사님.

형사   사복 입고 형사과에 앉아 있으면 죄 형사지. (일어서며) 경정이야. 총경 진급을 앞둔. 총경이란 계급은 곧 경찰서장이 되는 계급이고. 민중에 지팡이라면서 경찰에 대한 상식이 이렇게들 없으니, 원.

이제   저는 그저 날씨가 너무 덥고 아이들이 또 지루해해서,

형사   그깟 귀신 얘기에 애들이 경기를 일으키고, 자학까지 해댔다는 거야? 어린이집에서 무슨 납량특집도 아니고!

이제   자학은 없었어요.

형사   팔뚝에 시퍼런 멍은 어떻게 설명할 건데?

이제   애들끼리 장난치다가,

형사   (버럭) 장난이 심해 팔에 멍이 들었겠지! (다시 부드럽게) 애들한테 귀신 얘기하는 거, 그것도 아동학대야.

이제   노래를 가르친 것뿐이에요. 가사 내용이 좀 무서운 데가 있긴 하지만, 그건 아이들한테 교훈적인 내용을 담고 있어서,

형사   불러봐. 노랠 가르쳤다며?

이제   영어 시간이었어요. 진저브레드맨이라는 영어 동욘데요,

형사   여러 소리할 거 없고, 불러봐.

이제   경정님. 폭력은 있을 수가 없어요. 저희 어린이집은 혁신

돌봄 시설로 선정,

형사 (버럭) 노래 불러보라니까! (이제, 주저하다 영어동요 I am The Gingerbread Man[1] 을 조용히 부르다 중간에 멈춘다) 끝까지 불러! (이제, 노래를 끝까지 마치자) 결국 노래대로 된 거네? 당신이 악어 노릇 한 거 아냐?

이제 악어 노릇이라뇨?

형사 I'm going to eat you! you! you! 나는 너를 먹을 거다, 너를, 너를!

이제 경정님… 원장님께서 늘 학대 근절에 대해 당부 말씀을 하시는 데다, 사각지대 안 생기게 cctv카메라를 몇 대 더 설치했거든요.

형사 애들이 몇 시에 집에 가지?

이제 정시 하원이 원칙이에요. 방과 후 돌봄은 5시, 7시,

형사 그러니까 30일, 진주는 언제 갔냐고?

이제 보통은 5시였는데, 그날은 진주 할머니한테 전화가 와서 7시에,

형사 버스로 데려다주지? 그때도 동행했나?

이제 아뇨, 아니, 네! 원래는 미니버스 인솔교사가 따로 있었는데, 그만둬서 사람을 뽑을 때까지 학급 교사가 담당하기로 해서,

---

1) 가사 : Can you run? (할머니 어조) / Yes, I can! Can, can, can, can, can! (진저) / Can you run? (할머니) / Yes, I can! I am The Gingerbread Man! (진저) / Crocodile, crocodile! (악어) / Ooh! Ooh! Ooh! (진저) / I'm going to eat you! I'm going to eat you! Eat, eat, you, you, you! (악어) / Aaaah! (진저)

형사 집 앞에 내려줬고. 엄마가 마중 나왔다?

이제 대부분은 그렇지만,

형사 진주는 아니었다?

이제 진주는 엄마가 없어요. 항상 할머니가 오시는데, 그날은 아빠가 왔어요.

형사 무슨 옷을 입고 있었지? 진주 말이야.

이제 원피스였을 거예요. 흰색에 방울방울 검은 물방울무늬가 있는.

형사 (이제를 빤히 보며 책상에 다리를 올린다) 할머니가 계모임 갔다가 10분 늦게 왔는데, 진주는 없었어. 일반적으론 가족이 올 때까지 기다리고, 통화도 한다는데, 그날은 버스도, 인솔교사도, 전화 한 통이 없었대!

이제 분명히 진주가 달려가 안겼다니까요!

형사 … 그 아빠가, … 이 사람이야? (이제 앞에 사진 한 장을 제시한다)

이제 (사진을 주의 깊게 보다) … 그런 거 같아요.

형사 확실하게 대답해. 맞아, 틀려?

이제 … 얼굴이, … 기억이 안나요.

형사 (일어나며) 나도 입씨름 하고 싶지 않습니다! 비록 참고인 조사지만, 자꾸 허위진술에, 기억이 안 난다 시치미까지 떼면 어쩔 수 없어. 용의자로 선정해서 영장 청구할 수밖에! 구속수사 하면 어떻게 되는지 알아? 진주 아빠 이성필 살인 사건과 별개로 진주 실종사건은 아동학대 치사 사건으로 규정되고, 아동학대 혐의 기소 의견으로 검찰 송치하면

판결은 불 보듯 뻔한 거야.

이제 행방불명된 진주 때문에 조사 받는 거잖아요. 사실 관계 질문만 부탁드려요.

형사 (벌떡 일어나 소리친다) 30일 오후 7시! 당신이 진주를 데려다 줬다고 주장한 그날 이후 아무도 진주를 본 사람이 없어!

이제 주장이 아니라 사실이에요! 분명히 아빠한테,

형사 다음날 오전 11시 이진주 아빠 이성필이 사체로 발견됐고! 복부자상 세 군데! 목에 한 군데! 사인은 과다출혈! 도림천에 버려져있었어! 아직까지 진주는 실종상태야!

이제 그래서 지금 목격자 신분으로 소환 요청 받아 이렇게 설명하잖아요!

형사 공모잔지 목격잔지는 봐야 아는 거지! 잔머리 굴리지 말고 사실을 진술해!

이제 제가 아는 건 그게 전부예요! 진주를 집 앞에서 마중 나온 아빠한테 보냈다.

형사 그게 중요한 거야… 당신이 마지막 목격자니까! 마지막 목격자를 용의선상에 왜 올리는데? 마지막 목격자의 범죄 확률이 높기 때문이야! 그것도 매우!

이제 (경계하는 불안한 눈빛) 제가 지금 용의자라는 건가요?

형사 아직은 목격자라니까. 목격자. (크게 숨을 내쉬고, 다시 자리에 앉는다) 30일 오후 7시 이후, 어디서 뭘 했는지 말해. … 어디서 뭘 했냐고 묻잖아!

이제 … 어제 집에 가는 길에 어떤 남자가 따라왔어요. 진주 실종사건 때문에 분위기가 뒤숭숭해서. 진주를 찾겠다고 동

	료 교사들과 회의를 하느라 늦은 시간까지 남아있었죠. … 택시를 타고 집에 갈까 했지만,
형사	택시를 잡기가 어려웠다?
이제	네. 그래서 자전거를 타고 갔어요.
형사	(조명 변화와 함께 일어나 객석 앞으로) 자전거를? 몇 시에? 어느 길로 갔는데?
이제	집까지 일반도로는 자전거 도로가 없어서. 인적이 드물어 무섭긴 하지만 거리도 짧고 해서 강변 쪽으로 갔어요. … 근데 뒤에서 갑자기 그 남자가 나타났죠.

이제의 자전거 드러나고, 그 앞으로 자동차 헤드라이트가 지나가는 듯. 잠시 후, 라이더, 자전거 타며 작게 노래하는 소리가 들린다.

| **라이더** | Can you run? Yes, I can! Can, can, can, can, can! Can you run? |

놀란 이제, 더욱 거세게 페달을 밟는다. 노래 소리 크게 들리며 이제 등 뒤로 다가오는 라이더. 경주용 자전거에 붉은색 전용 저지와 타이즈, 헬멧, 오색으로 번들거리는 고글까지 착용, 코와 입만 보인다. 뒤를 흘끔거리며 달리는 이제. 이어지는 라이더의 노래 소리. 할머니와 진저맨, 악어까지 음성을 변조하며 장난스럽게 노래한다.

| **이제** | (뒤를 의식하며 달리다가) … 먼저 가세요. |

라이더　… 괜찮아요.

이제　제가 빨리 달리질 못해서 답답하실 거예요.

라이더　자정이 다 돼가는 시간에 이런 길, 무섭잖아요. 간판 불빛
　　　　도 하나 없고, 사람들도 다니지 않는 길인데, 정답게 같이
　　　　갑시다.

이제　(형사한테) 얼굴을 알아볼 수 없는 남자는 자전거 핸들에 장
　　　　착한 폰을 터치해서 시간을 봤어요.

라이더　(자전거 핸들에 부착된 폰을 터치하여 액정을 본다) 17분 남았네.
　　　　자정이.

이제　제가 뒤에서 갈게요.

라이더　피 좀 빱시다. 제 엔진이 탈탈 거려서.

이제　(형사한테) 피 좀 빨겠다는 말에 너무 놀라 중심을 잃고 넘어
　　　　질 뻔했어요.

라이더　놀라시기는. 피 빤다는 말, 모르시나? 라이더 전문 용언데.
　　　　뒤에 붙으면 공기 저항을 덜 받아 한결 편하거든. 그걸 피
　　　　빤다 그래. 엔진 힘이 달릴 땐 피 빼는 게 최고지. (피식) 엔
　　　　진은 심장, 허벅지 근육을 말하는 거고.

이제　(형사한테) 머리카락이 쭈뼛 섰어. 무서워 죽기 살기로 달렸
　　　　죠. (세차게 페달을)

라이더　수 쓰네, 이 여자. (비웃는) 그렇게 죽기 살기로 밟는다고 날
　　　　따돌릴 수 있겠어? 내 차는 에어로 타입 경주용이고 니 껀
　　　　룰루랄라 마실 용이잖아. 게다가 난 좆 달고 나온 사낸데,
　　　　(낄낄거리며) 불가능하지.

이제　(지쳐 자전거 세우자, 라이더도 멈춘다) 남잔 이상한 말을 하기

시작했어요.

형사　… 이상한 말? (이제를 바라보며 한쪽으로 비켜선다)

이제　누구야, 당신?

라이더　빨리 가. 이러다 늦어.

이제　언제부터, 어디서부터 날 따라왔지?

라이더　… 뭐가 교훈적이라는 거야? 진저브레드맨. 무서운 데가 있지만 교훈적이라며? 죽는 게 교훈이야? 누구나 예외 없이 죽으니까?

이제　누구야? 누군데 이래? 벗어! 헬멧을, 고글을 벗어!

라이더　다시 게임을 시작해볼까? 집까지, 나를 이기면 오늘 하루 더 사는 거야.

이제　나를 어떻게 알아? 형사한테 조사 받은 내용을 어떻게 아는 건데?

라이더　핸디캡을 감안해 내가 5분 뒤에 출발하지.

이제　(공포에 질려 소리친다) 도대체 누구냐고!

라이더　(기괴하게 웃으며, 주머니에서 쇠구슬과 스타킹을 꺼내, 쇠구슬을 스타킹 안에 넣고 매듭을 짓는다) 어둠 속에서 갑자기 나타난, 정체를 알 수 없는 괴한! 형사와 나눈 방금 전 대화까지 알고 있고. (쇠구슬 스타킹을 위협적으로 돌린다. 박자를 잘게 쪼갠 드럼 소리 들리고. 이제, 겁을 먹어 핸들을 놓친다. 쓰러지는 자전거. 점차 고조되는 드럼 소리) 게다가 이런 것까지 꺼내 들고. (웃는) 진짜 무섭겠다.

이제　무, 무슨 짓이야?

라이더　보통은 포켓샷이라는 걸 쓰는데, 모르지? 콘돔에 쇠구슬

넣은 거. 콘돔을 있는 대로 잡아당겼다 놓으면 피융! (쇠구슬 스타킹을 튕긴다. 이에 이제, 주저앉는다) 날아가 총알처럼 박히거든. 근데 어젯밤 어떤 년을 만나 콘돔을 써버렸네? 그래서 그년이 신고 있던 스타킹으로 응용을 해본 거야. 어때? 다윗이 골리앗을 때려눕힌 돌팔매질처럼 이렇게 윙윙 돌리다가 조준점을 타격하는 거지. (이제, 도망친다) 포켓샷처럼 괜찮은 이름 없을까? 스타킹샷?

이제   (무대 도구(의자 따위) 뒤에 숨는다) … 나한테 왜 이래? 이유가 뭐야?

라이더   얘기했잖아. 날 이기면 오늘 하루 더 살게 해준다고.

이제   날 죽이겠다는 거야? 왜? 왜? … 왜?

라이더   겁이 없는 캐릭터였나? 계속 말이 짧네. 하긴, 내가 도덕 운운할 입장은 아니니까.

이제   진주 때문이야? 그렇다면 잘못 짚었어! 난 하원 시간에 맞춰 데려다준 게 전부야. 난, 난 잘못 없다고! (몸을 피했던 의자 따위를 집어 던진다)

라이더   잘못이 없어? 근데 지금은 이럴 시간이 없어. 달려야지. 안 그럼 너, 죽는다니까?

이제   진주 아빠를 찾아! 그 인간이 마지막으로 진주와 있던 사람이니까!

라이더   (위협적으로) 페달을 밟으라니까. 자전거에 올라타! 어서! (광기에 휩싸여 책상에 올라선다) 넌 달려야 해! 죽도록, 죽도록 달려야 해! 진저브레드맨처럼, 아니 니가 진저브레드맨야! 달려! 어서 달려! (객석을 향해 위협적으로 쇠구슬을 휘두른다)

이제 (겁에 질린 이제, 쇠구슬 피해 회상 공간을 벗어난다- 형사한테)
그 남잔 스타킹 속에 넣은 쇠구슬로 날 위협했어요. 너무
놀라 나도 모르게 본능적으로 자전거를 그 남자를 향해 힘
껏 밀었어요. 그가 넘어진 틈을 타 나는 자전거를 바꿔 타
고 달렸죠. (회상공간에 재차 들어선 이제, 라이더 경주용자전거에
앉아 미친 듯이 페달 질 – 더욱 잘게 쪼개지는 드럼 소리)

라이더 내 껄 타면 날아갈 줄 알았나? 이 몸을 따돌리고 형사한테
가게? 경주용이라는 소릴 듣고 그 짧은 시간에 잔대가릴
굴린 거야? 그래 봤자야. 나한텐 안 된다고. … 너무하잖아.
애들인데, 벌써 죽음을 가르치다니.

이제 어린이집에서 으레 가르치는 노래야.

라이더 운동시킨다고 애들 다리를 잡아 거꾸로 들어 올렸다며? 툭
하면 억지로 눕혀서 애들 다리를 벌렸다 오므렸다 했다며?
안 자고 운다고 깔고 앉았다며?

이제 프로그램 된 수업 내용이었어.

라이더 그 기분, 잘 알지. (한손에 쇠구슬 스타킹을 윙윙 돌린다. 몸을 사
리며 달리는 이제, 흥건한 땀 때문에 눈을 깜박이며 더욱 세게 페달
을) 폰으로 무서운 공포 동영상을 보여주고, 애들이 무서워
서 비명 지르면 낄낄대는 기분. 손톱 발톱을 아주 바짝, 일
부러 바짝 깎아주면, 애들이 발가락 끝이 땅에 닿지 않게
엉금엉금, 손끝이 아파서 물컵을 손바닥으로 잡는 모습이
얼마나 우스꽝스러운지. 내가 잘 알아.

이제 교육이었어! 운동을 시킨 거고, 청결을 관리해 준 거야!

라이더 그렇지. 그게 학대의 명분이지. (사이) 너도 그런 종류의 인

간이지?

이제 그런 종류라니? 무슨 말이지?

라이더 애들은 순수하지 않다, 애들도 거짓말을 하고 기만한다! 그런 말을 입에 달고 사는 종류. 아니야?

순간 자동차 헤드라이트가 확 다가와 놀란 이제, 핸들을 꺾으며 비명 지른다. 암전과 동시에 고조된 드럼 소리, 멈춘다. 어둠 속에서 들리는 라이더 음성.

라이더 너 같은 년은 뒈져야 해. 너 같은 년들이 사라져야 이 세상이 깨끗해져. 알아? 나는 그 누구도 하기 싫어하는, … 청소를 하는 거야. 청소.

잠시 후 밝아지면, 이제와 형사, 마주 앉아 있다.

형사 … 청소를 했을 뿐이다?

이제 못 믿겠다는 투시네요?

형사 정체를 알 수 없는 남자한테 살해협박을 받고서도 다음 날 아무렇지 않게 출근을 했고, 또 늦게까지 남아 청소를 했다?

이제 원래는 원생들이 돌아간 후에 해야 하는데, 간식으로 과자가 나온 데다, 애들 옷이 더러워지면 학부모들이 악성 댓글을 달아서.

형사 댓글 따위가 무서웠다?

이제	댓글 때문에 동료 교사가 잘린 적이 있어요.
형사	잘릴까봐 청소를 했다?
이제	뻔히 알면서 댓글 공격을 받을 필요는 없잖아요?
형사	'필요는 없잖아요?' 적절한 대답이야. 교사로서의 직무를 꼼꼼하게 수행한다는 주장을 하면서 동시에 '넌 안 그러냐?'는 식으로 되묻듯 도발하는 느낌.
이제	도발하려는 의도는 없었어요.
형사	의도는 없었지만 기분은 있었잖아? 내가 느낌을 받은 것처럼.
이제	수사를 느낌으로 해요? 증거와 논리에 입각해서 해야 하는 거 아닌가요?
형사	도대체 학대라는 게 뭘까? 학대가 뭐길래 교육이, 운동을 시키고 청결을 관리하는 게 명분이 된다는 걸까?
이제	저한테 묻는 건가요?
형사	지금 여기 이제 씨 말고 또 누가 있나?
이제	… 혼자 생각하면서 중얼거린 건 줄 알았어요.
형사	물론이지. 근데 혼자 생각하면서 중얼거리기까지 하는 건, 같이 생각해보자는 뉘앙스를 풍기는 거지.
이제	뉘앙스요?
형사	우리 경찰이 포기 못 하는 게 뉘앙스야. 솔직하게 말한다면서 대부분 진술은 거짓으로 포장되니까. 거짓 진술의 진실을 드러내는 건 뉘앙스뿐이거든. 그래서 간절히 매달리는 거지. 대답해봐. 학대라는 건 뭘까라는 말 뒤에 숨은 뉘앙스에 대해서.

이제	… 교사 윤리강령시간에 중요한 주제로 학대를 다뤄요.
형사	음, 학대에 대한 교육이라?
이제	학대의 일반적인 의미는, 강자가 약자한테 가하는 가혹한 대우, 지배, 물리적인 힘을 행사하는 것. 또는 불필요한 고통을 주는 것이라고 규정해요.
형사	필요한 고통도 있나?
이제	있을 수도 있겠죠.
형사	언제, 누구한테 어떤 고통이 필요한 거지?
이제	부러진 다릴 치료한다거나, 애들 크느라 느끼는 성장통도 일종에 필요한 고통이죠.
형사	필요한 고통 말고, 불필요한 고통을 주는 것이 학대다?
이제	… 제가 규정한 게 아니에요. 그렇게 배웠을 뿐이에요.
형사	학대에 대한 정의를 인정하지 못하겠다는 뉘앙스가 풍기는데?
이제	말씀대로라면, 네, 인정할 수 없는 쪽이에요.
형사	'없는 쪽이에요' 이것도 참 좋은 대답이야. 인정하는 것도, 인정 못하는 것도 있지만 인정할 수 없는 쪽에 조금 더 기울어져 있다.
이제	의도를 갖고 물리적인 힘으로 약자의 신체에 상해를 입히고 통증을 주는 것이 신체적 학대예요. 공갈! 모욕! 위압과 같은 언어로, 또는 언어가 아닌 신호로 심리적인 고통을 주는 것이 정서학대, 심리학대고요! 밥을 안 주거나 치료를 받을 수 없게 방치하는 것은 방임학대예요.
형사	상대와 합의가 있었다 해도 미성년자와 성적 접촉을 하는

것이 성적 학대고!

이제 네. (일어나 느리게 서성인다)

형사 앉아. 앉으라니까.

이제 질문이 하나 있어요.

형사 질문은 내가 하는 거야. 당신은 대답을 하는 거고.

이제 … 이런 짓을 하지 않고 살아가는 사람이, … 이 세상에 몇 이나 되죠?

형사 이 세상은 학대하는 자와 학대 받는 자뿐이라는 얘기군. 멋진 단정이야.

이제 경정님은 학대를 가한 적도, 학대를 받은 적도 없나요?

형사 아하, 이 세상은 학대를 가한 사람과 앞으로 학대를 가할 사람뿐이라는 뜻이었군.

이제 엄마들은 툭 하면 딸한테 그래요. 너 같은 딸 낳아서 너도 키워봐라! 사람이 사람을 낳았다고 똑같을 수가 있어요? 애들은 독립적인 인격체에요. 똑같지 않게 태어났는데, 키우면서 자기가 큰 방식으로 똑같이 키우는 거죠! 자기가 똑같이 만들어놓은 걸 자기만 몰라! 그래놓고 딸한테 저주를 퍼부어! 너랑 똑같은 딸 낳아서 키워봐라! 그래야 이 에미 속을 안다!

형사 세상에 모든 범죄는 감정 문제야. 계획적인 경제범죄도, 전략전술에 정치범죄 역시. 저 깊은 곳엔 가난을 혐오하는, 권력에 깔아뭉개진 상처 받은 영혼이 있지.

이제 그게 지금 무슨 상관인데요?

형사 사랑을 갈망했었나? 애정결핍 때문에 보육교사를 직업으로 택했고, 아이들한테 당신이 받아보지 못한 애정과 사랑을 쏟다보니 질투가 났어? 그래서 사랑으로, 온 사랑으로 학대를 했어? 뒤틀린 내면이란 거, 이미 진부해진 지 오래야. 그런 진부한 것에 매달린 정신병자들이 범죄를 저지르는 거고! (서류철에서 A4 용지 몇 장을 꺼내 이제 앞에 던진다. 이제, A4용지를 주워 사진들을 보기 시작한다) 폐쇄회로 분석 결과야! 당신이 한 짓을 봐! 운동시킨다고 애들 다리를 잡아 거꾸로 들어 올렸어! 애들 다리를 벌렸다 오므렸다 했고, 안 자고 운다고 깔고 앉은 것도 당신이라고! 무서운 영상을 보고 무서워 우니까 비웃었어! 손톱 발톱을 바짝 깎아서 애들이 울고 있어! 손끝이 아파서 손바닥으로 물컵을 잡는 애를, 물컵을 쳐서 물을 뒤집어씌우고 혼을 낸 게, 여기! 당신이라고!

이제 학대가 아니라 교육이었어요! 학대가 아니라 운동을 시킨 거고, 청결을 관리해 준 거예요! 물컵을 던지는 건 나쁜 행동이니까 혼을 낸 거고요!

형사 애들한테 죽음을 가르친 건 당신이야.

이제 아이들을 보살피고 돌보고 가르치는 게 어떤 건지 아세요? 상상이라도 해본 적 있어요? 아무리 노력을 해도 티가 안 나! 아무리 계획을 짜고 체계적으로 하려고 해도 언제나 엉망이 돼! 그런데 애정까지 없다는 건, 그건 엄청난 형벌이에요. 애정 없이 애들을 돌본다는 건, 그야말로 자기가 자기한테 가하는 최악의 학대라고요!

형사 교육이랍시고 학대를 가하다 죄책감이 들었겠지. 죄책감을 진주 아빠한테 돌리려고 진주 아빠를 죽인 거 아니야?

이제 … 갑자기 무슨 말씀이죠?

형사 어젯밤 만났다는 괴한. 단순한 협박만 하고 사라졌다는 거, 거짓말이지? 넌 그 새끼가 누군지 알아. 말해! 누구야, 그 새끼가!

이제 몰라요! 얼굴도 못 봤어요!

형사 (이제의 턱을 잡고 노려본다) 내가 경찰 뱃지 달고 폼 잡는 핫바지로 보여? 넉 달 전 중랑천에서 발견된 마흔두 살 여자, 두 달 전 성북천에서 발견된 서른일곱 살 남자, 그리고 도림천에서 발견된 이성필 모두 외부 충격으로 인한 타박상해에 내출혈이 사망 원인이야!

이제 진주 아빠는 칼에 찔린 거라고 했잖아요?

형사 용의선상에 있는 목격자한테 살해흔에 대해 곧이곧대로 떠벌이는 형사도 있나?

이제 중랑천 사건이고, 성북천이고, 저는 몰라요. 심지어 진주 아빠가 죽은 것도 형사님한테 들었다고요!

형사 그런데 어젯밤 그 정체모를 놈을 만났구만? 그놈이 희한하게도 사체에서 발견된 외부 충격 타박상해와 내출혈. 그걸 입히고도 남을 쇠구슬로 협박을 했고? 그런데 이상하게 당신은 그놈을 만나고도 살아남아서 내 앞에 앉아 지껄이고 계시는군? (이제 말투를 흉내) 학대가 아니라 교육이었어요! 학대가 아니라 운동을 시킨 거고, 청결을 관리해 준 거예요! 물컵을 던지는 건 나쁜 행동이니까 혼을 낸 거고요!

이제 (방어적이며 동시에 공격적인 태도가 강경해진다) 실종 사건. 실종 직후 48시간이라는 골든타임 확보가 중요하지 않나요?

형사   중요하지. 중요하니까 골든이라 부르는 거고.

이제   지금 저와 이러는 거, 실종사건 때문인가요, 살인사건 때문
인가요?

형사   둘이 연관되어 있으니까. 어느 쪽이든 뭐 하나 건질 게 있
나 해서.

이제   살인사건은 이미 죽은 거고, 실종 사건은 아직 살아있을 가
능성이 있는데, 실종부터 해결해야 하는 거 아녜요?

형사   그러니까 협조 좀 해달라고. 협조!

이제   내가 진주 데려다준 건 그저께였어. 내가 마지막 목격자면
이미 48시간 넘은 거고.

형사   이번만큼은 아니야. 신고접수 직후 통합 지원본부를 차렸
고, 전 공무원 비상소집해서 700명이 넘는 인력으로 대대
적인 수색작업을 하고 있어.

이제   열심이시네요. 우리 아빠도 그랬는데. 시말서 쓰지 않으려
고, 인사고과 페널티 먹지 않으려고, 어떻게든 수습하고 떼
우려고.

형사   아빠도 경찰이었나? 그랬군. 근데 정의로운 민중의 지팡이
가 아니었나보지? 이중적인, 영화에나 나오는 속물 경찰
같은 거? (웃는) 뭐, 어느 직업이든 함량 미달 인간들은 있는
거니까. 그 아빠한테 이중적인 배신감을 느꼈군? 뒤틀린
성장 과정! 삐뚤어진 인격! 그게 이유야?

이제   난 분명히 진술했어요. 어제 그 남자가 누군지 모르고,

형사   (지겹다는 듯 소리친다) 애들한테 한 짓은 교육이었고, 청결관

리였다! (지친 듯 숨을 내쉰다) 쉽게 가자. 스트레스 받을 거 없잖아?

이제 나한테 뒤집어씌우는 게, 쉽게 가는 건가요?

형사 조사라는 게 원래 이런 거야. 다그치는 거. 대답을 강요하고, 강제할 수밖에 없어.

이제 이렇게 골방에 틀어박혀서 없는 얘길 지어낸다고 진주가 찾아지지 않아!

형사 엄마 아빠 다 살아있어? 여자들 자기 얘기하는 거 좋아하잖아. 지껄여봐!

이제 단서 하나 찾지 못했지? 그래서 마지막으로 진주를 봤다는 거 하나로 나한테 뒤집어 씌워 사건을 종결할 셈이지? 사건을 해결하려는 목적이 불순해! 진주를 찾으려는 게 아니잖아!

형사 좋아, 그렇게 화를 내! 어린이집 애들, 뭐가 그렇게 질투가 났지?

이제 이건 조사가 아니라 가스라이팅이야! 생각까지 조종하려는 저의가 뭐야? 왜 없는 일을 꾸며서 내가 한 짓이라고 믿게 만들려는 거지? 지긋지긋해! 나를 조종하는 것! 정말 지긋지긋해!

형사 그래, 그러니까 이 지긋지긋한 거 다 털고 오늘밤 두 다리 쭉 뻗고 자는 거야. 다그치는 거 신경 쓸 거 없어. 모든 수사, 무죄추정이 원칙이지만, 그럴 수가 없거든. 다그쳐야 사실이 드러나니까. 혐의가 없는 놈이라 해도 자신에 부끄러운 것을 숨기려고 증거를 은폐하는 법이니까. 이 세상엔

쪽 팔린 짓을 안 하고 사는 년놈들이란 없으니까! 자, 바른 대로 말해봐! 이제 이런 개 같은 사건을 해결해보자고!

이제 (벌떡 일어나 소리 지른다) 난 진주를 집에 데려다준 게 전부라고! 전부! (형사, 웃음을 터뜨린다) 뭐가 우습지?

형사 참 연기 잘해. (이제 앞에 서류 제시) 다시 소환할 테니, 여기 지장 찍고 집에 가 있어요.

이제 동료교사한테 물어보면 아실 거예요. 저는, ….

형사 여기 지장 찍고 집에 가 계시라고. … 편히.

이제, 형사가 내민 서류에 지장을 찍고 일어난다. 암전.
자전거 체인 돌아가는 소리. 이윽고 어둠 속에서 이제와 이성진이 자전거를 타고 나타난다. 이제 눈치를 보며 이제 페달에 자기 페달 질을 맞추는 이성진. 이성진은 가르마를 가지런히 나눈 헤어스타일에 목까지 셔츠단추를 잠그고, 셔츠를 바지 안에 넣고 입어 허리띠가 보이는, 단정한, 그러나 한눈에도 지능이 낮은 사람의 전형적인 모습으로, 말할 때 음절마다 끊어 말하는 느낌을 준다.

이성진 애들은 순수하지 않아.

이제 무서울 때가 있지.

이성진 모르는 척, 다 아니까.

이제 아주 작은 뉘앙스까지.

이성진 애나 어른이나 다 마찬가지야.

이제 그러니까 더욱….

이성진 그래, 맞아. 애한테 함부로 하지 말아야지.

이제 함부로 하니까 애들이 거짓말하고 기만하는 거야.

이성진 알아.

이제 원래는 순수해.

이성진 알아.

이제 무궁무진한 가능성을 갖고 태어나.

이성진 이제 잘 알고 있어.

이제 진주 아빠. 그 인간도 그런 종류의 인간이었어?

이성진 참을 수가 없었어. 앞이 캄캄해질 만큼.

이제 실수한 거야.

이성진 정말 어쩔 수 없었어.

이제 어쩔 수 없을 때를 대비해서 계획을 세운 거잖아.

이성진 계획을 다시 세우면,

이제 위험해졌어.

이성진 잠깐이야. … 이 또한 지나갈 거야. 잠잠해지면 그때 다시 행동을 개시하면,

이제 위험해졌다니까.

이성진 잠잠해질 거야. 미안해. 내가 잘못했어.

이제 (둘, 한동안 말없이 자전거 페달을 밟는다) … 죽을힘을 다해 달리자!

이성진 … 그래. 달리자!

이제 저기 보이지? 우리 죽음이 저 앞에서 기다리고 있어.

이성진 보여. 우리 죽음이 보여.

이제 죽을힘을 다해 죽음한테 달려가는 거야!

죽도록 페달을 밟는 이성진과 이제. 조명 변화와 함께 이성진 사라지고, 안개 속에서 이제 혼자 달린다. 그로테스크한 음악과 음향. 안개 안으로 들어가자 자신의 기억으로 들어서는 이제, 페달을 멈추고, 자전거에서 내린다. 주변을 두리번거린다. 누군가 이제 등 뒤로 지나간다. 흠칫 놀라는 이제. 또 다시 이제 뒤로 지나가는 누군가. 이제 주변을 스치듯 지나가는 이들은 남성 배우 2인으로 잠시 후 형사 역할의 배우가 父로 변신, 등장한다. 처음 듣는 사내 음성, "Gingerbread Man" 노래 흥얼거린다.

음성   Can you run? Yes, I can! Can, can, can, can, can! Can you run? Yes, I can! I am The Gingerbread Man!

이제   누구야? 거기 누구야?

음성   … 이제야. 이제야. … 아빠야.

여기저기 이제를 부르는 소리가 더욱 거세진다. 겁에 질리는 이제. 소리들 끝에 경찰제복을 입은 父, 조명 아래 나와 선다. 이제, 홀린 듯, 어린아이 말투와 행세를 한다.

父   이제야.

이제   … 아빠? (두리번거린다) 할머니는?

父   우리 이제, 오늘부터 아빠랑 사는 거야. 아빠가 진급했거든.

이제   우와!

父   아빠가 경찰서 대장이 되는 거야.

이제   그럼 엄마도, 할머니도 같이 살 수 있는 큰집으로 이사 갈

수 있겠다! (어린 아이처럼 아빠한테 달려가 안긴다)

父   우리 이제, 오늘 재미있었어요? (애처럼 고개 끄덕이는 이제) 뭐하고 놀았어요?

이제   (아이 어조) 뭐하고 놀았겠어. 맨날 똑같지.

父   밥은 잘 먹었어요? 무슨 반찬 나왔어요? 개구리 반찬?

이제   아빠도 참. 어린이집에서 개구리 반찬이 나왔겠어? 진짜 그러면 잡혀가지. (웃는) 아빠 같은 경찰한테. (父, 사랑의 눈으로 이제를 보며 이마에 입을 맞춘다) 요즘엔 3살짜리들도 산타 안 믿어.

父   그래, 만약에 개구리반찬 나오거든 아빠한테 얘기해. 아빠가 수갑 채워 잡아갈 테니까. 우리 이제, 내년에 초등학생 되지?

이제   응! 나, 언니 되는 거잖아!

父   자, 여기 선물!

이제   우와! 정말? (선물상자에 물방울무늬 원피스 보고 심드렁하게) 또 물방울이야?

父   예쁘지?

날카로운 효과음과 함께 물방울무늬 영상과 격자무늬 영상이 짧게 표출된다.

이제   응. (혼잣말) 예쁘긴 한데, 맨날 같은 걸 선물이라고.

父   어서 입어 봐. (이제, 애처럼 원피스를 제 몸에 대본다) 아빠가 옛날 얘기 해줄까?

이제 무슨 얘기? (父, 빙그레 미소 짓는다. 이를 보고 실망한다) 맨날 같은 원피스에 맨날 똑같은 이야기.

父 옛날 옛적에 늙은 여자가 작은 마을에 살고 있었어.

이제 자식이 없어서 아주 외롭게 살았지….

父 응. 어느 날 늙은 여자가 부엌에서 생강을 갈아 넣은 빵을 만들었어. 무척 귀여운 소년처럼 빚어져서 이름을 붙여 주었단다.

이제 진저브레드맨! (진저브레드맨 인형을 꺼내 父의 얘기에 따라 조종한다)

父 늙은 여자는 무척 행복했어. (할머니 어투로) "넌 내 아들이야. 이제 오븐에 구워서 맛있는 향기가 감도는 아이로 완성할게." 늙은 여자는 오븐을 들여다보며 기다렸어. 그런데 오븐 속에서 외치는 소리가 들리는 거야.

이제 (진저브레드맨 흉내) 문 열어요! 나가고 싶어요! 나 좀 내보내 줘요!

父 늙은 여자가 오븐을 열자, 진저브레드맨이 뛰쳐나왔어.

父, 손톱깎이 꺼낸다. 이제, 싫은 기색으로 손을 숨긴다. 그러나 父의 강압적인 시선에 결국 주저하며 손을 내민다. 父, 이제 손톱을 깎으며 이야기를 이어간다. 손톱 깎이는 소리, 똑, 똑, 들린다. 이제는 父가 손톱을 바짝 깎아 손끝이 아프고 아리다.

父 늙은 여자는 "멈춰! 어딜 가니? 네 집은 여기야! 난 네 엄마란다!" 라고 소리쳤지만 소용없었어.

이제	아파! 아! 손끝이,
父	늙은 여자는 더욱 크게 소리쳤어.
이제	아! 너무 아려!
父	"내가 네 팔다리를 만들었어! 네 머리를, 얼굴에 코와 입, 두 눈, 두 귀까지 전부 내가 만들었단다! 돌아와!" 진저브레드맨은 멈추지 않았어. "그래서 도망치는 거야! 날 마음대로 한 당신이 무서워!"
이제	… 엄마가 만들어준 게 왜 기분이 나빠?
父	만들어주기만 한 게 아니야. 마음대로 한 거야.
이제	마음대로? 어떤 걸 마음대로 했는데?
父	… 이제 잘 시간이다.
이제	응? 뭘 마음대로 했는데? 김치 먹으라고? 할머니가 아빠한테 맨날 그러는 것처럼 더 많이, 더 많이 먹으라고? 뭘 마음대로 했는데?
父	자야지 언니 되는 거야. 우리 이제, 언니 되기 싫어?
이제	자기 싫어! 잠이 안 온단 말이야.
父	어허!
이제	치이, 아빠 미워!
父	(이제를 눕혀 제 허벅지를 베게 한다) … 늙은 여자가 아무리 사정을 해도 진저브레드맨은 뜀박질을 멈추지 않았어. 부엌을 가로질러 문 밖으로 뛰어나갔지. 정신없이 달리면서 소리쳤어. "뛰어! 뛰어! 아무도 날 잡을 수 없어! 난 진저브레드맨이야!" 진저브레드맨은 뛰고 또 뛰었어. 그런 중에 무서운 개를 만났지. 개가 말했어. "멈춰! 이리 와! 널

먹고 싶어!"

이제 하지만 진저브레드맨은 멈추지 않았어!

父 빨리 뛰며 소리쳤어. "난 늙은 여자한테 도망쳤어! 너도 날 잡을 수 없을 거야!"

이제 뛰어! 뛰어! 아무도 날 잡을 수 없어! 난 진저브레드맨이야!

父 개가 쫓아왔어. 진저브레드맨은 더욱 빨리 달렸지. 그러다 또 다른 개를 만났어. 그 개도 진저브레드맨을 먹고 싶어 했어. "이리 와! 널 먹고 싶어!" 하지만 진저브레드맨은 멈추지 않고 더 빨리, 더 빨리 달렸어. 개들이 무리를 이루어 쫓아왔어. "난 늙은 여자한테서 도망쳤어! 너흰 날 못 잡아! 아무도 날 먹을 수 없어!" 정신없이 뛰었어. 그런데 갑자기 강이 나타났어. 진저브레드맨은 수영을 못해. 뒤에서는 개 떼들이 쫓아오고, 앞에는 검붉은 강이 굼실굼실 흐르고. 어쩔 줄 몰라 발을 동동 구르는데, 강물 속에서 새빨간 눈동자 2개가 올라왔어.

이제 악어야! 악어! 난 여기가 제일 좋아!

父 악어가 부드럽게 속삭였어. "난 널 먹고 싶지 않아. 너와 친구가 되고 싶어! 저기 개떼들이 쫓아오잖아. 내가 도와줄게. 내 등에 올라타. 아니, 넌 내 등에 앉기엔 너무 작아. 내코에 앉으렴. 내가 강을 건너게 해줄게." 진저브레드맨은 악어 콧잔등에 앉았어. 그렇게 유유히 강을 건넜지. 저편에서 개들이 컹컹 짖어댔지만 진저브레드맨은 안전했어. 좋아서 낄낄 웃었지. 강을 거의 다 건널 무렵에, (이제, 무서운 듯 웅크린다) 악어는 머리를 세게 끄덕여 진저브레드맨을 위

로 던졌어. 갑자기 솟구쳐 올라간 진저브레드맨은 신이 났어. 재미있어서 또 해달라고 졸라댔어. 악어는 또 머리를 끄덕였고, 진저브레드맨은 위로, 위로 올라갔어. 높이 날아올라 내려다본 세상은 아름다웠어. 파란 하늘 저 멀리 노란 하늘이, 붉은 하늘이, 이글거리는 해가 산 너머로 지는 노을이 눈물겹게 아름다웠어. (이제, 귀 막고 더 이상 듣지 않으려고 한다) 그렇게 다시 아래로 내려가는데, 밑에서 악어가 날카로운 이빨이 가득한 입을 크게 벌리고 있었어. 진저브레드맨은 악어 입속으로 떨어졌어. "아악! 나 좀 살려줘! 누가 좀 도와줘!", 악어는 진저브레드맨을 씹어 먹었어. "아! 내 다리! 내 다리! 아! 내 팔! 내 팔!" 악어는 마침내 머리까지 삼켰고, 더 이상 아무 소리도 들리지 않았지. … 그것이 진저브레드맨의 최후였어.

이제   진저브레드맨, 미워.

父   (이제의 다리를 잡는다) 왜 미워?

이제   할머니랑 있었으면 안전했잖아.

父   할머니도 먹었을 거야.

이제   아빠도 날 먹을 거야?

父   아빠는 우리 이제를 건강하게 키울 거야.

이제 다리 잡고 운동시키는 父 손을 뿌리친 이제, 귀 막고 방을 뛰어다니며 소리친다.

이제   아! 내 다리! 내 다리! 아! 내 팔! 내 팔!

父　　　그만해. … 이제야!

이제　　뛰어! 뛰어! 아무도 날 잡을 수 없어! 난 진저브레드맨이
　　　　야! 뛰어! 뛰어! 아무도 날 잡을 수 없어! 난 진저브레드맨
　　　　이야!

父　　　이제야, 그만해. 뛰지 말라고. 뛰지 마! … 이제!

이제　　아! 내 다리! 내 다리! 아! 내 팔! 내 팔! 아! 내 다리! 내 다
　　　　리! 아! 내 팔! 내 팔! 누가 좀 도와줘! 나를 살려줘! 제발!

父　　　그만 해! 그만! 그만! 그만 하라니까!

이제　　나를 살려줘! 제발! 아! 내 다리! 내 다리! 아! 내 팔! 내 팔!

父　　　이제야!

이제 넘어지고, 다가서는 父를 향해 고개를 저으며 엉금엉금 뒤
로 물러난다. 父의 손에 제압당한 이제, 눈을 감고 숨을 멈춘다.

父　　　운동을 해야 건강해지는 거야. (이제 발목 잡고 다리를 벌렸다
　　　　오므렸다를 반복한다) 방에만 있으면 안 돼. 방에만 틀어박혀
　　　　있으니까 기침이 안 떨어지잖아.

이제　　손끝이 아파. 손끝이 아려.

父　　　하지만 아직은 밖에 나가선 안 돼. 몸이 허약하니까. 아빠
　　　　랑 운동을 많이 해서 몸이 건강해지면, 그때 밖으로 나가는
　　　　거야. 운동을 해야 해. 다리도 튼튼, 팔도 튼튼. 다리도 튼
　　　　튼, 팔도 튼튼. 다리도 튼튼, 팔도 튼튼. (점점 거세게 이제의
　　　　다리를 벌렸다 오므렸다 한다. 이제는 고통으로 얼굴이 일그러지고
　　　　참았던 신음이, 비명이 새어나온다) 자전거를 배워야 해! (자전

거를 중앙으로 옮겨 이제를 안장에 앉힌다) 안장에 올라앉아. 중심을 잡고 페달을 힘껏 앞으로 밀면서 나아가는 거야. 타는 것보다 넘어지는 게 중요한 거야. (두려움으로 페달을 밟는 이제한테 소리친다. 이제는 넘어지고, 고통의 비명을 지른다) 넘어질 때 다치지 않게 몸을 돌려 등이 땅에 닿게 해야 해! 다시! (자전거 다시 일으키고, 그 위에 앉는 이제, 미친 듯이 페달을 밟는다) 다시! … 다시! … 다시! 다시! 다시! 다시! … 다시!

광적으로 소리치는 父. 그 뒤로 사진영상들이 표출된다. 격자무늬 사진, 완성된 퍼즐 사진, 가지런히 정리된 책장, 옷장, 신발장 사진, 아동학대 증거사진, 경찰제복의 父가 훈장 수여 받는 사진, 재차 교차되는 강박증 사진들, 곧이어 수많은 눈동자들 영상이 곳곳에 어지럽게 난사된다. 눈동자들, 그 사회적 시선을 의식하며 극단의 불안에 떠는 父, 마침내 웃는 듯, 울음을 삼키는 듯, 복잡한 심경으로 표정이 일그러진다.

父   제야, 이제야. 아빠가 미안해. 아빠는 사실, 미안해. 아빠가, 아빠가 미안해, 이제야.

이제   (자전거에 앉아 허공 보며 소리친다) 안 돼! 아빠, 죽지 마! 아빠! 안 돼!

의자에 올라선 父, 허공에 매단 줄에 목을 걸고, 의자를 쓰러뜨린다. 이제의 비명 소리와 대롱대롱 흔들리는 父의 목 맨 모습. 다시 들려오는 자전거 체인 소리. 이윽고 父 사라진 방향에서 자전거를 타고 있는 이성진이 모습을 드러낸다.

이성진 앞을 봐야 해! 앞을!

이제 죽을힘을 다해 달리자!

이성진 그래. 달리자!

이제 저기 보이지? 우리 죽음이 저 앞에서 기다리고 있어.

이성진 보여. 우리 죽음이 보여.

이제 죽을힘을 다해 … 죽음한테 달려가는 거야!

구슬땀 흘리며 미친 듯 페달을 밟는 이제와 이성진. 한동안 페달질 이어지다 이제, 급작스럽게 브레이크를 잡는다. 동시에 내쳐 달린 이성진, 비명과 함께 어둠 속으로 사라진다. 이제, 차분한, 평온한 표정이다. 자전거에 앉은 채로 고개 돌려 이성진이 굴러 떨어진 싱크홀을 쳐다본다. 자전거에서 내려 천천히 핸드폰을 꺼내 통화 버튼을 누른다. 차분했던 감정, 순식간에 돌변, 불안과 초조에 질린 듯 울먹이며 통화한다.

이제 (폰에 대고) 경정님! 괴한이, 괴한이 쫓아왔어요! (침 삼키며 진정하는) 너무 무서웠어요! 하지만 이 길이 제가 늘 다니는 곳이라 잘 알고 있거든요. 휘어지는 길 끝에 생긴 싱크홀, 네! 거기요! 복구공사를 한다고 위험 표지판을 세워뒀는데, 아이들이 장난을 친 건지, 차가 받은 건지, 쓰러져 있었죠. 낮에 본 그게 생각이 났어요. 그래서 나는 죽도록 달렸어요. 괴한이 절 죽이겠다고 쫓아오는 걸, 진짜 죽도록.

네. 그렇게 달리다가 휘어지는 길 끝에서 죽을힘을 다해 멈췄어요. (일부러 울먹인다) 쫓아오며 협박을 하던 괴한이 내처 달려가 그만, 싱크홀 아래로 곤두박질쳤죠. … 네. 거기에요. 빨리 와주세요. 무서워요. (전화를 끊고, 다시 차분한 감정 상태로 되돌아온다. 그리고는 싱크홀 아래를 본다) … 괜찮아? 다쳤어?

이성진 (무대 일각, 피투성이로 고통에 신음) 미안해. 나 때문에 너까지 의심을 받게 돼서.

이제 그래서 가족은 대상에서 제외시키자고 했잖아!

이성진 눈앞에서 뻔히 벌어지는 걸 알면서 가만히 있을 수가 없었어. 사촌 형이 애를 울리는 데 그걸 어떻게 보고만 있어?

이제 이성진.

이성진 이번 일만 넘어가면 다시, 모든 일이 다 잘 될 거야. 지금까지 잘해왔잖아!

이제 폐쇄회로 분석 결과를 보고 놀랐어. 운동 시킨 게, 청결관리가 전부 학대로, 내 눈에도 그렇게 보였어.

이성진 훈련이었잖아, 훈련. 학대 견디는 훈련. 우린 학대와 교육아주 잘 구분할 수 있어.

이제 우린 펌프니까. 물을 거꾸로 길어 올리는 펌프.

이성진 제야. 이제! 이제야. 살려줘, 제발.

이제 우리 세대에서 끊어내야 해. 네가 그렇게 말했잖아.

이성진 아니야. 네가 얘기한 거야. 난 듣고 있었고.

이제 아주 중요한 거야.

이성진 살려줘. 제발!

이제	모든 학대를 우리 세대에서 끊어내야 한다는 말. (싱크홀로 다가선다. 커다란 돌을 집어 머리 위로 힘껏 들어올린다)
이성진	제발, 살려줘!
이제	모든 아픔을 우리 세대에서 끊어내야 한다던 그 말, 내 기억 속에 담고, 자물쇠를 채웠어. 그러니 열쇠는 네가 영원히 간직해!
이성진	제발, 제발 살려줘! 제발!

이제, 싱크홀 안의 이성진을 돌로 내리찍는다. 이성진의 마지막 비명과 호흡 소리, 어둠 속으로 사라진다. 이제, 한동안 가만히 서 있다. 암전.
어둠 속에 밝아지는 영상 – 사건 조서 타이핑.

– 이성필 살해 사건

참고인 성명 : 이제

특이 사항 : 참고인 용의자 신분 변경

수사 결과 : 무혐의

본 사건은 이진주 아버지 이성필과 원한 관계에 있는 사촌 이성진의 범행으로, 이성필 살해 후 이진주 양을 은닉했을 것으로 추정. 그러나 사고사에 의한 이성진 사망. 기소의견 없음. 이성필 살해 사건 수사 종결.

– 아동 이진주 실종사건 : 현재 수사 중

타이핑 종료 후, '현재 수사 중'에 '현재'와 '중'이 삭제, '수사'만

타이핑, 커서 한동안 깜박이다 사라진다. 조명 바뀌면, 형사, 전화 통화를 하며 걸어온다.

형사 기회라는 게 그런 거야! 계속 주구장창 주어지면 그게 기회냐? … 여러 소리 할 거 없고, 얼른 당근에 올려. … 반도체 파동으로 중고가가 오르든 말든, 뭔 상관이야? 공부 열심히 하겠다 해서 아빠가 엄마 꼬셔서 샀지? 근데 니가 공부했어? 게임만 했잖아! 니가 한 약속, 니가 안 지켰고, 아빠 돈만 40 날렸어! 20이라도 건져야지! 시끄러! 얼른 팔아! 여태 안 한 공부, 시끄러! 너, 오늘 아빠 집에 갔을 때, 플스인지 뭔지 그대로 있으면 알아서 해! 이체거래 하재면 아빠 계좌 불러주고. 여보세요? 야! 아들! (전화 끊고) 이 새끼, 이거, 말도 안 끝났는데, 누굴 닮아 이래?

형사 등 뒤로 천천히 등장하는 이제.

이제 아드님 게임기 사주셨나 봐요?
형사 사주긴요, 사기 당한 거죠.
이제 그래도 아드님, 아빠가 최고겠어요.
형사 최고는, 울다가도 아빠 소리에 뚝했던 놈인데. (형사의 폰 진동음) 잠시만요. (폰 받는) 왜? 나 바빠. … 그러기에 왜 자꾸 애완동물을 키워? 실수로 떨어뜨리거나 했겠지, 일부러 죽였겠냐? 니 아들이야. 니가 자꾸 아들 못 믿는 소리 하니까 애가 자꾸 삐딱하게 구는 거잖아! (듣는)

이제	(혼잣말로) 아빠라는 소리가 제일 무서울 수 있죠.
형사	(폰에) 당신 진술만으론 못 믿어, 증거를 대! 끊어! (폰 끊고) 미안합니다.
이제	애완동물을 아드님이 어떻게 했나 봐요?
형사	애완견이 다 그렇죠. 좋았다가 싫증났다가.
이제	한두 마리가 아니었나 본데.
형사	(거슬린 듯 이제를 쳐다본다) 일부러 죽인 거 아닙니다.
이제	무서운 아빠, 믿지 않는 엄마, 자꾸 죽는 애완견.
형사	이상한 쪽으로 (제 머리 손가락으로 톡톡 치며) 발동 걸지 마시죠.
이제	이상하긴요. 흔한 가정에 흔한 일이죠.
형사	(대화 분위기 바꾸는) 어쨌든 이제 씨. … 고생했습니다.
이제	경정님도 수고하셨어요.
형사	수사라는 게, 조사 받는 입장에선 곤혹스러울 수밖에 없는 일입니다.
이제	뉘앙스 때문이겠죠.
형사	(피식) 네, 그놈에 뉘앙스. … 살인사건수사는 종결입니다. 후련하시죠?
이제	증거를 찾으셨나요?
형사	증거라기 보단, 이성필, 이성진, 사촌 간에 말다툼 정황, 칼을 휘두른 적 있다는 증언. 그런 게 수사과정에서 받아들여졌습니다.
이제	그 괴한 이름이,
형사	이성진. 처음엔 이성진과 이제 씨 관계를 의심했죠. 좀 더

파고들 수 있었지만 그러지 않았을 뿐입니다.

이제   왜죠?

형사   범인 사망으로 기소의견 없음, 그래서 당연하게 수사가 종
결되었기 때문이죠.

이제   그렇군요. 진주는,

형사   이진주 아동 실종사건은 장기 수사로 돌입하게 됐습니다.

이제   제발 찾아야 할 텐데요.

형사   반드시 찾을 겁니다.

이제   골든타임이 지나서도 찾은 사례가 있나요?

형사   진주 실종 사건 수사 관련 이의 의사가 있으시면 따로 절
차를 밟으시죠.

이제   … 무서운 아빠, 죽어버린 삼촌, 아무도 찾지 않는 딸.

형사   많이 피곤하실 텐데, 이제 돌아가 쉬시죠.

이제   … 물처럼, 위에서 아래로 흐르는 물처럼, 아빠한테서 나한
테로 흘러오는 거. … 뭔지 아시죠?

형사   내리사랑, … 말씀은 아닌 거 같군요.

이제   사랑도 그렇죠. 무엇이 됐건 다 내리받는 거니까.

형사   (피식) 학대 말씀이군.

이제   아빠한테서, 엄마한테서 나한테로 오는 모든 건, 그저 자연
현상이에요.

형사   요즘 세상, 꼭 그렇지만도 않죠. 펌프로 길어 올리기도, 위
로 솟구치게도 하는데.

이제   그걸 아시면서 아직도 그러시면 어떡해요?

형사   내가 뭘 아직도 그런다는 겁니까?

이제 게임기 처분하지 마세요. 아드님이랑 애완견이랑 오래오래 사셔야죠.

형사 … 무서운 아빠, 믿지 않는 엄마 탓이다 그거군요.

이제 우리 진주도 꼭 찾아주세요.

형사 (이제 낌새가 의심스럽다) 이제 씨와 나, … 다시 만날 일이 없어야 할 텐데요.

형사, 목례하고 퇴장한다.

이제 좁혀오는 수사, 주의를 딴 곳으로 돌리기 위해…, 당신 말대로 물을 길어 올리고, 거꾸로 흐르게 하는 나라는 펌프가 세운 계획, 당신들의 무관심까지…, 우린 모두 자연현상이야. 자연이란 잔인하지. 자연이라서, 그러니까 사랑과 학대가 외줄을 타잖아. … 성진이도 자연 속에서 죽은 거야. 자연스럽게. (차갑게 변한 시선으로 어딘가를 본다. 이윽고 귀여운 아이를 대하듯 객석으로 다가가 자세를 낮춰 눈높이를 맞추며 부드럽게 미소 짓는다) 진주야. 이제 나와. … 우리 진주도 아빠한테 해방되고, 나도 진주 삼촌이라는 하자를 끊어내고. 우리 계획은 완벽하게 성공했어.

양팔 벌려 달려오는 진주 끌어안듯 하는 이제. 그 모습에서 무대 어두워진다.

막.

Жинжербред мэн

Автор Ви Ги Хун

Перевод на русский Цой Ен Гын

Действующие лица:

Иде: молодая женщина (за 20лет)

Следователь

И Сен Дин

Райдер

Сцена.

Стол и 2 стула. Стоянка для велосипедов. На сцене используются светогамма, светотень, минимальное количество утвари. Полицейский участок, следственный отдел, велодорожка на берегу, а также комната Иде.

Следователь. Part time (неполная занятость) Так?

Непрофессиональный педагог?

Иде. Почему вы спрашиваете по несколько раз одно и то же? Я устала от этого, господин следователь.

Следователь. Коль я сижу перед вами в гражданской одежде в следственном отделе – это значит я расследую криминальные деяния (встает). Полицейский с большой перспективой, который со временем может вырасти до начальника полиции. Называетесь опорой народа, а не имеете представления о полиции. Вот уж...

Иде. Мне не до этого. Слишком жарко и надоели мне эти детишки.

Следователь. Из-за ерундовой чертовой сказки дети начали бушевать и стали заниматься самоистязанием, так? Не наслаждались же в детском доме процедурой охлаждения!

Иде. Не было самоистязания.

Следователь. А как вы объясните синяки на локте?

Иде. Ну, это так дети баловались.

Следователь. (сердито) Наверное, из-за сильного баловства появились синяки на локте ! (помягче). То, что вы детям рассказываете про чертей – это приравнивается к насилию детей.

Иде. Я просто учила их пению. Правда, текст песни немного наводит страх, но в нем есть и поучительные нотки для детей.

Следователь. Тогда спойте мне. Коль вы учите петь.

Иде. Был урок английского языка. Учили английскую детскую песенку «джинжербиад мэн»

Следователь. Давайте меньше слов, спойте.

Иде. Господин старший следователь .Там не могло быть насилия. Наш детдом находится в числе передовых детских учреждений.

Следователь. (сердито) Я же сказал вам спеть! (Иде начала петь тихо и в середине остановилась). I am The Gingerbread man... Спойте до конца! (она спела до конца). Ну вот. Все получилось как в песне. Вы же из себя изображали крокодила, не так ли?

Иде. Как это крокодила?

Следователь. (по-английски) I'm going to eat you... Я тебя съем. Тебя, тебя!

Иде. Господин старший следователь... Наш директор детдома всегда предупреждает чтобы не было истязаний детей. Чтобы обнаружить такие случаи, на территории установлены камеры наблюдения.

Следователь. Когда дети уходят домой?

Иде. Мы строго соблюдаем режим дня. После окончания занятий в школе в 5 и 7 часов.

Следователь. Так, значит 30 числа. А когда ушел Диндю?

Иде. Обычно уходит в 5 часов, но в тот день позвонила бабушка и поэтому ушел в 7 часов...

Следователь. Везете вы их автобусом? Тогда тоже сопровождали?

Иде. Нет...но... Да! Обычно сопровождает их наш сотрудник на микроавтобусе, но он уволился и поэтому до появления нового сопровождающего решено было, что детей будет сопровождать обычный учитель.

Следователь. Привозили прямо до дома и детей встречали мамы?

Иде. Обычно было так, но...

Следователь. Не Диндю?

Иде. У Диндю нет матери. Всегда встречала бабушка, но в тот день встречать его вышел отец.

Следователь. В чем был одет? Говорю про Диндю.

Иде. Наверное, был в костюме. Белого цвета с оттенками черного.

Следователь. (Смотрит на Иде и кладет ноги на стол). Бабушка была на встрече со своими сверстницами и опоздала на10 минут, но тогда еще не было ДинДю.

Обычно всегда ждали кого-нибудь из семьи, звонили, но в тот день не было ни автобуса, ни сопровождающего. И никто не звонил.

Иде. Но совершенно точно, что Диндю побежал и его обняли.

Следователь. .... Тот... отец...Это он? (показывает фотографию)

Иде. (внимательно рассматривает фото) ...Да, похож.

Следователь. Говорите точно: он или не он.

Иде. ... Лицо... Не помню.

Следователь. (вставая) Я не хочу с вами спорить. Сейчас идет предварительное расследование, но если вы даете ложные показания, говорите не помню и капризничаете, то придется объявить вас участником преступления и задержать. Другого выхода я не вижу. Вы знаете, чем это может закончиться? Убийство отца Дин Дю - И Сен Пир, и отдельно исчезновение Дин Дю квалифицируется статьей детского насилия и все это грозит серьезными последствиями.

Иде. Но вы же проверяете меня только на предмет исчезновения Дин Дю? Прошу задавать мне вопросы по существу.

Следователь. (Встает резко и кричит) 30-го числа в 7 часов вечера. Вы настаиваете, что провожали Дин Дю. После этого дня никто не видел больше ДинДю.

Иде. Это не настаивание, а правда. Точно отцу...

Следователь. На другой день в 11часов утра был обнаружен труп отца И Дин Дю - И Сен Пир. Раны на теле в трёх местах и еще на шее. Умер от обильного кровотечения. Был брошен на речке Дорим. Дин Дю до сих пор не найден.

Иде. Поэтому я тут в качестве свидетеля и даю вам показания.

Следователь. Дальше будет видно в каком вы качестве: или преступницы или же свидетельницы. Не болтайте лишнего, говорите все как было!

Иде. Это всё то, что я знаю. Я передала Дин Дю перед его домом отцу.

Следователь. Это очень важно.... Потому что вы последний свидетель. Почему вы оказались подозреваемой? Потому что у последнего свидетеля вероятность преступления... довольно высокая.

Иде. (беспокойный взгляд) Вы хотите сказать, что я обвиняемая?

Следователь. Пока свидетель. Свидетель. (глубоко вздыхает и садится на свое место) 30-го числа после 7-ми вечера... Говорите где вы были и что делали?

Иде. .... Вчера, когда я возвращалась домой, по дороге

меня преследовал один мужчина. Обстановка на работе была шумная из-за пропажи Дин Дю. Мы с коллегами допоздна обсуждали об этом событии и я не смогла уйти пораньше... Хотела поехать на такси, но...

Следователь. Что трудно было поймать такси?

Иде. Да. Поэтому пришлось ехать на велосипеде.

Следователь. На велосипеде? Во сколько? По какой дороге ехали?

Иде. До дома нет специальной велодорожки. Безлюдное место, но так ехать было ближе и поэтому ехала по набережной .... И вот тогда появился вдруг тот мужчина.

Видеоряд. Иде на велосипеде, мимо проносятся автомобили. Мужчина на велосипеде едет и поет по-английски.

Райдер. Can you run?......Yes, I can! Can, can...

Иде напугана. Сильнее давит на педали. Все громче звучит песня и вскоре появляется райдер на велосипеде. Он на спортивном велосипеде, в каске, в темных очках, одет в красные штаны, очень броско, , но видны только нос и рот. Иде тихо следует за ним. Тот продолжает петь. Бабушка и Джинжербрэдмэн. Голосом крокодила игриво поет песню···

Иде.   (следуя за мужчиной) ... Езжайте вперед.

Райдер.   ... Ничего.

Иде.   Я не поспеваю за вами.

Райдер.   Наступает темень. Вам не страшно ехать по такой дорожке? Ни рекламных огней, никто не ходит тут. Давайте поедем вдвоем дружненько.

Иде.   (к следователю) Неизвестный посмотрел время на установленном на руле приспособлении .

Райдер.   (посмотрев на время) Осталось 17 минут. Темнеет.

Иде.   Я поеду за вами.

Райдер.   Давайте немного отсосём кровь. Что-то с моим мотором не так.

Иде.   (к следователю). Когда он сказал про кровь, я от испуга потеряла равновесие и чуть не упала с велосипеда.

Райдер.   Чего испугались. Не знаете,как отсасывают кровь? Это профессиональный жаргон райдеров. Когда пристраиваешься позади другого велосипедиста, то меньше получаешь сопротивления и поэтому удобно так ехать. Вот про этот процесс говорят: отсасываем кровь. Когда мотор в движении лучше всего отсосать кровь. Мотор –это сердце, мышцы бедра.

Иде.   (к следователю) Волосы встали дыбом. Будто стоял вопрос жизни и смерти (сильнее давит на педали)

Райдер.   Эта женщина ищет выход. (насмехаясь) Как бы ты не давила на педаль разве сможешь обогнать меня? Моя машина профессиональная, гоночная не то что твоя допотопная...Кроме того я то родился мужиком с членом (Усмехаясь). Невозможно ведь.

Иде.   (устала и остановилась. И райдер последовал ее примеру) Мужчина стал говорить странные вещи.

Следователь. ль....Странные вещи ?(смотрит на Иде и отстраняется).

Иде.   Вы кто?

Райдер.   Быстрее двигай, а то опоздаем.

Иде.   Когда и откуда вы начали меня преследовать?

Райдер.   .... Что там поучительного? Джинжербрэдмэн. Сказала: там есть страшные строки, но все равно в них поучительные слова. Разве смерть поучительная вещь? Потому что никто не избежит смерти?

Иде.   Ты кто? Раскройся. Сними с себя маску и другие причиндалы!

Райдер. Ну, что начнем игру заново? До дома. Если ты победишь меня, то проживешь еще один день.

Иде. Откуда меня знаешь? Откуда вы знаете, содержание беседы со следователем?

Райдер. Даю тебе фору, двигайся раньше меня, а я двинусь через 5 минут.

Иде. (от страха) Скажи кто ты!

Райдер. (смеется, вытаскивает из кармана железную цепь и колготки. Делает удавку) Неизвестное чудище, внезапно появившееся в темноте, знающее обо всем, что говорили вы в следственном отделе. (машет удавкой, звуки барабанной дроби. Иде с испугу отпустила руль. Велосипед падает. Барабанная дробь звучит все громче) И еще угрожает этой штучкой (смеется). Да, на самом деле страшно.

Иде. Эй, что ты делаешь?

Райдер. Обычно я пользуюсь карманной удавкой. Ты не знаешь об этом? Железная цепь в гандоне. Когда тянешь гандон, а потом отпускаешь, вот тогда ... пиюн!...(Натягивает колготки. Увидев такое Иде приседает) Как пуля вылетает оттуда, попадает в цель. Вчера ночью я был у одной бабы и использовал гандон. И поэтому для эксперимента хочу использовать ее колготки. Ну, как? Это как Давид поразил Голиафа. Он метил в своего врага и точно поразил его таким образом.(Иде убегает) Как называть теперь это орудие... Не карманное, а колготочное орудие!?

Иде. (она прячется за стулом)...Ты почему пристал ко мне? За что?

Райдер. Я тебе уже сказал. Победишь меня, проживешь один лишний день.

Иде. Хочешь убить меня? За что? Зачем?

Райдер. Бесстрашная воительница? Почему немногословна. Но я далеко не гуманист.

Иде. Это из-за Дин Дю? Тогда ты ошибся. Я его отвела по расписанию после занятий. И всё. Я тут не виновата (она отбрасывает от себя стул).

Райдер. Не виновата. Но сейчас нет времени разбираться в этом. Тебе надо бежать. А то ты умрешь.

Иде. Ищите отца Дин Дю. Он – тот кто общался с ним в последний момент.

Райдер. (с угрозой) Дави на педаль! Садись на велосипед! (в азарте встал на письменный стол) Как Джинжербрэдмэн. Нет, ты и есть Джинжербрэдмэн! Убегай! Быстрее! (размахивает цепью перед зрителями) Еще быстрее!

Иде. (она в страхе убегает. К следователю). Тот мужчина угрожал мне, размахивая цепью. С испугу я, сама не знаю как, велосипедом двинулась на него. Он упал и я, сев на его велосипед, помчалась. (Иде вно вь вспоминает как она, сев на спортивный велосипед, помча лась крутя педали . Мелкая барабанная дробь).

Райдер. Села на мой велосипед, думаешь, полетишь? Изменив маршрут, хочешь поехать к следователю? Услышала про спортивный велосипед и изменила свой план? Ничего у тебя не получится. Не уйдешь от меня. Ты переборщила со своим наставлением. Как можно учить смерти. Они же еще дети.

Иде. Во всех детских домах учат эту песню.

Райдер. Ради спортивного интереса вы за ноги подвешивали детей? За малейшую повинность вы заставляли их лечь и раздвигать ноги и сомкнуть. Если не засыпает вовремя, то садились на них.

Иде. Такие занятия предусмотрены учебной программой.

Райдер. Такое настроение мне понятно (размахивает свои м орудием. Иде от страха вся потная мчится дальше). На экране вы показываете страшные картины, а дети дрожат от страха. Вы стригли ногти ног и рук до крови и они от боли не могли нормально ходить, удержать стакан с водой в руках. Все эти картины вызывали у вас только смех. Я хорошо знаю об этом.

Иде. Это воспитание! Ради спортивного интереса, да и для очищения.

Райдер. Точно. Все это входит в понятие: насилие над детьми (пауза). И ты одна из той породы истязателей.

Иде. Из породы? Что это значит?

Райдер. И дети не такие простые. Они тоже склонны к обману и лжи! Это такая порода. Не так ли?

В этот момент рядом проносятся автомашины. Иде напугана. Кричит. Вновь звучит барабанная дробь. В темноте слышен голос Райдера.

Райдер. Такие как ты должны сдохнуть. Если исчезнут такие твари как ты, мир станет чище. Поняла? Я один из тех... кто занимается очищением... Ведь никто не хочет заниматься этим. Очищение.

Свет. Иде и следователь сидят напротив.

Следователь. ... Занимались лишь очищением?

Иде. Что не верите?

Следователь. Избежали смерти от неизвестного мужчины, а на другой день, как ни в чем не бывало, пришли на работу и, оставшись допоздна, занимались очищением, так?

Иде. По правилам надо было заниматься этим после ухода детей. Для перекуса дают дополнительно сладости. Когда загрязняется одежда детей, родители оповещают об этом.

Следователь. Вы боялись публичной огласки?

Иде. Бывали случаи, когда из-за этого увольняли учителя.

Следователь. Побоялись увольнения и стали убирать?

Иде. Зная чем грозит, зачем нарываться на неприятности?

Следователь. Да, незачем. Достойный ответ. Вы настаиваете на том, что как учитель честно выполняли свою обязанность, но вместе с тем вы будто переспрашиваете «а ты разве не такой?». Я чувствую провокацию.

Иде. Но не было никаких попыток провокации.

Следователь. Попыток не было, но мысль об этом была?! Точно также, как я почувствовал это.

Иде. Вы что, расследование проводите чувством? Разве не должны опираться на доказательства и логику?

Следователь. Насилие. Что это такое? Почему с целью воспитания надо заставлять заниматься физкультурой, следить за очищением?

Иде. Вы спрашиваете об этом меня?

Следователь. А кто кроме вас находится тут?

Иде. Думала, что вы про себя думаете и бормочете.

Следователь. Да, конечно. Но вот я думаю про себя и бормочу. В этом есть нюанс: желание вместе подумать.

Иде. Говорите нюанс?

Следователь. То чем наша полиция не может пренебрегать - это нюанс. Обычно как будто демонстрируют свою честность, но в большинстве случаев прикрываются ложью. Лишь только нюансом можно разоблачить ложное признание. Потому и придираемся. Ответьте. Что такое насилие? Что прячется за этим словом? Вот об этом нюансе.

Иде. .... Во время уроков на тему правильного поведения мы отрабатываем тему насилия, как важную тему.

Следователь. Воспитание на тему насилия?

Иде. Обобщенное понятие о насилии заключается в

том, как сильный издевается над слабым, как он использует физическую силу, свое превосходство. Еще установлено, что много дает ненужного страдания.

Следователь. А разве есть понятие «нужное страдание?»

Иде. Наверное, есть.

Следователь. А кому и когда какое страдание нужно?

Иде. Когда лечат сломанную ногу, когда растят детей и испытываешь трудности - все это элементы нужного страдания.

Следователь. Насилие - это то, что дает « ненужное страдание». Вот в чем различие от «нужного насилия» так, что ли?

Иде. .... Это не мной придумано. Вот так учили нас.

Следователь. Витает где-то нюанс, что нельзя признать справедливое насилие.

Иде. Как вы говорите, на самом деле нельзя признавать это.

Следователь. «Нельзя признавать». Это тоже очень хороший ответ Имеются 2 мнения «признавать» или «не признавать». Тут немного выигрывает мнение не признавать.

Иде. Когда преднамеренно при помощи физической силы наносят телу рану – то это насилие над телом. Угроза! Издевательство! Словесная угроза или бессловесное психологическое давление - это морально-психологическое насилие. Когда не кормят и не дают лечиться - это тоже относится к насилию, похожем на пренебрежение.

Следователь. При обоюдном согласии сексуальное отношение с несовершеннолетним партнером - это сексуальное насилие.!

Иде. Да. (встает)

Следователь. Сядь. Садись.

Иде. Есть один вопрос.

Следователь. Вопросы задаю я, а вы отвечаете.

Иде. ....Человек, который живет и не совершает подобные поступки... сколько же их на этом свете?

Следователь. Ваш вывод таков: на этом свете обитают только лица, которые совершают насилие и лица, подвергающиеся насилию. Хороший вывод.

Иде. А вы господин начальник, никогда не совершали насилие и не подвергались насилию?

Следователь. А-ха, значит считаете, что на свете живут только люди совершившие насилие и люди, которые будут совершать насилие.

Иде. Обычно матери говорят так своим дочерям.

Ты роди подобную себе дочь и воспитай ее. Человек рождает человека. И не может быть, чтобы они были все одинаковы. Дети становятся независимыми существами. Родились не одинаковыми они, но в процессе воспитания выращивают их одинаковым способом. Лишь только она не знает, что воспитывала как все, одинаково. И после этого она проклинает свою дочь. Роди себе подобную дочь и попробуй ее воспитать! Вот тогда-то ты поймешь материнскую душу.

Следователь. На этом свете все преступления - это вопрос чувства. К ним относятся запланированное экономическое преступление, а также тактико-стратегическое политическое преступление. Имеются души, которые в глухих местах боролись против нищеты, а также души, которые пострадали от властных структур.

Иде. А какое они имеют отношение теперешнему разговору?

Следователь. Мечтали о любви? Из-за нехватки ласки выбрали профессию учителя-воспитателя и всю свою любовь и ласку, которых Вам не хватало Вы отдали детям и в результате появилось чувство неудовлетворенности и ревности. И всей своей не растраченной любовью занимались насилием над детьми? И вот результат: перевернутая с ног на голову искаженная сущность. Это случилось с вами давно. Вот так умалишенные с искаженным сознанием совершают преступления (вытаскивает листы бума г и бросает Иде. Она смотрит на фотографии, изображенн ые на листах). Там четко зафиксированы все ваши действия. Якобы для спортивной цели берете за их ноги и подвешиваете к верху ногами. Раздвигаете, смыкаете ноги. Из-за того, что они не спят, плачут, вы садились на них. Вам это доставляло удовольствие и вы насмехались над ними. Стригли ногти до крови и дети плакали от боли. Из-за боли дети брали воду в стаканах, чтобы залить как-то свою боль, но вы отбирали воду и обливали водой детей. Все это проделали вы!

Иде. Это не насилие, а метод воспитания. Это не насилие, а физические упражнения, метод очищения. Они разбрасывали стаканы с водой и за это пришлось наказывать их.

Следователь. Вы учили детей смерти.

Иде. Вы знаете, что такое ухаживать и учить детей? У вас имеется хоть малейшее представление об этих вещах? Сколько бы ни трудился, а результат ноль! Сколько бы не составляли планы и работали систематически всегда ничего не получается. Но вы говорите, что мы не даем им любви и ласку - это знаете ли преступная легкомысленная оценка нашей работы . Ухаживать за детьми без ласки и любви - это наоборот огромное насилие над собой.

Следователь. Вот вы применяли насилие над детьми и однажды почувствовали ответственность за преступления. Эту ответственность вы хотели перекинуть отцу Дин Дю и в результате убили его. Не так?

Иде. .... Что с вами? О чем вы говорите?

Следователь. Чудище, с которым вы встретились вчера ночью. Он слегка напугал и внезапно исчез. Это было враньем? Ты знаешь кто он? Кто это был?

Иде. Не знаю. Я не разглядела его.

Следователь. (берет за подбородок Иде) Я выгляжу эдаким простачком, который ходит, нацепив на груди полицейский значок? 4месяца назад был обнаружен на реке Дюнран труп сорокадвухлетней женщины. Два месяца назад на речке Сонбук обнаружен 37-летний мужчина. И еще в реке Дорим обнаружен И Сен Чер. Все они получили ранения от сильнейших ударов и умерли от кровопотери.

Иде. Вы сказали, что отца Дин Дю убили ножом.

Следователь. Разве есть следователь, который во время допроса рассказывает свидетелю все подробности убийства?

Иде. Я не знаю ничего про убийства на реках Дюнран и Сонбук. Даже про убийство отца Дин Дю впервые услышала от вас.

Следователь. А как вы встретились вчера ночью с совершенно незнакомым типом? К удивлению он был в курсе о деталях убийства на реках. Да еще размахивал цепочкой и угрожал Вам. Но Вы к удивлению остались живы и сидите тут передо мной и ляпаете что попало (дразнит голосом Иде). Это не насилие, а воспитательный процесс! Не насилие, а физкультура и все это для соблюдения чистоты. То, что дети побросали стаканы с водой – это хулиганство и за это они наказаны.

Иде. (позиция защиты, но проявляется элементы нападок). Пропажа человека. Разве не важен фактор 48 часового голдэнтайма после пропажи?

Следователь. Важен. Потому то и называется золотой час.

Иде. А вот то, что вы возитесь со мною. Это из-за пропажи? Из-за убийства?

Следователь. Эти два случая взаимосвязаны. Чтобы выяснить и вытянуть какую-нибудь зацепку.

Иде. Случай с убийством. Тут человек уже умер. Но с пропажей...человек еще жив. Надо же решать прежде всего этот вопрос.

Следователь. Потому-то прошу вашего содействия. Содействия!

Иде. Позавчера я проводила Дин Дю. Если я последний свидетель, то уже прошел 48-ми часовой рубеж.

Следователь. Но не в этом случае. После получения заявления мы тут же организовали спецкомитет, провели совещание всего нашего коллектива и в настоящее время сотрудники в количестве более 700 человек занимаются расследованием.

Иде. Активно работаете. Мой отец тоже так поступал. Чтобы не писать оправдательный документ и не обвинили его в поступках, чтобы всячески избежать неприятностей.

Следователь. Отец был тоже полицейским? Вон оно что. Но по-видимому не был справедливым столпом массы. Двойственная личность, как показывают в кино непутевый полицейский (смеется). В любой профессии найдутся не совсем достойные люди. Значит, чувствовали к отцу двойственное чувство мести? Неправильный процесс роста! Искаженный интеллект. Вот в чем причина.

Иде. Я все изложила четко. Не знаю, что за мужчина был вчера.

Следователь. (будто испугавшись) Все, что творили с детьми было воспитанием, соблюдением чистоты! (глубоко вздыхает). Давайте пойдем по легкому пути. Нечего создавать условие для стресса!

Иде. То, что вы хотите всё свалить на меня. Это называется идти по легкому пути?

Следователь. Таков процесс расследования. Все надо делать стремительно. Настойчиво требовать ответа. Другого способа как надавить нет.

Иде. Сидя в этой комнатушке и сочинять ... небылицы... Нет, таким способом не найти вам Дин Дю!

Следователь. Папа, мама, они живы? Ведь женщины любят поговорить про себя. Ну, поболтай.

Иде. Вы-то не можете найти хотя бы одну ниточку в этом деле. И вцепились за меня только из-за того что я видела последней Дин Дю. И вовсе не понятна цель вашего расследования. Цель же не найти Дин Дю!

Следователь. Ну, хорошо. Что вы так рассердились? В чем заключается конфликт с детьми детдома?

Иде. Это не расследование, а просто выпуск пара. Что мы всё пытаемся отрегулировать наше сознание? Зачем сочинять, то чего не было и выдавать как будто ты совершил чего-то и заставлять верить в это? Надоело! То, что мной управляют. Управляют моим сознанием... Честно, надоело все.!

Следователь. Да-да. Поэтому надо отбросить все надоевшее и сегодня ночью поспать спокойно, вытянув обе ноги. Не обращайте внимания на спешное расследование. Все проверки, установление невиновности являются принципом расследования, но так не получается в жизни. Правда всплывает, когда делается спешно. Пусть он безвинный, но он пытается скрыть свой стыд и обычно не раскрывает правду. Такова действительность. В этом мире нет человека, который бы не ошибался. Итак, говори правду. Вот теперь давай-ка, разберемся в этом собачьем деле.

Иде.   (резко встает и кричит) Все что я сделала: это я лишь проводила Дин Дю до дома. И всё! (следователь смеется) А что тут смешного?

Следователь.   Очень хорошо играешь роль (подает документы). Я повторно вызову Вас. Вот тут оставьте отпечаток пальца и идите домой. Будьте дома.

Иде.   Спросите у моих коллег и узнаете... я...

Следователь.   Вот тут оставьте свой отпечаток и идите спокойно домой.

Иде оставила свой отпечаток пальца, встает. Велосипедная прогулка. Иде с И Сен Дин катаются на велосипеде. Мужчина пытается не отставать от Иде. И Сен Дин заправил рубашку в брюки, а пуговицы застегнул до ворота. Сразу в глаза бросается, что он далеко не интеллектуал, говорит заикаясь···

И Сен Дин.   Дети не простые.

Иде.   Бывает, когда становится страшно.

И Сен Дин.   Делайте вид, будто ничего не видишь. Все знают.

Иде.   До мельчайших нюансов.

И Сен Дин.   Все они одинаковы, что дети, что взрослые.

Иде.   И потому то еще...

И Сен Дин.	Это точно. Не надо делать по отношению к ребенку.
Иде.	Вот поэтому дети лгут и обманывают.
И Сен Дин.	Знаю.
Иде.	А вообще-то они спокойные.
И Сен Дин.	Знаю.
Иде.	Родились они с огромным потенциалом.
И Сен Дин.	Теперь я хорошо знаю об этом.
Иде.	Папа Дин Дю. Тот был тоже из категории таких людей?
И Сен Дин.	Больше не смог терпеть. Будто у меня все потемнело в глазах.
Иде.	Это было ошибкой.
И Сен Дин.	На самом деле ничего не смог поделать.
Иде.	Учитывая это обстоятельство, был составлен план действия.
И Сен Дин.	А если снова составить план.
Иде.	Теперь стало опасно.
И Сен Дин.	Минутное дело... Все пройдет. Когда станет спокойно, вот тогда снова начнем действовать.
Иде.	Сказала же. Опасно.
И Сен Дин.	Станет спокойнее. Ты извини. Я виноват.
Иде.	(вдвоем сильнее нажимают на педали)... Из последних сил... поедем!

И Сен Дин.	.... Да, поедем.
Иде.	Вон, видишь? Там ждет нас наша смерть.
И Сен Дин.	Вижу. Видна наша смерть.
Иде.	Из последних сил мы едем навстречу смерти.

Два велосипедиста изо всех сил давят на педали. Свет погас и сквозь тумана стремительно едет одна Иде. Звучит музыка. Иде возвращается к своим воспоминаниям. Она остановилась. Осматривается вокруг. Кто-то проходит позади Иде. Она испугалась. Опять кто-то проходит сзади нее. Эти два парня артисты. Один из них превращается в папу Иде. Звучит песня «Джинжербрэдмэн»

Звуки песни.	Can you run Yes I can.......
Иде.	Кто там? Кто это?
Голос. Иде.	Иде.! ...Это ... папа.

Тут и там зовут Иде. Она в испуге. Появился мужчина в полицейской форме. Кто-то подражает голосу ребенка···

Отец.	Эй, Иде.
Иде.	...Папа? А где бабушка?

Отец.	Наша Иде. С сегодняшнего дня будешь жить с папой. Отец продвинулся на службе.
Иде.	Ува!
Отец.	Папа стал начальником отдела полиции.
Иде.	Тогда мама, бабушка могут жить вместе в большом доме (как ребенок бежит к отцу. Тот обнимает ее).
Отец.	Наша Иде. Хорошо провела сегодняшний день? (она кивает головой) Чем занималась? Как играла?
Иде.	(голосом ребенка) Как играла. Как всегда одинаково.
Отец.	Хорошо поела? Что за закуска была? Лягушачья закуска?
Иде.	Ну, ты папа скажешь тоже. Как это в детдоме может быть такая пища. Арестовали бы (смеется). Такой как ты полицейский (мужчина ласкает девочку). Сейчас и 3-х летний ребенок не верит в Санту.
Отец.	Если только выставят такую еду, ты скажи мне. Я надену на них наручники, арестую. Наша Иде на следующий год станет ученицей начальных классов.
Иде.	Да. Я стану старшей сестрой.
Отец.	Вот тут мой подарок тебе.
Иде.	Ува! На самом деле? (увидев на столе подарок, разочарована) Снова с окраской водных капель?

Отец. Красиво?

На экране вместе с очертаниями цветов звучит музыка.

Иде. (про себя) Красиво, но все время один и тот же подарок.

Отец. Быстренько надень. (Иде примеряет платье) Хочешь, папа расскажет тебе сказку?

Иде. Про что? (мужчина улыбается). Каждый раз одинаковое платье и каждый раз одинаковая сказка.

Отец. В далекую старину в маленькой деревушке жила-была старая женщина.

Иде. У нее не было детей и она жила одиноко....

Отец. Да. Однажды старуха испекла на кухне хлеб с молотым имбирем. Получился хлеб точно как милый ребенок и она дала имя ему.

Иде. Джинжербрэдмэн! (вытащила куклу Джинжербрэдмэн)

Отец. Старуха была очень счастлива (голосом бабушки) «Теперь ты мой сынок. Я тебя испеку в духовке и сделаю из тебя вкусного ароматного ребенка». Старуха ждала, глядя на духовку. И вдруг из духовки послышался голос.

Иде. (подражая Джинжербрэдмэну) Откройте дверь! Я хочу

выйти. Отпустите меня, пожалуйста.

Отец. Старуха открыла дверцу и оттуда выскочил Джинжербрэдмэн.

Мужчина вытаскивает маникюрный набор для стрижки ногтей. Иде нехотя прячет свои руки. Но под строгим взглядом отца выставляет руки. Мужчина стрижет ногти и продолжает рассказывать. Больно стрижет папа. Иде больно.

Отец. Старуха кричит: «Стой, ты куда пошел? Твой дом здесь. Я твоя мама». Но бесполезно.

Иде. Ой, больно пальцам.

Отец. Старуха кричит еще громче.

Иде. Ой, болит! Ноет.

Отец. «Я сделала тебе ноги и руки. И еще головку, на лице нос и рот, оба глаза, два уха – это я все сделала тебе. Вернись. Но Джинжербрэдмэн не остановился. « Из-з этого я убегаю от тебя. Ты сделала меня так, как ты хотела и поэтому я боюсь тебя»

Иде. .... Мама сделала тебя. Отчего же тебе плохо?

Отец. Ты не только слепила меня. Сделала как ты хотела.

Иде.	Как хотела? А что я сделала, как хотела?
Отец.	…Пришло время спать.
Иде.	Что? Что сделала я как хотела? Кормила кимчи? Это как бабушка папе: «Ешь много, еще больше!» Что сделала я как хотела?
Отец.	Надо поспать. Тогда станешь старшей сестрой. Наша Иде, ты не хочешь стать старшей сестрой?
Иде.	Не хочу спать. Нет сна.
Отец.	Ну, ты!
Иде.	Папа, я не люблю тебя.
Отец.	(укладывает спать)… Как не уговаривала старуха Джинжербрэдмэн не унимался и пытался убежать. Через кухню он выскочил наружу. Бежал как сумасшедший и кричал: «Беги, беги. Никто не поймает меня! Я Джинжербрэдмэн! Он бежал не останавливаясь. Но на пути встретилась страшная собака. Собака сказала: «Остановись. Подойди сюда. Я хочу съесть тебя»
Иде.	Но Джинжербрэдмэн не остановился.
Отец.	Бежал быстро и кричал: Я убежал от старухи. И ты не поймаешь меня».
Иде.	Беги, беги! Никто не поймает меня! Я Джинжербрэдмэн!
Отец.	Собака догоняла его. Джинжербрэдмэн побежал

еще быстрее. Но на пути встретилась другая собака. И она хотела съесть его. « Подойди сюда. Я хочу съесть тебя! Но Джинжербрэдмэн, не останавливаясь, побежал еще быстрее. Стая собак побежала за ним. «Я убежал от старухи. Вы не поймаете меня. Никто не сможет съесть меня» Как сумасшедший побежал. Вдруг на его пути показалась река. Джинжербрэдмэн не умел плавать. Сзади его догоняла стая собак, а впереди темнела река. Он не знал что делать. Переминался с ноги на ногу. И тут из реки всплыли два красных глазища.

Иде. Крокодил! Это крокодил! Мне тут очень хорошо.

Отец. Крокодил говорит ласково: «Я не хочу съесть тебя. Я хочу дружить с тобой. Вон я вижу, как бежит стая собак. Я помогу тебе. Садись на мою спину. Нет, ты слишком мал, чтобы сесть на спину. Садись на мой нос. Я переправлю тебя на другой берег». Джинжербрэдмэн сел на нос крокодила. И легко переплыл реку. На берегу лаяли собаки, но Джинжербрэдмэн был уже в безопасности. От радости он смеялся. Но вот когда до берега осталось чуть-чуть (здесь самое страшное) внезапно крокодил резко двинул в сторону голову и подбросил его наверх. Ему это очень понравилось и стал просить крокодила повторить такой трюк. Крокодил снова подбросил его далеко вверх. А он поднимался все выше и выше. Вид сверху вниз был прекрасен. Далеко было видно голубое небо. Оно окрашивалось разным цветом: то красным, то желтым. Солнце уходило в закат и прекраснее этого не было на свете (не хочет больше слушать). Когда он спускался с небес, крокодил открыл свою пасть, где были видны страшные зубы. Джинжербрэдмэн попал в пасть крокодила. «Ой, спасите меня. Кто-нибудь помогите мне! Но крокодил проглотил его». Ой, мои ноги, ноги. Мои руки, руки! Крокодил добрался и до головы. Стало тихо...Это был финал истории Джинжербрэдмэна.

Иде.   Не люблю Джинжербрэдмэна!

Отец.   (держит ногу Иде) Почему не любишь?

Иде.   Жил бы с бабушкой, все было бы хорошо.

Отец.   И бабушка тоже съела бы его.

Иде.   Папа и ты бы съел меня?

Отец.   Папа вырастит тебя здоровой.

Иде отбрасывает руки отца. Заткнула уши и кричит.

Иде.   Ой, мои ноги, ноги! А! мои руки, руки!

Отец.   Ну, хватит, Иде!

Иде.   Беги, беги! Никто не поймает меня. Я Джинжербрэдмэн. Беги! Беги! Никто не поймает меня! Я Джинжербрэдмэн!

Отец.   Послушай Иде. Хватит. Не бегай! ... Иде!

Иде.   Ой, мои ноги! Ноги! А! Мои руки! Руки! А! Мои ноги! Мои руки! Кто-нибудь помогите! Спасите меня! Пожалуйста!

Отец.   Ну, хватит! Хватит! Сказал: хватит!

Иде.   Спасите меня! Пожалуйста! Ой, мои ноги! Ноги! А! Мои руки! Руки!

Отец.   Иде!

Иде падает. Мужчина подходит к ней. Наконец он поймал ее. Она закрыла глаза и успокоилась.

Отец.   Надо заниматься физкультурой, чтобы быть здоровой. (взяв за ноги раздвигает, смыкает). Нельзя долго сидеть в комнате. Вот ты сидишь взаперти дома и поэтому кашляешь.

Иде.   Болят кончики пальцев. Ноют они.

Отец.   Но пока нельзя выходить на улицу. Тело твое слишком слабое. Вместе займемся физкультурой.

Выздоровеешь, вот тогда выйдем на улицу. Надо заниматься физкультурой. Тогда окрепнут и ноги и руки. Станут они крепкими (он крепко держит ноги, раздвигая и смыкая их. Иде от боли стала кричать). Надо учиться ездить на велосипеде (приволок велосипед и посадил Иде на него). Садись в седло. Садись ровно, нажимай на педали. Не важен процесс езды на нем, а важен момент падения. (Иде боится, но давит на педали. Она падает и громко кричит). Когда падаешь с велосипеда, важно не пораниться и для этого надо, чтобы твоя спина мягко прикоснулась к земле (опять садится, давит на педали). Снова, снова и еще раз …

Мужчина покрикивает. За ним на экране мелькают различные картины. Ровно в ряд стоят этажерки, шкафы для одежды, приспособление для обуви, сцены насилия над детьми. Мужчина в полицейской форме получает орден, многократно изображены сцены насилия. Много пар глаз смотрят эти сцены Под влиянием общественного мнения обеспокоен полицейский мужчина. Смех и плач, разные выражения чувств смешиваются на экране.

Отец. Иде, Иде. Папа виноват. Действительно мне неудобно перед тобой.

Иде. (Она на велосипеде и кричит в пространство) Нет! Папа не умирай! Папа! Нельзя!

Мужчина готовится к самоубийству. Встал на стул, на шее веревка. Стул падает. Крик Иде. Мужчина с веревкой на шее. Снова звуки приближающегося велосипеда. Появляется И Сен Дин на велосипеде.

И Сен Дин. Надо смотреть вперед. Вперед!

Иде. Из последних сил поедем!

И Сен Дин. Да, да! Поедем!

Иде. Вон там видна наша смерть. Она ждет нас.

И Сен Дин. Видна. Наша смерть видна.

Иде. Из последних сил... Помчимся навстречу смерти!

Пот течет градом с них. Оба нажимают изо всех сил на педали. Но вдруг Иде нажимает на тормоза. И Сен Дин продолжает мчаться и вылетает в пропасть. Иде спокойна. Сидя на велосипеде, повернув голову, смотрит в сторону темной пропасти. Спокойно слезла с велосипеда, вынимает смартфон и нажимает на клавиши. Но настроение ее мгновенно меняется. Чуть

Иде. (по телефону) Господин следователь! Чудище, то чудище догнало меня. Страшно было очень (гл отая слюну). Но дорожка эта мне знакома. Там в конце поворота находится sink hol. Да, там. Там идет ремонт и поставили знак предупреждения. Но по-видимому дети играли и знак упал, а может машина сбила его. Я это видела еще днем. Поэтому я ехала быстро изо всех сил, надавливая на педали. Чудище догоняло меня, чтобы убить меня Да. Я мчалась, но на повороте внезапно затормозила (будто плача). То чудище, которое угрожало мне не успело затормозить и полетело вниз в пропасть .... Да, там. Приезжайте скорее. Мне страшно (прервав разговор вернулась в спокойное с остояние. И смотрит вниз)... Ничего? Поранился?

И Сен Дин. (Весь в крови) Извини. Из-за меня и ты попала под подозрение.

Иде. Поэтому я настаивала исключить семью в этом деле.

И Сен Дин. Не мог оставаться равнодушным, видя как развиваются события. Как я могу смотреть спокойно, когда двоюродный брат заставляет плакать ребенка?

Иде. И Сен Дин.

И Сен Дин. Пройдем этот этап, дальше дела пойдут лучше. Ведь до сих пор дела шли хорошо!

Иде. Увидев результат анализа, я испугалась. То что заставляли заниматься физкультурой, содержание в чистоте – все это и мне показалось как насилие.

И Сен Дин. Это же тренировка. Тренировка, которая терпит насилие. Мы хорошо можем отличить насилие от воспитания.

Иде .Мы - насос. Воду откачиваем куда надо.

И Сен Дин. Иде! Эй, Иде. Спаси меня. Пожалуйста.

Иде. Надо отречься от нашего поколения. Ты сам говорил об этом.

И Сен Дин. Нет. Это ты сказала. Я только слушал.

Иде. Очень важная деталь.

И Сен Дин. Спаси меня. Пожалуйста.

Иде. Речь о том, что надо убрать всякое насилие от нашего общества. (подходит к синхоллу. Подняла больш ой камень над своей головой)

И Сен Дин. Пожалуйста спаси меня.

Иде. Слова о том, что надо убрать любую боль среди нашего поколения. Я запомнила эти слова и закрыла эту тему замком. Поэтому ключ от этого

замка ты сохрани вечно.

И Сен Дин.   Ну, пожалуйста, спаси меня. Спаси!

Иде бросает камень на голову И Сен Дина. Последние
вздохи умирающего И Сен Дина. Иде некоторое время
стоит над пропастью. Появляется экран.

Дело об убийстве И Сен Пир.

Подозреваемая Иде

Примечание. Подозреваемая стала жертвой.

Результат расследования. Не виновна. Отец И Дин Дю
- И Сен Пир и находящийся в родственных отношениях
И Сен Дин совершил преступление. После убийства
И Сен Пир предполагается ,что подкупили И Дин Дю.
Но смерть И Сен Дина наступила в результате аварии.
Заявление не поступило. Расследование убийства
И Сен Пир прекращено. Дело о пропаже И Дин Дю:
расследование продолжается.

После распечатания текста»» «в настоящее время
продолжается»,слова «настоящее и продолжается»
убраны. Остается лишь слово «расследование».
Следователь разговаривает по телефону .

Следователь. Случай - он бывает таким.! Если проигрыши

так будет продолжаться ничего хорошего... Не

болтай много,быстренько переводи на сайт.

Из-за колебания цен на полупроводники...

Это не имеет значения. Ты пообещал хорошо

учиться и я уговорил твою мать купить ее.

Но ты не выполнил свое обещание. Все время

торчал в игральных комнатах. Обещал, но не

выполнил и растратил только отцовские деньги

40. Надо спасти хотя бы 20. Не хочу слушать.

Быстренько продай.До сих пор ты не учился и...

Хватит! Приду домой, посмотрю что с игральным

аппаратом, а там как знаешь. Если надумаешь

перевести деньги можешь называть мой

банковский счет . Алло, Эй! Сын! (прервал разговор)

Негодяй, прервал разговор. В кого он такой?

Позади него появляется Иде.

Иде.　　　　Наверное, купили сыну игральную машину?

Следователь. Как купили? Попал он в руки мошенников.

Иде.　　　　Но все равно для вашего сына отец лучше всех.

Следователь. Какое там лучше всех. Плакал, но услышав

мой крик, прекращал плач (зазвучал трель телеф

она). Минуточку. Что там? Я занят... Ну зачем ты берешь домашних животных? Наверное, случайно уронил. Не преднамеренно же убил. Это твой сыночек. Ты вечно гундишь, что не веришь ему и вот тебе расплата за это.

Иде. (про себя) Слово отец бывает самым страшным.

Следователь. Я не могу поверить вашим доводам, нужны доказательства. Всё. Заканчиваю (прервал разговор). Извините.

Иде. Сын что-то сделал с животными?

Следователь. Обычная история. То им нравятся, то надоедают.

Иде. Наверное, их было больше одного или двух.

Следователь. (смотрит на нее пристально) Но убил не преднамеренно.

Иде. Строгий папа, неверующая мама и без конца умирающие животные.

Следователь. Не направляйте (пальцами стучит по голове) разговор в ненужную сторону.

Иде. Тут нечему удивляться. Во многих семьях часто происходят подобные случаи.

Следователь. (меняет тему разговора) В общем, госпожа Иде...вам досталось.

Иде. Ну и вам, господин старший следователь пришлось потрудиться.

Следователь. Расследование...Объект расследования всегда находится в проигрышном положении. А по-другому никак.

Иде. Это всё из-за нюансов.

Следователь. Да, нюансы эта штучка...Дело об убийстве закрыто. Вам уже полегчало?

Иде. А доказательства нашли?

Следователь. Ну, доказательства... И Сен Пир, И Сен Дин. Эти двоюродные братья вечно ругались между собой. Даже был случай поножовщины. Вот что было расследовано.

Иде. Имя того чудища.

Следователь. И Сен Дин. Вначале мы сомневались в отношениях И Сен Дина и вас. Можно было поглубже покопаться в них, но не стали.

Иде. А почему?

Следователь. По случаю смерти обвиняемого. И естественно следствие было прекращено.

Иде. Вот как. А Дин Дю?

Следователь. Дело о пропаже юноши И Дин Дю отнесли к категории долгосрочного расследования.

Иде. Найдите его пожалуйста.

Следователь. Обязательно найдем.

Иде. Есть случаи, когда находили после истечения

срока голдэнтайм?

Следователь. Если у вас есть особое мнение по поводу пропажи Дин Дю, то обращайтесь отдельно по положению.

Иде. ...Строгий отец, умерший дядя, дочь, которую никто не ищет.

Следователь. Вы очень устали. Вам надо отдохнуть.

Иде. ....Как вода...которая течет сверху вниз. То, что ко мне приплыло от отца. Знаете что это?

Следователь. Любовь по течению... Речь, кажется не об этом.

Иде. И любовь она такая же. Все идет по течению вниз.

Следователь. (усмехаясь) Говорите о насилии.

Иде. От отца, от матери - все то, что приходит ко мне... это просто естественный процесс.

Следователь. Но нынешний мир он совсем не такой. Насосом выкачивают вверх, фонтаном устремляется вверх.

Иде. Вы знаете об этом, а поступаете до сих пор...

Следователь. Что я до сих пор не так делаю?

Иде. Не отбирайте игральную машину. Сын ваш, и домашние животные пусть они живут долго-долго.

Следователь. ....Строгий, страшный отец, не верующая мать.

Они во всем виноваты.

Иде. Найдите нашего Дин Дю. Обязательно.

Следователь (странное выражение лица) Госпожа Иде и я... Не желательно бы нам встречаться вновь.

Следователь поклонившись, уходит.

Иде. Суживающееся расследование. Это для того, чтобы обратить внимание на другую сторону. Как вы сказали, насосом воду можно закачать наверх, заставлять течь в обратную сторону. Это страна так управляет по плану.Даже ваше равнодушие... Мы все продукты естественного процесса. А природа жестока. На то и природа. Поэтому любовь и насилие находятся в подвешенном состоянии.... Сен Дин тоже умер среди природы. Естественно (делает строгое лицо. Вы ходит в зрительный зал. Улыбается⋯) Дорогой Дин Дю. Теперь выходи....Наш Дин Дю освободился от отца. И я оборвала нить в деле с дядей Дин Дю. Наш план полностью осуществился.

Бежит Дин Дю бросается в обнимку с Иде. Затемнение. Занавес.

• **Ви Ги Фун** (1969г.рож.)

С 2001года выступил с дебютом в разных изданиях.

2020г. Получил премию « Лучший драматург».

Сборник произведений: « Черные резиновые сапоги», « Дурень Син Дон Себ», « Класс в закрытом помещении», « Подготовка души»(Издательство « Человек и спектакль».

Сборник пьес на исторические темы « Новогодний бунт». (Издательство « История простых людей».

« Жинжербред мэн».-Продолжающиеся противоречия в любви и насилии в семье и быту. Возникает справедливая мысль покончить с этим в моем поколении. И никто не сделает этого кроме меня в этом безудержном, дихотомическом социальном обществе. Об этом говорится в пьесе.

.

사랑하기 좋은 날

김도경

Dokyung Kim (1981년 출생, khjloo@naver.com)

2014년 조선일보 신춘문예로 데뷔. 〈사랑하기 좋은 날〉, 〈인오동 17번지〉, 〈유튜버(U-Tuber)〉 등 여러 작품을 발표했다. 사회문제, 청년, 소시민의 일상 등에 관심이 많고, 다양한 형태의 작품을 창작하려 노력하고 있다.

〈사랑하기 좋은 날〉은 2014년에 발표한 작품으로 데뷔작이다. 경제적 문제로 아직 결혼을 하지 못하고 원룸에서 동거를 하고 있는 한 커플의 이야기로, 한바탕의 소동을 다룬다.

등장인물

동욱
명은
아버지 : 명은의 부
어머니 : 명은의 모

때

현재.

무대

동욱과 명은이 동거하는 원룸이다. 원래 명은의 집이다.
좌측으로 주방과 현관이 있고, 다른 쪽에 욕실 문과 베란다로 나가
는 문이 있다. 방의 한쪽에는 슈퍼 싱글 크기의 침대가 있다. 분홍
색의 화사한 담요가 덮여 있다. 창과 침대 사이의 작은 목재 테이
블 위에 구형 브라운관 텔레비전이 놓여 있다. 방의 다른 쪽에는
옷장과 옷걸이용 행거가 있다. 동욱과 명은의 옷이 함께 걸려 있지
만, 대부분 명은의 옷이다. 그밖에 화장대 등이 있어 여자의 방임
을 보여준다.

바닥에 명은의 옷가지가 널려 있다.

저녁, 실내가 어둡다. 잠시 후, 현관문이 열리는 소리가 들리고, 불이 켜진다.

외출복 차림의 명은이 문을 꽝하고 닫으며 먼저 들어온다. 기분이 좋지 않다. 뒤이어 동욱이 쫓아 들어온다.

동욱　대체 왜 그래? 말을 해야 알지. 밥 잘 먹고 와서 무슨 난리냐.

명은　넌 밥이 입으로 들어가니?

동욱　왜 그러는 거야? 음식이 별로였어? 맛있기만 하던데.

명은　배고파. (냉장고에서 음식을 꺼내 먹기 시작한다)

동욱　아까 그렇게 먹고 또 배고파? 대체 하루에 몇 끼를 먹냐.

명은　뱃속에 거지라도 들었나보지! 내가 몇 끼를 먹건 무슨 상관이야?

동욱　(명은에게 찰싹 달라붙어 달래려) 왜 그래? 응?

명은　저리 가, 귀찮게 왜 이래.

동욱　(어색한 애교를 부린다) 야아, 왜 그래? 좀 풀자.

명은　부러워서 그런다, 부러워서. 내가 걔보다 뭐가 못났다고. 공부도 못했고, 촌스럽고, 성격도 제일 안 좋은 애였어. 인기라곤 하나도 없는 애였던 말야. 적어도 걔보단 먼저 갈 줄 알았는데.

동욱　능력 되면 먼저 갈 수도 있는 거지. 뭐 그걸 가지고 그러냐.

명은　걔가 마지막이었던 말야. 이제 나만 남았어. 게다가 돈까지 갖춘 남자라니. 도대체 어디에 남자 복이 붙은 거야?

동욱   그래도 외모는 내가 훨씬 낫지 않아?

명은   아빠 정년퇴직하신대.

동욱   ….

명은   자기야, 우리 이러지 말고 내일이라도 인사드리러 가자.

동욱   나중에, 나중에 가자. 아직은 안 돼.

명은   대체 언제?

동욱   내 사정 알잖아. 직장이라도 잡혀야 인사를 드리든지 말든 지 하지.

명은   얘기 잘 되고 있다며?

동욱   물어보니까, 사실 그것도 잘 몰라.

명은   그러니까 멀쩡한 직장을 왜 그만 두냐? 좀 참아보지.

동욱   거기도 답이 없긴 마찬가지였어.

동욱, 명은을 보다가,

동욱   (안고서) 미안해, 정말.

명은의 핸드폰 벨소리가 울린다.

명은   (꺼내 보고) 헛! 엄마야. (받고) 응, 엄마. 무슨 일이야? 집이지, 왜? 남자친구? 갑자기 왜? 아직… (동욱의 눈치를 보다가) 없 지. 선?

명은, 곤란해 한다.

동욱, 명은의 눈치를 보다가 베란다로 나간다.

명은 됐어, 무슨 선이야. 왜 전화했어? 용건이 뭐야. (잘 들리지 않는다) 어디 가는 중이야? 여보세요? 잘 안 들려. 엄마? 여보세요? 여보세요?

전화 끊어진다.

명은 (베란다를 향해) 뭐해? 통화 끝났어. 들어와.

잠시 후, 동욱이 나온다.

동욱 어머님 뭐라고 하셔?
명은 그냥, 뻔한 얘기지, 뭐.
동욱 결혼 재촉하셔?
명은 축의금 아깝다고. 지난주에도 축의금만 20만 원을 넘게 내셨대. 퇴직 앞두고 있으니까 걱정이신가 봐. 그거 다 도로 걷어야 하는데 하고.

명은, 침울해진다.

명은 마지막에 뭐라고 했는데, 잘 들리지도 않고. 어디 가시나?
동욱 어디 옆집에 마실 가시나보지.
명은 드라마 할 시간엔 마실 잘 안다니시는데….

동욱   전화해보던지. (옷을 벗으며) 안 씻어? 난 좀 씻어야겠다.

동욱, 홀딱 벗고 속옷차림이 된다.

명은   배 나온 것 봐. 운동 좀 하세요, 아저씨. 똥배가 이게 뭐야?
동욱   언젠 푹신해서 좋다더니? 같이 안 씻을래?
명은   먼저 씻고 있어. 곧 들어갈게.

동욱, 욕실로 들어간다. 뒤이어 샤워기 물소리가 들린다.
명은, 외투를 벗으려다가, 혹시나 싶어 전화를 건다.

명은   여보세요, 왜 전화했어? 어디라고? (놀라서) 왜 연락도 없이
오고 그래!

명은, 전화를 끊고 급히 욕실 문부터 두들긴다.

명은   큰일 났어! 큰일 났어!
동욱   (욕실 문을 빠끔히 열고 머리만 내민다) 왜 그래? 무슨 일이야?
명은   엄마 아빠 오셨어! 요 앞이래!
동욱   뭐? 에이, 장난하는 거지?
명은   지금 장난하는 것 같아?
동욱   정말이야? 왜 갑자기?

동욱, 깜짝 놀라 대충 머리의 비누거품만 헹궈 내고 뛰어 나온

다. 어떻게 해야 할지, 허둥지둥 정신이 없다.

명은, 정신없이 동욱의 옷가지를 숨기고 있다.

'딩동' 초인종 소리가 들린다.

명은   뭐하고 있어? 빨리 숨어!

'딩동'

어머니   (소리) 명은아! 엄마 아빠 왔어. 명은아?

명은   (소리침) 잠깐만! (동욱에게) 얼른 안 숨고 뭐해!

동욱   (둘러보지만) 대체 어디로?

명은   창문!

동욱   미쳤어? 여긴 4층이라고!

어머니   (소리) 명은아!

명은   그럼, 베란다!

동욱   베란다 보시기라도 하면 어쩌려고? 설마 영화에서처럼 매
        달려 있기라도 하라고? 그러다 떨어지기라도 하면.

명은   그럼… (찾다가) 텔레비전이라도 뜯던지!

동욱   뭐라고?

명은   텔레비전 수리 기사로 변신! 얼른!

어머니   (소리) 명은아!

동욱   지금 무슨 소리 하는 거야. 내가 어떻게 텔레비전을 고쳐?

명은   빨리!

동욱, 물기도 제대로 닦지 못하고 외투(코트 류)부터 걸친 후, 바지를 대충 쑤셔 입는다. 정신없이 서랍을 뒤져 드라이버를 찾는다. 플러그를 뽑고, 텔레비전을 내려 일단 뜯기 시작한다. 볼트 구멍을 찾는 것만으로도 한참 걸린다.

어머니   (소리) 명은아!

명은   가요 가! 하여간 아줌마 성격도 급해.

명은, 나가서 문을 열고, 어머니 아버지와 함께 들어온다.

어머니   (들어오며) 가시나가 싸게 싸게 안 열고. 하루 종일 세워둘 셈이여?

명은   연락도 없이 갑자기 쳐들어오면 어떡해?

어머니   딸내미 집도 맘대로 못 와?

아버지   누구냐 저 사람은?

명은   텔레비전이 고장 나서 수리 기사 불렀어.

어머니   아니 야가 미쳤어. 오밤중에 여자 혼자 사는 집에 모르는 남자를 들여?

명은   낮엔 회사 가야지. 겨우 텔레비전 수리하려고 월차를 내? 낮에 오겠다는 거 내가 사정사정해서 온 거란 말이야.

어머니   그래도 그렇지!

명은   얼른 앉기나 해. 서 있지 말고.

명은, 부모들의 외투와 짐을 받아 한쪽에 정리한다.

동욱, 텔레비전을 분해하는 것만으로도 벅차다. 일단 분리는 하는데 뭐가 뭔지 하나도 모르겠다. 그 동작이 몹시 과장되고 서툴러 보인다. 명은과 부모의 대화 내내, 슬쩍 슬쩍 그들을 보고 귀를 기울이며, 반응하는 모습을 보인다.

어머니   너는 답답하지도 않어? 집안에서 우와기를 입고 있어. 시방 막 들어온 거여?

명은   아니, 추워서.

아버지   (코를 킁킁거리며) 샴푸냄새가 나는디… 총각이 머리 감은 겨?

동욱   예? 아뇨. 땀이에요, 땀.

어머니   야는 춥다고 돌돌 싸매고 총각은 덥다고 땀을 뻘뻘 흘리고… 우와기 벗어요, 총각.

동욱   예. (벗으려다 안에 아무것도 입지 않은 걸 알고 도로 입으며) 아닙니다. 금방 끝나요.

명은   아빠, 엄마한테 들었어. 정년퇴직 한다면서.

아버지   그렇게 됐구나.

어머니   세상에 속도 없어. 이게 남 일이여? 퇴직하면 대체 뭐 하고 먹고 살 거여. 걱정도 안 돼?

명은   쉬셔도 좋을 것 같은데, 이제 몸 생각도 해야지. 언제까지 청춘도 아니고.

어머니   공과금에 생활비에 들어가야 할 돈이 어디 한두 푼이여? 네 동생 학비는 어쩌고. 써글놈이 얼른 취직할 생각은 않고 무슨 대학원을 가겠다고 난리여. 그것도 무슨 문창과? 돈

한 푼 못 벌어오는 놈이 처먹기는 또 엄청 처먹어요. 우리가 시골이라고 농사를 짓는 것도 아니고, 매달 처먹는 식비는 어쩌. 생각만 해도 막막혀. 내가 벌 수도 없는 거고. (사이) 명은아, 그래서 말인디, 너 모아둔 돈 있지?

명은 도온? 내가 돈이 어딨어?

아버지 (헛기침) 이 사람이, 오자마자.

어머니 당신은 가만히 있어봐. 좋은 상가 자리가 났어. 정말 명당이여, 주변 지리도 좋고, 상권도 좋고, 네 아부지 퇴직하고 같이 하면 딱 좋겠더라. 주변 사람들도 다 명당이랴. 아휴, 근디 돈이 조금 부족혀.

명은 아빠 퇴직금은 어쩌고!

어머니 네 동생 생각도 해야지. 철딱서니 없이 돈 한 푼 못 버는 놈인디, 어디 지 힘으로 장가나 가겄어? 그래도 하나뿐인 아들내미인디 어쩌겠어, 장가는 보내줘야 할 거 아녀.

명은 나는! 나도 시집가야 할 거 아냐. 서울에 아파트 전세 값이 얼만지나 알아? 보태주지는 못할망정 뺏어가지나 말아야지.

어머니 그 걱정을 왜 네가 혀? 능력 좋은 남자 만날 생각을 않고. 네가 외모가 딸려, 능력이 딸려, 학벌이 딸려. 안 그래도 이 얘기도 할 겸해서 올라온 겨.

어머니, 가방에서 사진첩을 꺼낸다.

어머니 자, 너가 선볼 남자들이여. 올해 가기 전에, 여기 사람들 다 만나봐. 몇 달 안 남았네.

동욱, 슬쩍 사진첩을 어깨 너머로 들여다본다. 걱정스럽다.
명은, 사진첩을 대충 뒤적거리고는,

명은   뭐야, 다 아저씨들이잖아. 심지어 머리도 벗겨졌어! 대체
       이런 건 어디서 받아오는 거야? 능력도 참 좋아.

동욱, 일단은 안심한다.

어머니 외모가 중요혀? 외모 아무 필요 없어. 내가 외모 하나 보고
       네 아부지랑 살았다가 평생을 고생하고 있어. 외모만 잘났
       으면 뭐혀, 영 실속이 없는디. 다들 학벌도 좋고, 직업도 제
       대로고 돈도 많다더라. 잘 찾아봐, 네 맘에 쏙 드는 사람이
       꼭 있을 거여.
아버지 이 사람이 남부끄럽게.
어머니 당신은 좀 조용히 좀 혀. 뭘 잘했다고.
명은   엄마, 나 선 보기 싫어. 내 나이가 몇인데 벌써 선을 봐. (동
       욱을 신경 쓰며) 나 그렇게 조건 맞춰서 떠밀리듯 하는 결혼
       싫어.
어머니 네 나이가 서른이여. 여태 남자 하나 못 잡고 뭐했냐. 허송
       세월 보내지 말고 인제 시집 갈 생각이나 혀.
명은   나도 가고 싶거든! 엄마까지 그럴래?
어머니 야가 싫으면 그만이지 뭘 그리 성을 내!

아버지 혹시 만나는 남자 있는 거 아녀?

명은 남자는 무슨, 없어.

어머니 그러니까 선이라도 보란 말이여.

명은 아 됐어, 됐어, 싫어, 그만해! 성질내니까 더 배고프잖아. 아빠, 시장하지 않아요? 저녁은 드셨어요?

아버지 먹었어. 휴게소에서.

명은 집에 먹을 건 없고, 나가서 뭐 먹고 오자. 요 앞에 국밥집도 있고 고기집도 있고, 음식점 많아. 텔레비전에 나온 맛집도 있어.

어머니 뭔 또 밖을 나가, 여기서 먹지. 여까지 고속버스에 지하철에 몇 시간을 시달렸는지 알어? 힘들어 죽겄어. 텔레비전 고치는 건 또 어쩌고?

명은 수리야 뭐 다음에 오시라고 하면 되는 거지.

어머니 그냥 여기서 먹자. 힘들게 어딜 나가. 가뜩이나 무릎도 안 좋은디.

명은 나가자. 음식하고 어쩌고 하려면 귀찮아. 장도 봐야 하고.

어머니 시켜먹으면 되지, 나가는 게 더 귀찮것다.

명은 알았어요. 그럼 대충 드시던지. 술이 있으려나 모르겠네.

명은, 주방으로 나간다. 전화를 걸어 음식을 주문한다.

어머니 근디 아직 저녁도 안 먹은 겨? 지금이 몇 신디.

명은 (밖에서) 먹긴 했는데 또 배고파.

동욱, 분해된 텔레비전을 들여다보며 끙끙 거리고 있다.

어머니   참, 연속극 할 시간이 된 것 같은디… 언제 끝나요, 총각?

동욱   거의 돼갑니다. 금방 끝나요.

아버지   여기까지 와서도 연속극 타령이여?

어머니   오늘 꼭 봐야 되는디. 예고편 보니까 서영이가 드디어 아부
          지를 만나더라고.

명은, 소주와 밑반찬 두어 가지를 플라스틱 용기 채 들고 나온다.

명은   음식 주문했으니까 일단 대충 잡수고 계세요.

아버지   (소주잔에 술을 따르며) 국물 같은 건 없냐?

명은   (음식을 먹으며) 탕도 시켰어.

어머니   네 아부지는 고기반찬에 고깃국 아니면 안 먹어. 입이 고급
          이라.

명은   미안. 고기가 없어. 온다고 미리 연락이나 해주던지. 그럼
          장이라도 봐놨지. 나가서 먹자니까.

어머니   총각은 저녁 했어요? 고생허는디 옆에서 음식 냄새 피워도
          될라 모르겠네.

동욱   괜찮습니다. 식사하고 왔습니다.

명은, 동욱에게로 가서, 부모들 몰래 발로 툭하고 건든다.

명은   언제까지 하실 거예요? 얼른 하고 가셔야죠.

동욱   음, 브라운관 텔레비전은 함부로 열면 안 됩니다. 굉장히
        조심해야 해요. 잘못하면 터질 수도 있고, 감전될 수도 있
        고요. 더구나 원체 구형이라, 수리가 쉽지 않겠어요.

명은   그래서요?

동욱   그러니까… 이 텔레비전이 너무 구형이라, 제가 잘 알지 못
        하는 모델입니다. 그래서 당장 조립이 힘들 수도….

명은   뭐라고요?

동욱   너무 구형이라, 어쩌면 이참에 최신 텔레비전으로 바꾸셔
        야 할지도….

명은   멀쩡하던 텔레비전을 왜요?

아버지 자꾸 재촉하면 더 안 돼야. 그러지 말고 가서 차 한 잔 내
        와라.

동욱   아닙니다. 괜찮습니다.

명은   빨리 끝내 주세요. 울 엄마 연속극 보셔야 해요.

동욱, 분해된 텔레비전을 들여다보지만, 답이 없다.

어머니 그래도 내 맘 알아주는 건 딸내미밖에 없어.

아버지 그놈의 연속극 타령은? 하루쯤 좀 빼먹으면 뭐 어때서.

어머니 이 나이에 연속극 보는 낙이라도 있어야지. 내가 남들처럼
        백화점 가서 흥청망청 쇼핑을 혀, 여행을 다녀? 남편이라
        고 하나 있는 거 유머도 없고 재미도 없고. 연속극 보는 낙
        이라도 없으면 어떻게 살어. 안 그려, 명은아?

명은   맞아, 드라마 없으면 어떻게 사나 몰라. 보고 있음 시간가

는 줄 모르잖아?

아버지 여자들이 말이여, 연속극, 연속극. 연속극 좀 안 보면 뭐 어때서. 안 그런가, 총각?

동욱 예? 저요? 아… 뭐… 그렇죠. 당장 드라마 조금 못 본다고 죽는 것도 아니고.

어머니 총각, 무슨 말이 그래요? 듣고 보니 이상허네.

동욱 (당황해서) 아, 그런 말이 아니고요, 저도 연속극 정말 좋아합니다!

아버지 뭐여? 언젠 연속극 안 본다더니?

동욱 아, 그게, 그러니까… 좋아하긴 하는데, 꼭 챙겨보진 않는다, 그런 말이었습니다.

아버지 총각은 나이가 어떻게 되는 가?

동욱 서른둘입니다.

아버지 결혼은 했고?

동욱 아니요. 갑자기 왜… 그걸 물으시고.

아버지 명은이랑 비슷한 연배인디, 총각이 보기엔 어떤가? 우리 명은이 쓸 만해 보이지 않어?

동욱 예. 왜 그런 말씀을 제게….

아버지 우리 명은이가 말이여, 참 귀하게 키운 딸이여. 어릴 땐 피아노고 그림이고 못 하는 게 없었어. 학교 다닐 땐 공부를 얼마나 잘했는지, 대학도 일류 명문대에, 4년 내내 장학금 받고 다니고. 졸업하곤 일류 대기업에 떡 허니 입사하고 말여.

어머니 또 시작했어. 아무나 붙잡고 그렇게 딸 자랑이 하고 싶어?

시도 때도 없지.

아버지 그런 앤디, 아직까지 시집도 못 가고… 참, 명은아. 네 사촌 은진이 말이여, 곧 시집간다더라. 사윗감이 인사 왔대서 가 봤는디, 참 든든하게 생겼대. 직업도 의사여. 네 삼촌, 의사 사위 둔다고 입이 귀에 걸려 가지고선, 어찌나 꼴 뵈기 싫 던지.

어머니 인물도 참 잘났드라. 그런 복은 대체 어디서 타고 나는 거여.

아버지 명은아, 너는 더 잘난 놈 데려 와야 혀. 그놈 코빼기 좀 눌러 주게. 볼 때마다 자랑질을 해대는데, 아주 얄미워 죽겠다.

명은 부럽네, 벌써 시집가고.

어머니 너도 얼른 가야지. 조금이라도 비쌀 때 가. 좀 지나면 아무 도 거들떠 안 봐. 폐물 되는 거여.

아버지 사실 좀 그려. 나도 나이 더 먹기 전에 사위 술도 좀 받아보 고 싶고. 다들 사위네 손주네 자랑해대고. 알잖혀? 네 동생 은 네 엄마 닮아서 술 못 하는 거.

명은 아빠, 고작 술친구 필요해서 결혼하라는 거야?

아버지 아니란 거 알잖여? 더 늦기 전에 손주도 보고 싶고. 퇴직 앞두니까 생각이 복잡혀.

명은 뭐야, 무슨 말이 그래. 미안해지게….

동욱, 괴롭다. 나갈 방법을 궁리한다. 전선 다발을 손에 쥐고 결 심을 한다.

동욱   (감전된 척, 비명 지르며 발작한다) 아아악!

아버지   뭐여? 무슨 일이여!

동욱   (겨우 진정하는 척하며) 순간 전기가. (숨을 돌리곤) 깜짝 놀라라.

명은   (놀라서) 괜찮아요? 다치지 않았어요? 어디 좀 봐요.

동욱   괜찮습니다. 순간적으로 온 거라, 괜찮아요.

아버지   감전된 거여?

명은   병원 가서 진찰받아봐야 하는 거 아니에요? 혹시라도….

동욱   그 정도는 아니고요. 괜찮아요. 아, 근데 오늘 일진이 썩 좋진 않네요. 왜 이러지. 이런 경우는 처음인데….

어머니   괜찮아요, 총각? 조심하시지.

명은, 텔레비전 주변을 보다, 뒤쪽에 뽑혀있는 플러그를 발견한다. 부모님 안 보이게 들어 동욱에게 살짝 보여주는데, 동욱, 화들짝 놀란다.
명은, '이게 뭐냐' 하는 표정이다. 플러그를 동욱에게 건네고, 동욱은 얼른 숨긴다.

동욱   (명은의 눈치를 보며) 괜찮습니다. 조금 놀래긴 했는데… 아무래도 이것 참, 오늘은 그만하고 가봐야 할 것 같기도 하고….

명은   텔레비전은요? 저렇게 활짝 열어놓고?

동욱   이게 가벼운 고장인줄 알았는데, 감전까지 되고, 생각보다 많이 심각합니다. 수리하는데 시간이 많이 걸릴 것 같아요. 근데, 시간도 그렇고, 일진도 그렇고, 그래서 수거해가서 사무실에서 수리하는 게 나을 것 같습니다. 완벽하게 고쳐서 내일 가져다 드릴게요.

어머니 아니, 총각. 아깐 금방 된다더니. 연속극은요?

동욱 연속극은 다음에 재방송으로 보셔야 할 것 같습니다.

어머니 안 돼요, 총각. 지금 그거 하나 기다리고 있는디.

동욱 감전까지 되고, 아무래도 오늘은 그만하고 가야겠습니다.

명은 정 그러시다면, 부탁드릴게요.

동욱 죄송하게 됐습니다. 사무실에서 완벽하게 새것처럼 고쳐드리겠습니다. 수리비는 걱정하지 마세요. 제 사비로라도 처리할 테니까.

어머니 명은아, 연속극은?

명은 수리가 어려울 것 같다시잖아.

어머니 안 되야, 일주일을 기다렸어. 총각, 안 돼요!

아버지 왜 이러는 거여?

어머니 총각, 그렇게 안 봤는디, 너무 허시네. 왜 그래요? 겨우 연속극 하나 보겠다는 건디, 그게 그렇게 싫어요? 아이고, 세상에, 남편보다 더 혀. 남편도 연속극 못 보게 하진 않았어. 말만 저러지.

명은 (동욱에게 단념하라고 고개를 가로젓고는) 안 되겠어요. 최대한, 좀 해주세요.

동욱 (단념하고) 예, 알겠습니다.

아버지 총각, 괜찮겠어?

동욱 괜찮습니다. 고객이 최우선이죠. 어떻게든 해보겠습니다.

어머니 연속극 못 보는 줄 알고 깜짝 놀랐잖어. 아휴, 다행이여.

동욱, 부품을 들고 이리저리 살펴보다가 대충 비슷한 구멍에 끼워 맞춰 본다.

명은, 동욱을 보다가,

명은　나, 엄마 말대로, 선이나 볼까?

동욱, 깜짝 놀란다.

명은　(사진첩을 펼쳐 보며) 괜찮아 보이는 사람이 하나 있었던 것도 같아.

어머니　정말 선 볼텨?

명은　생각중이야, 결국엔 그래야 하나.

어머니　선 봐, 선. 얼른 시집가야지.

동욱　저기, 따님은 조건 맞춰 하는 결혼 별로 안 좋게 생각하시는 거 같던데….

명은　아저씨는 텔레비전이나 고치세요. 남일 상관 말고.

동욱　그냥 연애결혼 하셔도 좋을 것 같아요.

명은　연애결혼이요? 그럼 아저씨는 결혼할 거예요?

동욱　(자신 없다) 아… 나중에… 나중에요.

명은　나중에요? 대체 뭐 하자는 거예요? 대체 어쩌라고요!

순간, 가족들의 시선이 동욱에게로 몰린다. 동욱이 당황한다.

동욱　저, 저한테 하신 말이에요? (어색하게 주변을 두리번거리다가)

아, 아무도 없구나. (어색하게 웃다가) 그러게요, 대체 뭐 하자는 걸까요. 저도 잘 모르겠네요. 내가 여기서 뭘 하고 있는 건지.

명은 대체 왜 그러고 있어요?

동욱 아, 저기, 고객님. 진정하시구요. 화나신 건 알겠는데, 지금 저한테 이러시면 안 되고요. 부모님도 계시는데.

어머니 명은아, 왜 그려?

아버지 아는 사이여?

동욱 설마요, 아버님!

명은 (동욱이 들으라며) 엄마, 내 친구 중에 동거하는 애가 있어. 같이 산 지 좀 된.

어머니 동거? 아니 그 짓을 왜 하는 거여. 네 친구도 참 그렇다. 식을 올리던지 허지, 왜 그러고 살어?

명은 결혼 하고는 싶지. 근데 남자가 사정이 안 된대. 몇 년째 기다려, 기다려 기다려달란 소리만 한다는 거야. 무슨 '기다려!' 똥개 훈련시키는 것도 아니고 말이지?

어머니 네 친구도 참 답답허겄다. 차라리 헤어지라고 혀. 그게 뭐하는 짓이여. 그 집 양가 어른들은 둘이 그러는 거 알어?

명은 아니, 모르지. 어떻게 알아. 사귀고 있는지도 모를걸?

어머니 무슨 사정인진 모르겠는디, 그러면 못써. 친구한티 그러면 못쓴다고 잘 알아듣게 타일러. 식을 올리던지, 끝을 내던지 결판을 내야지.

명은 부모님에게 어떻게 소개해야 할지도 모르겠데. 걔 엄마가 남자 보면 욕할지도 모른다고. 받아들여 달라고 설득할 자신이 없다고. 대체 무슨 수로 설득을 해. 결혼식이 뭐야, 차라리 헤어져 버리는 게 낫지. (동욱에게) 그렇죠, 아저씨? 차라리 헤어져 버리는 게 낫겠죠?

동욱 (아무 대답도 하지 못한다)

명은 저 아저씨 생각도 비슷한가봐. 대답을 안 하시는 게.

어머니 남자가 그렇게 형편없어?

명은 (동욱을 향해) 글쎄, 나야 잘 모르지.

아버지, 술을 마시다가,

아버지 명은아, 정말로 사귀는 남자 없는 거여? 도대체가 이해가 안 돼, 대체 네가 어디가 못났다고 여태 시집을 못 가. 너 혹시 어디 하자 있는 거 아녀?

명은 아빠, 무슨 말이 그래? 하자라니?

아버지 그럼 대체 뭐여. 왜 나이가 차도록 시집을 못 가.

명은 연애하고 시집갈 새가 어디 있어. 공부하고, 일하고, 얼마나 바빴는데. 내가 은진이 걔처럼 한가해서 어디 놀러 다니기만 했는지 알아?

아버지 남들은 바빠도 연애는 다 하더라.

명은 아빠까지. 두 분이서 돌아가면서 나 괴롭히려고 작정했어? 그만 좀 해요. 알아서 잘 하니까. 만나는 사람 있어.

동욱, 깜짝 놀란다.

아버지 뭐여? 정말이여?

명은 정말이야. 만나는 사람 있긴 한데… (동욱의 눈치를 보며) 곧 헤어질 거야.

아버지 어떤 사람인데 그려. 얼마나 만났어?

명은 그냥, 조금.

아버지 직업은 뭐고?

명은 왜 자꾸 꼬치꼬치 캐물어. 헤어질 사람인데.

아버지 궁금하잖여.

명은 그냥 작은 회사 다녀.

아버지 연봉은 어떻게 되고?

명은 그걸 내가 어떻게 알아. 일한 지 얼마 안 돼서 많지는 않을 거야, 아마.

어머니 있었으면 있다고 말을 했어야지, 걱정했잖여. 그려, 집안에 돈은 있는 것 같어? 좀 살어?

명은 손 벌릴 처지가 안 된다고 했어. 넉넉하진 않다고.

어머니 뭐여, 그럼, 모아둔 돈이라도 있고?

명은 없, 어.

어머니 그것도 없어?

아버지 빚은?

명은 잘 모르겠지만, 다행히 학자금 대출만 조금 있다고.

어머니 그게 다행인거여? 잘됐네, 생각 잘했어. 만나지 말어. 결혼이라도 허면 너만 고생혀. 혹시 숨겨둔 빚이라도 더 있어 봐, 젊어서 빚만 갚다 끝나.

아버지 그려, 그 말도 맞긴 허네.

어머니　능력도 없는 놈 만나서 뭐 혀?

명은　….

어머니　야가 왜 대답을 안 혀?

명은　만나든 헤어지든 내 맘이야. 엄마가 왜 만나라 마라 하는데. 어떤 사람인지 제대로 알지도 못하면서.

어머니　다 너 걱정해서 하는 말이여. 둘이 결혼은 할 수 있어? 현실적으로. 집은 있어야 할 거 아녀.

명은　아직 준비를 못 했다고 했어. 하지만 지금도 열심히 돈 모으고 있고.

어머니　돈 한 푼 없이 결혼해서 어떻게 살겠다는 거여. 우리도 도와줄 처지가 못 되는디.

명은　나 돈 있어 모아둔 거. 부족하면 대출도 있고. 요즘 다 그렇게 해.

어머니　선 봐, 선. 그러지 말고.

명은　무슨 선이야. 내가 뭐 부족하다고.

어머니　선이 뭐 어뗘서 그려. 정 방법이 없으면 선이라도 보는 거지.

명은　싫어. 됐어.

어머니　누굴 닮았는지, 고집은. 저 똥고집.

명은　가! 왜 왔어? 그런 소리 할 거면 가!

어머니　야가 부모한티 못 하는 소리가 없어?

명은　대체 왜 그래, 나 그렇잖아도 속상해. 난 결혼하고 싶은데, 그 자식은 준비도 되어 있지 않고. 대체 그 나이 먹도록 뭐 한 거야!

동욱, 멍한 표정이다.

어머니   만나려면 제대로 된 남자를 만나던지. (텔레비전 리모컨을 들고) 총각, 연속극 시작할 시간인디, 아직 멀었어요?

동욱   예? 예, 아직….

아버지   리모컨 이리 줘봐. 뉴스 봐야혀.

어머니   서영이가 드디어 아부지를 만나. 아휴, 그 집안도 참. 여자 팔자 뒤웅박팔자라고, 남잔 잘 만나야혀. 젊어서 아무리 잘 나면 뭐혀, 남자가 후지면 다 말짱 도로묵인디. 남자가 못 나니까 자식들까지 고생하잖어.

동욱   저기, 아직 수리가 덜 끝났는데.

어머니   대체 언제 끝나요? 고치다 날 새겠어요. 시방 고치고 있긴 한 거예요? 전문가 맞어?

동욱   거의 돼갑니다. 금방 끝나요.

어머니   아까도 그 소리 하더니.

동욱, 재촉에 텔레비전 뚜껑을 덥고, 급히 나사를 조인다. 미처 끼우지 못한 몇 가지 조각을 발견하고는 놀라 주머니에 쑤셔 넣는다. 진이 다 빠져, 몹시 지쳐 보인다.
명은, 동욱에게 왠지 미안하다.

명은   수리 거의 다 되신 것 같은데, 그만하시고 들어가세요. 너무 늦었어요.

어머니   총각, 다 된 거예요? 이제 연속극 볼 수 있는 거여?

동욱	아직 조금 남았습니다. 확인도 해봐야 하고. 쉽게 되는 게 아니라서.

명은	그만 들어가세요. 나머지는 내일 오셔서 해도 되고, 아니면 가져가서 하시던지.

어머니	연속극 봐야 한다는데도 왜 자꾸 그려. 조금만 더 하면 될 것 같은디. 벌써 시작했겄어.

동욱, 플러그를 꽂는다. 전원을 켜야 하는데 망설여진다.

아버지	총각, 어차피 오늘 안에 다 끝내기는 그른 것 같은디, 술이나 한잔 혀. 혼자 마시려니까 영 심심허니 안 되겄어. 거의 다 된 것 같기도 하고, 마무리야 뭐 나중에 하면 되는 거고. (잔에 술을 따르며) 어서.

동욱	괜찮습니다.

아버지	손 무안하게 허지 말고, 얼른 와서 한잔 혀.

어머니	심심하면 나랑 마셔. 왜 바쁜 사람을 오라 가라 혀.

아버지	당신이랑 뭔 재미로 마셔. (동욱에게) 어서.

어머니	(초조하다) 연속극 봐야 혀. 벌써 시작한 거 아녀.

동욱, 망설이다 결국 전원 버튼을 누른다. 반응이 없다. 켜지지 않는다.

아버지	거봐. 글렀다고 했잖어. 내일 와서 허고, 술이나 한잔 혀.

동욱	(마지못해) 예, 알겠습니다.

동욱, 마지못해 술잔을 받는데,

아버지, 동욱의 외투 옷깃 사이로 속살이 보인다. 이상함에 외투를 확 젖혀 본다.

아버지   뭐여, 이건? (혹시나 외투의 단추를 더 풀어 보며) 왜 속에 입은 게 없어? 혹시… 명은아, 어서 경찰에 신고 혀! 어서 신고 혀!

명은   (당황해서) 무, 무슨 소리야? 왜?

아버지   (동욱에게서 떨어지며) 모두 물러서! 흉기를 가지고 있을지도 몰러! 명은이 너는 얼른 신고하고! (동욱에게) 너 뭐여, 너 혹시 혼자 사는 여자들만 노린다는 살인범이여? 우리 명은이 노리고 수리 기사로 위장해서 온 거여?

동욱   예? 뭐라고요?

아버지   (물러서며) 다, 다가오지 마! (무기가 될 것을 찾지만 보이지 않는다) 거, 거기서 말혀! 얼마 전에 뉴스에서 봤어. 원룸에 혼자 사는 여자만 노리는 강간 살인 사건이 있었다고. 너지? 너여?

명은   지금 무슨 소리 하는 거야? 저 아저씨가 왜?

아버지   얼른 신고 않고 뭐혀!

명은   아빠, 아니야. 아니라고. 오버 좀 하지 마.

아버지   속에 입은 게 없이 외투만 걸치고 있는디, 안 수상혀? (동욱에게) 너, 너 정체가 뭐여!

동욱   아버님, 그게 아니고요. 오해세요.

아버지   (급히 주머니를 뒤져 핸드폰을 꺼내, 전화를 건다) 여, 여보세요? 거, 거기 경찰서요?

명은   아빠! 좀 그만해! 남자친구야.

부모님, 깜짝 놀라 입을 다물지 못한다.
동욱, 털썩 주저앉는다.

아버지   여, 여보, 시방 명은이가 뭐라고 하는 겨?

어머니   모, 몰라. 나도 통 모르겠어.

아버지   그러니까, 저 총각이… 하아. (한숨)

어머니   명은아, 시방 뭐라고 하는 거여? 저 총각이 뭐라고?

명은   어서 인사들 나눠요. 남자친구니까.

아버지   아닐 거여, 어떻게 이런 일이 있을 수가 있어. 아니여. 아니
지, 명은아?

어머니   그러니까, 저 총각이 텔레비전 수리 기사도 아니고, 성폭행
범도 아니고, 네가 사귀는 사람이란 거여? 지금까지 쭉 여
들어앉아서 아닌 척 시치미 뚝 떼고 있었던 거고? 지금까
지 감쪽같이 속인 거네?

아버지   세상에 이, 이게 대체 무슨 일이여.

명은   어쩔 수 없었어. 죄송해요.

아버지   어쩔 수가 없긴, 뭐가 어쩔 수가 없어? 지금 뭣들 하는 거
여. 저, 저놈 당장 안 쫓아내고?

명은   아빠.

아버지, 동욱의 멱살부터 잡는다.

아버지   너 여서 뭐 허고 있었어? 내 딸 집에서 뭐 하고 있었어?

동욱   죄송합니다.

아버지   하나도 빠짐없이 다 말혀. 사실대로 다! 왜 내 딸 집에 있는 거여?

동욱   죄송합니다.

명은   아빠, 좀 진정해. 아무 일도 없었어!

아버지   혼자 사는 딸집에 이런 놈이 들어앉아 있는디, 내가 진정하게 생겼어? 뭐 하는 놈이여, 사실대로 다 말혀!

어머니   세상에, 무슨 연속극 보는 것도 아니고….

아버지   너, 너 내 딸한티 뭔 짓을 한 거여? 둘이 여서 뭐 하고 있었냐고?

아버지, 동욱을 밀친다.

동욱, 힘없이 밀려 넘어진다.

동욱   (무릎 꿇고 앉아) 죄송합니다.

아버지   이게 죄송하다고 될 일이여?

명은   아빠, 오해야, 아무 일도 없었어.

아버지   아무 일도 없었는디, 옷을 벗고 있어?

명은   좀 진정하세요!

아버지   어떻게 진정을 혀? 혹시 둘이서 여기 같이 살고 있는 거여? 동건가 뭔가, 그거 하고 있어?

명은   아니야, 그냥 잠시 들른 거야. 놀러온 거라고! 좀 진정하세요. 진정해야 얘기를 하든 말든 하지.

아버지 진정 못혀! 너 이 자식, 사실대로 말혀. 잤어, 안 잤어? 얼른
            사실대로 말혀!

명은 (꽥 소리 지른다) 그만해! 그만해! 그만해!

        잠깐의 소강. 텔레비전 속에서 무언가 타는 듯 연기가 솟아오른
        다. 잠시 후, 펑 하고 텔레비전이 터진다. 전기가 나가고, 조명이
        꺼진다.
        잠시 후, 다시 조명이 밝아지면, 방에는 명은 혼자뿐이다.
        잠옷 차림의 명은이 우두커니 침대에 앉아 있다. 잠시 후, 전화
        를 건다. 목소리에 힘이 없다.

명은 어디야? 떡볶이 해먹자. 떡이랑 어묵 사와. 튀김이랑 귤도
            좀 사고… 그리고 미역도 한 다발 사와. 의사가 미역국 꼭
            끓여 먹으랜다.

        막.

Хороший день для любви

Автор Ким До Ген.

Перевод на русский язык Цой Ен Гын.

Действующие лица:

Дон Ук.

Мен Ын.

Отец: отец Мен Ын

Мама: мать Мен Ын.

Время: настоящее время

Сцена.

Квартира Дон Ук и Мен Ын. Она принадлежит Мен Ын. Слева видны кухня и прихожая, напротив дверь в туалет и дверь на веранду. В комнате бросается в глаза супер модная большая кровать, прикрытая красочным одеялом. Между кроватью и окном стоит тумбочка и на ней примостился старенький телевизор. На другом конце комнаты стоит шкаф для гардероба. Висит одежда молодых людей, но там большую часть занимает гардероб Мен Ын. Бросается в глаза парфюмерный столик женщины. На полу разбросана одежда Мен Ын

Вечер. В комнате темно. Открывается дверь в прихожей. Зажигается свет. Заходит Мен Ын, сильно прихлопнув дверь. Она не в настроении. За ней вбегает Дон Ук.

Дон Ук. Что случилось? Скажи, чтобы я знал. Ведь хорошо поели. Чем ты недовольна?

Мен Ын. Тебе еда попадала в рот?

Дон Ук. А в чем дело? Еда не понравилась? Вкусно же было.

Мен Ын. Я голодна. (вытаскивает еду из холодильника и ест)

Дон Ук. Только что поела и ты голодна? Сколько раз ты питаешься в день?

Мен Ын. Наверное, в моем желудке поселился нищий. Какое твое дело: сколько бы я не ела в день?

Дон Ук. (подходит к Мен Ын и хочет приласкать). Ну, что с тобой?

Мен Ын. Отойди от меня. Не приставай ко мне.

Дон Ук. (еще ласковее) Я-а... Зачем так? Расслабься.

Мен Ын. Мне обидно. Обидно. Чем я хуже нее. Она плохо училась, деревенщина и у нее был плохой характер. Никто не обращал внимания на нее. Я думала, что продвинусь раньше нее.

Дон Ук. Если у кого-то есть способности, то может продвинуться по службе. Что ты зациклилась на этом?

Мен Ын.   Она всегда плелась позади всех. Теперь я оказалась последней. И вдобавок она нашла богатенького. Где она висит эта штучка: везение на мужчин?

Дон Ук.   Но по внешности я лучше него. Не так ли?

Мен Ын.   Папа выходит на пенсию.

Дон Ук.   ....

Мен Ын.   Послушай, давай завтра пойдем и поздравим его.

Дон Ук.   Попозже. Пойдем попозже. Сейчас еще не время.

Мен Ын.   Тогда когда же?

Дон Ук.   Ты же знаешь мое положение. Сначала надо найти работу, а потом будем двигаться куда надо. И поздравим.

Мен Ын.   Ты же сказал, что дела продвигаются хорошо?

Дон Ук.   Узнавал, но еще неизвестно до конца.

Мен Ын.   Тогда зачем тебе нужно было оставлять прежнюю работу. Надо было немного потерпеть.

Дон Ук.   И там не было четкого ответа.

Дон Ук смотрит на Мен Ын.

Дон Ук.   (садится) Извини меня. Правда...

Зазвонил телефон у Мен Ын.

Мен Ын. Тихо. Мама это. Да? Мама. Что случилось? Да, дома. А что? Друг? Что это вдруг? Нет, еще… (следи т за Дон Ук) Нет. Хиромантия?

Мен Ын растеряна. Дон Ук выходит на веранду.

Мен Ын. Ну, хватит. Что за хиромантия… Зачем звонила? В чем дело? (плохо слышно) Ты в дороге? Алло? Плохо слышно. Мама? Алло, алло.

Звонок прервался.

Мен Ын. (в сторону веранды). Что ты там делаешь? Закончила говорить. Заходи.

Заходит Дон Ук.

Дон Ук. Что сказала мама?
Мен Ын. Да что там. Известный разговор.
Дон Ук. Торопит со свадьбой?
Мен Ын. Жалеет деньги на церемонию проводов на пенсию. На прошлой неделе она предварительно вложила в это мероприятие больше 20тысяч вон. Вот и беспокоится. Надо, говорит, вернуть эти

деньги.

Мен Ын не в настроении.

Мен Ын. Что–то она говорила в конце. Но не слышно
было. Куда же она пошла?

Дон Ук. Пошла, наверное, от скуки к соседям.

Мен Ын. Когда показывают драму, она не уходит.

Дон Ук. Потом позвони. (раздевается) Не хочешь помыться?
Я буду.

Он готовится пойти в душевую.

Мен Ын. Посмотри какой у тебя живот. Занимайся
спортом, дядя. Распузатился говном.

Дон Ук. В одно время тебе он нравился. Мягкий. Не
хочешь вместе со мной помыться?

Мен Ын. Иди. Скоро приду.

Дон Ук заходит в душевую. Слышен всплеск воды.
Мен Ын хотела снять пальто, но в последний момент
решила позвонить.

Мен Ын. Алло, Чего звонила? Где? (испугавшись) А чего это ты без предупреждения?!

Мен Ын прервала разговор и побежала к двери душевой и стучит.

Мен Ын.   Беда! Беда!

Дон Ук.   (высунув голову) Что там? Что случилось?

Мен Ын.   Мама с папой собираются сюда. Тут они уже недалеко.

Дон Ук.   Что? Эй, ты, что шутишь?

Мен Ын.   Какие там шутки?!

Дон Ук.   На самом деле? Что это они внезапно?

Он испугался и быстренько обтерся и выбегает из ванной. Он не знает что делать. Мен Ын срочно прячет одежду Дон Ука. Раздался звонок в передней.

Мен Ын.   Что копошишься? Давай быстренько прячься!

Звонок.

Мама.   Мен Ын! Мы пришли, папа с мамой. Мен Ын!

Мен Ын.   (кричит). Минуточку! (к Дон Ук). Что ты там возишься? Почему не прячешься?

Дон Ук. (смотрит вокруг) А где прятаться?

Мен Ын. Окно!

Дон Ук. Ты, что с ума сошла. Тут четвертый этаж.

Мама. Мен Ын!

Мен Ын. Тогда на веранде.!

Дон Ук. Там они увидят меня. Может быть как в кино повисеть на балконе? А если я сорвусь оттуда...

Мен Ын. Тогда ... разбирай телевизор, повозись с ним.

Дон Ук. Что ты сказала?

Мен Ын. Притворись мастером по ремонту телевизора. Ну, быстро.

Мама. Мен Ын!

Дон Ук. О чем ты говоришь? Как я могу ремонтировать телевизор?

Мен Ын. Ну, быстрее.

Дон Ук еще мокрый накинул пальто на себя, надел кое-как брюки. В шкафу ищет отвертку, спустил с тумбочки телевизор и начинает выкручивать болтики.

Мама. Мен Ын!

Мен Ын. Иду! Ну, тетушка, какая же ты горячая.

Мен Ын открыла дверь и заходят в комнату вместе с

родителями.

Мама. Ты, что девочка, хотела целый день заморить нас за дверью?

Мен Ын. Как можно так ворваться сюда без звонка, без предупреждения?

Мама. Что мы не можем посетить свою дочь, когда захотим?

Отец. А это кто?

Мен Ын. Сломался телевизор, пришлось вызвать мастера.

Мама. Нет, девка сошла с ума. Как можно впустить в дом ночью мужчину, где живет женщина одна?

Мен Ын. Днем я на фирме. Не могла отпроситься. Я очень-очень попросила, чтобы он пришел сюда вечером.

Мама. Но все равно...

Мен Ын. Не стойте тут. Присядьте.

Мен Ын сложила верхнюю одежду и вещи в сторонке. Дон Ук занят телевизором. Разобрал его, но не знает, что делать дальше. Видно, что неумелец. Он иногда бросает свой взгляд на собеседников.

Мама. А ты что не разделась. Одета в верхнюю одежду.

Ты только что зашла в квартиру?

Мен Ын. Холодно, потому и не разделась.

Отец. (носом будто шмыгает) Пахнет шампунем.... Молодой человек мыл голову?

Дон Ук. Нет. Это пот. Пот.

Мама. Эта закуталась от холода, а парень от жары проливает пот... Снимите верхнюю одежду.

Дон Ук. Да.(хочет снять, но вспомнил, что под ней у него нет ничего). Нет. Я скоро закончу.

Мен Ын. Папа, я узнала от мамы, что ты выходишь на пенсию.

Отец. Так получилось.

Мама. Вот бездушная. Он, что чужой? Уволится, не будет работать, тогда чем питаться? Не беспокоишься об этом?

Мен Ын. Надо отдохнуть, подумать о своем здоровье. Не молодой ведь.

Мама. Расходы на всякие взносы, питание и все прочее –сколько же денег надо на это?! А как с оплатой за учебу твоего братца. Вместо того, чтобы устроиться на работу, видите ли собирается поступать в аспирантуру, в отделение культуры. Выбрал же не денежную профессию. Ни гроша не приносит домой, а жрет так много... Мы же живем не в деревне, не сажаем ничего... А сколько уходит на питание?! Как подумаешь об этом становится тошно. Я сама-то не могу работать и зарабатывать. (Пауза). Мен Ын! Вот какое у нас положение. У тебя же есть накопление, заначка?

Мен Ын. День...ги? Откуда у меня деньги?

Отец. (покашливает) Вот... человек.. Не успела зайти сюда....

Мама. А ты помолчи. Вот, что: появилась хорошая торговая точка. Прекрасное место. Там очень удобное место. Торговля пойдет на ура. Вот папа выйдет на пенсию и хорошо бы вам вместе управлять этой торговой точкой. Все в округе говорят, что там будет хорошо. Но... не хватает немного денег.

Мен Ын. А пенсионные накопления папы?

Мама. Надо же подумать и о твоем младшем брате. У него нет ни гроша. Не заработал. Как он сможет жениться? Как никак единственный сын. Надо же его поженить.

Мен Ын. А я?! Мне тоже надо выходить замуж. Ты знаешь, сколько платят за квартиру в Сеуле? Так что мне будет трудно помочь вам.

Мама. Что ты беспокоишься о себе? Надо подумать, как найти достойного мужчину. Внешность, способности, образование все это у тебя есть. Мы хотели как раз об этом поговорить и пришли к тебе.

Мать вытаскивает из сумки альбом с фотографиями.

Мама. Вот тут мужчины на выбор. Перед тем как выйти замуж в этом году, повстречайся с ними. Осталось несколько месяцев.

Дон Ук посмотрел вскользь на фото и встревожился. Мен Ын равнодушно посмотрела на них.

Мен Ын. Что это? Это же взрослые дяденьки. Тут даже есть лысые. Где ты выкопала их? Ну и способности у тебя.

Дон Ук успокоился.

Мама. Разве важна внешность? Внешность ничего не дает. Я выбрала твоего отца по внешности и всю жизнь мучаюсь. Что толку от красивой внешности, когда нет внутреннего содержания. Все они с образованием, имеют хорошую работу, много денег. Поищи хорошенько. Обязательно найдется, человек, который понравится тебе.

Отец.   Что ты ляпаешь что попало.

Мама.   А ты помолчи. Сиди тихо. Что ты сделал хорошего?!

Мен Ын.   Мама, я не хочу хиромантию. Вспомни сколько мне лет. (подумала о Дон Ук.) Я не хочу выходить замуж по хиромантии.

Мама.   Тебе уже 30лет. До сих пор ты не нашла себе пару. Проводишь бесполезное время. Теперь давай подумай о замужестве.

Мен Ын.   Я тоже хочу замуж. Ну и ты о том же.

Мама.   Ну, не хочешь не надо. Зачем сердиться?!

Отец.   Может у нее есть уже мужчина. Откуда ты знаешь?

Мен Ын.   Какой мужчина. Нет у меня никого.

Мама.   Вот поэтому надо обратиться хотя бы к хироманту.

Мен Ын.   Ну, хватит. Не хочу. Прекрати.... Занервничала и проголодалась. Папа, ты не голоден? Вы поужинали?

Отец.   Я покушал. В пункте отдыха.

Мен Ын.   Дома у меня нечего есть. Пойдемте сходим куда-нибудь. Тут недалеко есть столовые, где кормят кашу с супом. Можно поесть мяса. Много таких заведений. Есть кухня, что показывают по телевизору.

Мама.   Зачем ходить по столовым. Здесь поедим. Знаешь сколько мы ехали на скоростном автобусе, потом на метро. Устала до смерти. А как быть с ремонтом телевизора?

Мен Ын.   Скажу, чтобы пришел в следующий раз.

Мама.   Давайте лучше поедим тут. Тяжело выходить. Да еще разболелись колени.

Мен Ын.   Давайте пойдем. Тяжело будет тут готовить, устанем. Да еще надо закупить кое что.

Мама.   Можно же заказать еду. Это лучше чем ходить по кухням.

Мен Ын.   Ну, хорошо. Слегка перекусим. Не знаю, есть ли водка дома.

Мен Ын выходит на кухню По телефону заказывает еду.

Мама.   Вы до сих не поужинали? Сколько сейчас времени?.

Мен Ын.   По дороге поела, но сейчас проголодалась.

Дон Ук безнадежно смотрит на разобранный телевизор.

Мама. Да, кстати, сейчас показывают сериал. Молодой человек, вы когда закончите?

Дон Ук. Я заканчиваю. Через несколько минут.

Отец. Приехала сюда и опять свои сериалы вспомнила?

Мама. Сегодня надо обязательно посмотреть. В предыдущих сериях показывали, как Се Ен наконец-то встретил отца.

Мен Ын выходит с подносом с едой и водкой.

Мен Ын. Я заказала еду. Поешьте пока.

Отец. (наливает себе содю) А нет наподобие бульона?

Мен Ын. Я заказала.

Мама. Твой папа без мяса и мясного бульона ничего не ест. Капризный в еде.

Мен Ын. Извините. Мяса нет. Надо было заранее сообщить о своем приезде. Тогда бы я закупила что надо. Поэтому я предлагаю пойти поесть.

Мама. А молодой человек поужинал? Трудится парень, а рядом тут с запахом еды... не знаю.

Дон Ук. Не беспокойтесь. Я уже поел.

Мен Ын подошла к парню и слегка попинала

Мен Ын. Скоро вы закончите? Скорее заканчивайте и уходите.

Дон Ук. М-м. Этот телевизор – его нельзя разбирать. Надо быть очень осторожным. Может взорваться, а может и не подлежит ремонту. Тем более, что он старенький. Нелегко его отремонтировать.

Мен Ын. Ну и что?

Дон Ук. Поэтому... Он старой модели, с которым я не знаком. Поэтому сейчас на данный момент затруднительно отремонтировать...

Мен Ын. Что вы сказали?

Дон Ук. Слишком он старый. Может быть вам придется его заменить современным телевизором.

Мен Ын. Но он же работал до сих пор. Почему...

Отец. Не торопи его. Лучше иди и принеси мне чаю.

Дон Ук. Да, ничего.

Мен Ын. Сделайте скорее. Наша мама хочет посмотреть сериал.

Дон Ук смотрит на разобранный телевизор и не знает, что делать.

Мама.	Дочь есть дочь . Только она понимает меня.
Отец.	Ну, эти сериалы. Не можешь пропустить ни одного дня.
Мама.	В этом возрасте находишь радость в просмотре сериалов. Что я, как другие день и ночь пропадаю в универмагах? Или путешествую? Есть один муж, но он без юмора, неинтересный. Как прожить без сериалов, которые доставляют радость. Не так ли, Мен Ын?
Мен Ын.	Ты права. Как можно прожить без сериалов? Когда смотришь их, не замечаешь как проходит время
Отец.	Ну, вот ...эти женщины. Сериалы, сериалы. Не могут без них. Не так ли молодой человек?
Дон Ук.	Вы мне?. А-а.. это так... Никто не умрет, если он не посмотрит сериалы.
Мама.	Молодой человек, о чем вы говорите? Странные вещи вы говорите.
Дон Ук.	Да, я не то хотел сказать. Я сам люблю смотреть сериалы!
Отец.	Что? Только, что сказал, что не смотришь сериалы.
Дон Ук.	А-а это... Люблю, но не обязательно их смотреть... Вот о чем речь.

Отец.	Сколько же вам лет?
Дон Ук.	32.
Отец.	Женат?
Дон Ук.	Нет. А почему вдруг спрашиваете об этом?
Отец.	Почти ровесник Мен Ын. Как на твой взгляд? Годится она в невесты?
Дон Ук.	А почему вы спрашиваете об этом меня?
Отец.	Наша Мен Ын. Мы очень бережно растили ее. В детстве играла на пианино, рисовала. Все умела. Отлично училась в школе. В университет поступила, в самый престижный. В течение 4-х лет получала стипендию. После окончания вуза легко устроилась в крупнейшее предприятие.
Мама.	Ну, опять начал. Так и хочется тебе рассказать про дочь первому попавшему человеку. Не различаешь ни времени, ни места.
Отец.	Вот такая девочка. Но до сих пор не замужем. Да, Мен Ын. Твоя двоюродная сестра Ын Дин собирается на днях выйти замуж. Будущий муж приходил знакомиться. Крепкий парень. Врач. Твой дядя... у него рот до ушей от радости. Аж противно смотреть на него.
Мама.	Красивый. Откуда берется такое везение.
Отец.	Мен Ын, ты должна привести красавца. Этим мы

принизим нашу родню. Каждый раз хвастается своим женихом. Ненавижу.

Мен Ын. Завидки берут. Уже выходит замуж.

Мама. И ты должна выйти замуж. Надо выходить, пока ты в цене. Пройдет немного времени никто не посмотрит на тебя. И пойдешь на свалку.

Отец. Это так. И мне хочется до приближения старости принять от зятя рюмку водки. Все кругом хвастаются зятьями, внуками. Понятно. А твой младший братишка пошел в твою мать и не может пить водку.

Мен Ын. А ты, папа настаиваешь на моем замужестве, чтобы приобрести собутыльника?

Отец. Ты же знаешь, что не так. Пока совсем не постарел, хочется видеть внука. Перед пенсией приходят всякие мысли.

Мен Ын. О чем ты говоришь ты, папа. Ставишь меня в неудобное положение.

Дон Ук находится в неловком положении и он ищет способ скорее уйти отсюда.

Дон Ук. (будто его ударило током) А-ак!

Отец. Что случилось?

Дон Ук. (будто только что пришел в себя). Током меня... Очень испугался.

Мен Ын. (испугавшись) Ничего? Не поранились? А ну покажите.

Дон Ук. Ничего. Все было мгновенно... Все прошло.

Отец. Током ударило?

Мен Ын. Не надо ли вам идти в больницу, обследоваться? Может быть....

Дон Ук. Не до такой степени. Пройдет. Сегодня что-то мне не везет. А почему?! Впервые так было...

Мама. Молодой человек, с вами все в порядке? Надо быть осторожным.

Мен Ын оглядывается вокруг телевизора и обнаруживает, что оборудование не выключено. Она показывает парню. Дон Ук напуган. Она отдала ему вилку от розетки и он быстренько прячет.

Дон Ук. Ничего страшного. Немного испугался... Но сегодня мне придется закончить свою работу на этом этапе.

Мен Ын. А как же телевизор? Вы же его размонтировали?

Дон Ук. Вначале я думал быстро справиться. Но вот, ударило током, да еще оказалось много сложностей в ремонте. Наверное, потребуется немало времени на ремонт. Да еще сегодня, кажется невезучий день. Так что придется везти его в мастерскую. Отремонтирую его полностью и завтра привезу вам.

Мама.   Вы же, молодой человек, недавно говорили, что быстро отремонтируете. А как быть с сериалами?

Дон Ук.   Сериалы вам придется посмотреть при повторном показе.

Мама.   Нельзя так, молодой человек. Я до сих пор ждала...

Дон Ук.   Меня ударило током, придется мне закончить на этом и уйти.

Мен Ын.   Ну, если так. То в следующий раз.

Дон Ук.   Прошу извинить меня. Я отремонтирую его как надо. Будет как новый. Плату за ремонт не буду брать. Я справлюсь с этим.

Мама.   А сериалы?

Мен Ын.   Он же сказал, что с ремонтом сложности.

Мама.   Нет, так нельзя. Я прождала целую неделю. Нельзя так.

Отец.   Ну, что с тобою?

Мама.   Послушайте, молодой человек. Я так ждала. Уж вы слишком... Почему так делаете? Так хотела посмотреть сериалы. Не хотите, значит? Вот уж... Хуже чем мой муж. Он никогда не запрещает смотреть сериалы... Хотя словами он...

Мен Ын. (подает знаки) Да, ничего не поделаешь. Сделайте его пожалуйста.

Дон Ук. А-а, понятно.

Отец. Парень, все в порядке с тобой?

Дон Ук. Да, ничего. Желание клиента - прежде всего! Попробую еще.

Мама. Ой, как я была напугана. Думала не посмотрю сериалы. Ой, как хорошо.

Дон Ук как попало собирает детали или пытается собрать. Мен Ые (глядя на него)

Мен Ын. Может быть, как мама говорила, попробовать хиромантию?

Дон Ук испугался.

Мен Ын. (раскрывая альбом) По-моему, тут есть неплохие кандидатуры.

Мама. Ты, на самом деле?

Мен Ын. Вот я в раздумьях. Может быть и надо.

Мама.	Надо, надо. Надо скорее выходить замуж.
Дон Ук.	Между прочим, ваша дочь была не в восторге от проведения такой магии, чтобы выйти замуж...
Мама.	Дядя, вы занимайтесь своим телевизором. Не надо вмешиваться в чужие дела.
Дон Ук.	По-моему неплохо выходить замуж по любви посредством любовных свиданий.
Мен Ын.	Замуж по любви? А вы, дядя готовы так жениться?
Дон Ук.	(растерян) А-а... потом... после...
Мен Ын.	Потом? А как вы хотите? Каким образом?!

Все взоры обращены на него. Он очень растерян.

Дон Ук.	Вы это мне говорите? (оглядываясь вокруг) Да, нет никого (смеясь). Да, о чем идет речь... Я тоже ничего не пойму. Чем я тут занимаюсь.
Мен Ын.	В чем дело? Чего молчите?
Дон Ук.	Ну, тут... Клиент, успокойтесь. Я знаю: вы сердиты. Но нельзя так ко мне...Тут и родители находятся.
Мама.	Мен Ын. Что это с тобой?
Отец.	Вы знакомы?
Дон Ук.	Да, что вы ?!

Мен Ын. (Чтобы Дон Ук слышал). Мама, среди моих друзей есть один парень, с которым я живу. С недавних пор.

Мама. Вместе живете? А зачем так жить? Хорош же твой друг. Надо же официально оформить. Зачем же так?

Мен Ын. Он готов жениться. Но нынешнее его состояние пока не позволяет. Говорит, жди. Жди еще несколько лет. Одна и та же песня - жди. А чего ждать. Не дрессирует же он бродячую собаку.

Мама. Ну, хорош же твой друг. Лучше расстаться с таким. Скажи ему. А его родители знают о ваших отношениях?

Мен Ын. Нет, не знают. Откуда им знать?

Мама. Я не знаю все детали. Но нельзя так. Скажи ему, что нельзя поступать так с друзьями. Надо официально или же надо положить конец этому.

Мен Ын. Он говорит, что не знает, как сообщить об этом родителям Может, его мать набросится на него. У него нет такой уверенности. Как убедить родителей. Какая там свадьба. Лучше всего расстаться. (к Дон Ук) Так ведь, дяденька? Наверное, лучше всего расстаться.

Дон Ук. (в недоумении, молчит)

Мен Ын. Вот он молчит. Наверное, также думает.

Мама.   Что он так безнадежен?

Мен Ын.   (к Дон Ук) Откуда мне знать?

Отец выпивает и···

Отец.   Послушай, Мен Ын. На самом деле у тебя нет достойного партнера? Никак не пойму. Такая девица и до сих пор не может выйти замуж. Может быть у тебя есть какие-то недостатки?

Мен Ын.   Папа, о чем ты говоришь? Какие недостатки?

Отец.   Тогда в чем причина? Почему ты до сих пор не замужем?

Мен Ын.   Когда у меня было время ходить на свидание, выйти замуж? Училась, работала в поте лица. Я же не могла как Ын Дин, которая только и знала гулять, потому что у нее было много свободного времени.

Отец.   А другие...они тоже в хлопотах, но на свидание успевают.

Мен Ын.   И ты туда же. Вы что оба решили меня доконать? Может, хватит. У меня всё в порядке. Я встречаюсь с молодым человеком.

Дон Ук испугался.

Отец.	Что? На самом деле?
Мен Ын.	Это правда. Есть у меня такой человек, но...(смотрит на Дон Ук) ...скоро расстанемся.
Отец.	Кто он? Как давно вы встречаетесь?
Мен Ын.	Да, так. Немного времени.
Отец.	А кто он по профессии?
Мен Ын.	Что ты расспрашиваешь подробно. Мы расстанемся.
Отец.	Но интересно же.
Мен Ын.	Работает в небольшой фирме.
Отец.	А какова зарплата?
Мен Ын.	Откуда мне знать? Он там недавно, думаю небольшая зарплата. Наверное.
Мама.	Надо было раньше сказать об этом нам. Мы же беспокоились. Ну и как? Семья в достатке живет. Есть у них деньги?
Мен Ын.	Говорил, что не так богато живут.
Мама.	Что? Тогда есть хотя бы накопление?
Мен Ын.	Н...нет.
Мама.	Даже этого нет?
Отец.	А долги?
Мен Ын.	Точно не знаю, но, к счастью, есть банковский заём на учебу.
Мама.	Это к счастью так. Ты правильно подумала.

Не встречайся с ним. Выйдешь замуж за него намучаешься. А если у них имеются долги. Будешь расплачиваться с долгами и вся молодость пройдет.

Отец. Да, в этих словах есть правда.

Мама. Зачем встречаться с таким неудачником?

Мен Ын. ....

Мама. Что ты молчишь?

Мен Ын. Встречаться или расставаться - это мое дело. Зачем ты вмешиваешься в это дело. Ты же не знаешь человека до конца.

Мама. Мы же беспокоимся о тебе. А вы сможете пожениться, как положено? Нужна же квартира. Не так ли?

Мен Ын. Пока еще до конца не подготовился к этому. Но усиленно копит деньги.

Мама. Как можно без гроша в кармане жениться. Как он собирается жить. Мы тоже не можем помочь.

Мен Ын. У меня есть деньги. Накопила. Если не хватит, возьмем ссуду. Все так поступают сейчас.

Мама. Давай лучше ворожбу.

Мен Ын. Ну, что ты со своей ворожбой. Что я там не видела?

Мама. А что ворожба. Если нет никакого выхода, надо

прибегать этому способу.

Мен Ын. Не хочу. Хватит.

Мама. В кого ты такая? Настырная. Говняная настырность.

Мен Ын. Уйди. Ты зачем приехала? Не говори такие слова. Лучше уезжай!

Мама. Как ты обращаешься с родителями?

Мен Ын. А что такого я делаю. У меня и так на душе кошки скребут. Я хочу замуж. Но он не готов.. И что же делал он до этого возраста?!

Дон Ук очень расстроен.

Мама. Если хочешь встречаться, то найди себе нормального человека (взяла пульт в руки). Молодой человек, скоро начнется сериал. Еще долго ждать?

Дон Ук. Что? Да, еще...

Отец. Дай сюда пульт управления. Хочу посмотреть новости.

Мама. Се Ен наконец-то встретился с отцом... Ну и семейка. Говорят же судьба женщины в руках мужчины. Надо встретить достойного мужчину. То что в молодости он был красив, это не имеет значения. Когда он становится никудышним то всё летит в тартарары. От непутевого мужика страдают дети.

Дон Ук.   Ремонт не закончился еще и...

Мама.   Когда вы закончите? Скоро наступит утро. А вы все ремонтируете... Вы, точно специалист?

Дон Ук.   Почти заканчиваю. Скоро закончу.

Мама.   Давеча сказали то же самое.

Дон Ук закрывает крышку и закручивает болты. Что не смог закрутить, поспешно кладет в карман. Он очень устал. Мен Ын стало жалко его.

Мен Ын.   Вроде вы закончили ремонт. Можете идти домой. Уже поздно.

Мама.   Вы закончили? Теперь можно посмотреть сериал?

Дон Ук.   Еще осталось немножко. Надо еще раз проверить. Не так просто это.

Мен Ын.   Можете больше не делать. Завтра закончите. Или возьмите с собой.

Мама.   Мне же надо посмотреть сериал. Еще немного повозится и сделает его. Наверное, уже начался сериал.

Дон Ук воткнул вилку в розетку. Надо включить, но он не уверен.

Отец. Парень, по-видимому, сегодня у тебя не получится. Иди выпей лучше рюмку. Одному скучно пить. Ты же вроде все закончил. Потом можешь закончить. (наливает водку) Давай сюда скорей.

Дон Ук. Не беспокойтесь.

Отец. Нечего насиловать себя. Иди скорее сюда и выпей.

Мама. Если тебе скучно, то выпей со мною. Что ты отвлекаешь занятого человека.

Отец. Какой интерес пить с тобой (к Дон Ук). Ну, иди сюда быстрее.

Мама. (скучает) Надо посмотреть сериал. Неужели уже начался.

Дон Ук включает телевизор. Но он не включается.

Отец. Ну, вот видишь? Сказал же не получится. Завтра придешь и сделаешь. Иди скорее и выпей.

Дон Ук. Да. Понял.

Дон Ук берет рюмку. Отец вдруг увидел голое тело под
пальто.

Отец. Это еще что такое? (расстегнул пальто) Почему ты
голый? Случайно... Мен Ын, Срочно вызови
полицию! Быстренько!

Мен Ын. Ч...что? О чем ты говоришь? Зачем?

Отец. (отдалясь от Дон Ук) Все отойдите в сторону! Может
быть у него нож. Мен Ын, а ты быстрее сообщи
в полицию (к Дон Ук) А ты кто? Убийца, который
охотится за одинокими женщинами? Хотел
соблазнить нашу Мен Ын, притворившись
телемастером?

Дон Ук. Вы о чем?

Отец. Не приближайся ко мне. (Ищет чего-то, чтобы отразить
удар) Тут...недавно показывали по телевизору. Про
случай, когда мужик искал одинокую женщину,
изнасиловал ее и убил. Это про тебя? Ты?

Мен Ын. О чем ты говоришь? Что сделал этот дядя?

Отец. Я же сказал тебе, чтобы ты позвонила в
полицию!

Мен Ын. Папа! Нет, нет говорю. Не перебарщивай,
пожалуйста.

Отец. Под пальто в нем ничего нет. Разве не

подозрительно? (к Дон Ук) Скажи, кто ты таков?

Дон Ук.   Папаша, вы ошиблись во мне.

Отец.   (Вытаскивает смартфон. Звонит). Алло? Это полиция?

Мен Ын.   Папа, ну хватит! Это мой парень.

Родители в шоке. Дон Ук присел.

Отец.   Эй, мать. Слышала,что сейчас Мен Ын сказала?

Мама.   Не...Не знаю. И я ничего не понимаю

Отец.   Значит, этот молодой человек... Ха-а (глубокий вздох).

Мама.   Мен Ын, ты что сказала сейчас? Что этот молодой человек...Кто он?

Мен Ын.   Быстренько познакомьтесь. Это мой парень.

Отец.   Не может быть. Нет Мен Ын. Как можно?

Мама.   Значит он не телемастер, не сексуальный преступник, а твой парень с которым ты дружишь? До сих сидя с нами притворялась, отрицала всё? И нас обманывала?

Отец.   Вот, что творится на свете. Ну, что за дела?

Мен Ын.   Выхода не было. Простите.

Отец.   Как это не было выхода? Чем тут вы занимаетесь?!. Этого типа почему не выгоняешь?

Мен Ын . Папа.

Отец берет за шкирку Дон Ук.

Отец. Ты что делаешь тут? Что ты делаешь в доме моей дочери?

Дон Ук. Извините.

Отец. Скажи всё начистоту. Почему ты оказался в квартире моей дочери?

Дон Ук. Простите.

Мен Ын. Успокойся папа. Ничего не случилось.

Отец. В доме, где живет моя дочь одна, находится этот тип. И я должен успокоиться? Ты чем занимаешься? Говори начистоту.

Мама. Вот уж. Это же мы смотрим не сериал...

Отец. Ты, ты что сделал с моей дочерью? Чем вы тут занимались вдвоем?

Отец подтолкнул Дон Ук. Дон Ук падает.

Дон Ук. (встал на колени) Простите.

Отец. Думаешь, можно ограничиться словом «простите»?

Мен Ын. Папа. Произошла ошибка. Ничего не было.

Отец. Как это ничего не было. Он был раздетый.

Мен Ын. Ну, успокойся же.

Отец.	Как можно успокоиться? Случайно вы не живете тут вдвоем? Так просто, без регистрации?
Мен Ын.	Нет. Он просто зашел ненадолго. Пришел навестить меня. Так что успокойтесь. Тогда мы сможем говорить дальше.
Отец.	Не могу успокоиться. Эй, ты скажи правду, все как есть. Спал с ней или нет? Говори.
Мен Ын.	(стала кричать). Ну, хватит! Хватит! Прекратите!

Тут из телевизора пошел дым. Через некоторое время он взрывается. Погас свет. Через некоторое время в комнате Мен Ын. Она одна. Она сидит на кровати, одетая в ночнушку. Звонит. Голос хриплый.

Мен Ын.	Ты где? Давай, поедим токбок. Купи ток и омук. И что-нибудь жареного купи. И еще купи морскую капусту. Врач настойчиво рекомендовал съесть суп из морской капусты.

Занавес.

• Ким До Ген (1981г.рож.)

В 2014году дебютировал на литературной странице « Дёсон Ильбо». Опубликовал «Хороший день для любви», « Район Ино номер 17», « Ютюбэ».

Социальные вопросы, будни молодежи и простых людей- вот главная тема в его творчестве. И сегодня трудится, чтобы выпустить в свет произведения разного жанра.

« Хороший день для любви»- Из-за экономических затруднений молодые люди не могут вступить в официальный брак, сожительствуют в ванруме и попадают в неожиданную ситуацию...

● 번역 최영근

약력

1939년 8월 18일 출생.

출생지. 러시아, 사할린, 크라스노고르스크시.

1964년. 유즈노사할린스크 사범대학 러시아어과.

1977-1978. 카자흐스탄 기자자격향상 대학 (알마티시) 알마티 고급당학교 기
자과.

1997년. 모스크바 유럽대학. 인문학 전공 철학박사.

주요 경력 및 활동

1971-1984. 카자흐스탄 "레닌기치" 신문사. 기자, 문화부, 농업부, 문예부 부장
역임. 소련기자동맹 맹원.

1984-2002. 카자흐스탄 방송공사. 우리말 방송국장, 해외 방송국 국장, 카자
흐라디오본부 러시아말방송 편집인.

2003-2005. "고려일보" 신문 사장-주필 역임.

2005-2017. 카자흐스탄 국립아카데미 고려극장 학예부장.

Цой Ен Гын (Евгений Григорьевич)

Год,месяц, день рождения. 1939. 08.18

Место рождения. Россия. Сахалинская обл. г.Красногорск
Образование

1964г. Педагогический институт, филологический факультет.
г.Южно-Сахалинск.

1977-1978гг. Институт усовершествования журналисткого
мастерства.Факультет журналистики Высшей партийной
школы. г.Алматы.

1997г. Московский Европейский университет.Ученое звание
доктора философии по специальности «филология».
Основная трудовая деятельность

1971-1984гг. Газета « Ленин Кичи» г. Кзыл-Орда. Корреспондент,
зав. отделами культуры,сельского хозяйства,литературы и
искусства. Член Союза журналистов СССР.

1984. Организовал с помощью борца за Независимости Кореи

Хван Ун Дена редакцию радиовещания на корейском языке.

1984-2002гг. Госкомитет по телевидению и радиовещанию Каз .ССР. (ныне Госкорпорация РК). Главный редактор радиовещания на корейском языке,директор радиовещания на зарубежные страны, зам.Генерального директора Казахского радио (курировал передачи на русском языке).

2002г. Государственный Республиканский корейский театр. Зав. литчастью.

2003-2005г. Главный редактор газеты « Коре Ильбо»

2005-2018г. Заведующий литературной частью корейского театра, представитель корейского театра в Республике Корея.

• 번역 감수 니 류보비 아브구스토브나
　　(카자흐스탄 국립아카데미 고려극장 예술감독)

Авторский надзораНи Любовь августиновна(государственный Республиканский Академический Корейский Театр Музыкальной Комедии)

한국 단막극 1

Сборник Корейский одноактнаых пьесы

초판 1쇄 인쇄일   2023년 10월 12일
초판 1쇄 발행일   2023년 10월 19일

지 은 이   김수미 • 선욱현 • 양수근 • 김대현 • 위기훈 • 김도경
번   역   최영근
번역감수   니 류보비 아브구스토브나
만 든 이   이정옥
만 든 곳   평민사
　　　　　서울시 은평구 수색로 340 〈202호〉
　　　　　전화 : 02) 375-8571
　　　　　팩스 : 02) 375-8573
　　　　　http://blog.naver.com/pyung1976
　　　　　이메일   pyung1976@naver.com
등록번호   25100-2015-000102호
 ISBN   978-89-7115-831-9 03800
정   가   18,000원

이 책은 한국문화예술위원회 예술 국제교류 지원사업으로 출간되었습니다.